Kiss
and
Tell

Alain de
Botton

* 이 도서의 국립중앙도서관 출판예정도서목록(CIP)은 서지정보유통지원시스템 홈페이지(http://seoji. nl.go.kr)와 국가자료공동목록시스템(http://www.nl.go.kr/kolisnet)에서 이용하실 수 있습니다. (CIP제어번호: CIP2015008425)

키스 앤 텔

Kiss and Tell

알랭 드 보통
장편소설

정영목
옮김

은행나무

삶에 관한 좋은 글을 쓰는 것은 어쩌면
좋은 삶을 사는 것만큼이나 어려운 일일지 모른다.

– 리튼 스트레이치

아버지에게

kiss and tell: 유명인과 맺었던 밀월 관계를 언론 인터뷰나 출판을 통해 대중에게 폭로하는 행위

일러두기

* '저자 주' 표시가 없는 한, 본문에 있는 둥근 괄호 ( ) 안의 주와 각주는 모두 옮긴이의 주석입니다.

** 이 책은 《키스하기 전에 우리가 하는 말들》(2005) 《너를 사랑한다는 건》(2011)의 개정판입니다.

차 례

서장

이 지구와 그 거주자들을 겪어본 경험이 아무리 풍부하다 해도, 판단이 아무리 공정하고 아는 사람들이 아무리 다양하다 해도, 지금까지 만나본 가장 매혹적인 사람, 사랑과 문학, 종교와 오락, 지저분한 농담과 가정 위생에 대한 취향이 모두 전혀 흠잡을 데 없는 사람, 그 좌절하는 모습에 한없는 걱정과 동정이 밀려오는 사람, 새벽의 구취口臭에도 조용히 몸서리를 치지 않을 수 있는 사람, 인간관이 잔인하지도 순진하지도 않은 사람, 이런 사람은 결국 나밖에 없다고, 건방짐과는 전혀 관계없는 태도로 넌지시 이야기해볼 수도 있을 것이다.

물론 윤리적인 기질이 강한 사람에게는 이런 생각이 무척 우울하게 다가올 수도 있다. 그러나 똑같이 우울하다 해도, 오렌지를 짜거나 심야에 TV 채널을 돌리다가 마음속에서 그런 생각이 조심스럽게 보글보글 흘러나오는 것을 가만히 지켜보는 경우와 격분하여 나를 비난하는, 그것도 자신의 주장을 강조하려고 꽃병도 두어 개 바닥에 메치면서 비난하는 사람의 입에서 그런 생각을 확인하게 되는 경우는 엄연히 다르다.

스스로 자신을 모욕하는 것의 매력은 칼을 얼마나 깊이 찔러야 하는지 알고, 외과 의사처럼 정확하게 가장 예민한 신경은 피해가는 데 있다. 그것은 자신을 간질이려 하는 것과 마찬가지로 전혀 해로울 것이 없는 장난이다. 엘튼 존은 가수와 눈이 촉촉한 시인들의 진부한 전통에 따라 사랑하는 여인에게 자신의 예술이 자신의 열정을 제대로 표현하지 못한다고 탄식하는 아름다운 사랑 노래를 불렀다('당신의 노래Your Song', 1969년). 그렇다고 해서 그가 잠시라도 자신의 재능을 의심했다고 생각한다면 그건 어리석은 일일 것이다. 자신의 음악적 재능을 비하하는 것은 언뜻 겸손해 보이지만 사실은 대단히 오만한 믿음, 즉 사실 자기가 보석 같은 노래를 썼다는 믿음을 바탕에 깔고 있다. 스스로 자행하는 이런 모욕에 관해 존슨 박사*가 말했듯이, 이것은 유쾌한 장난이다. 그런 장난을 하는 남자는(이런 경구들은 적어도 20세기 중반까지는 여자들이 들어설 여지를 주지 않는 것 같다) "자신이 얼마나 여유가 있는 사람인지" 보여줄 수 있기 때문이다. 음악적 자신감이 조금도 없다는 내용을 곡조에 담아 노래로 부르려면 얼마나 큰 음악적 자신감이 필요할까? 여유 있는 태도로 아무렇지도

---

* 새뮤얼 존슨(1709~1784), 영국의 시인 겸 평론가.

않게 나는 자기중심적인 야비한 놈이라고 말하는 것보다 더 큰 자신감이 필요한 일이 어디 있을까? 존슨 박사가 말하는 자기 비하는 자전거를 타는 아이가 "보세요, 엄마, 나 손 놓고 타요" 하고 자신만만하게 구는 것과 비슷해 보인다. 손을 놓고 자전거를 탄다는 것은 자존심이라는 손잡이를 단단히 잡을 필요에서 일시적으로 놓여날 여유가 있다는 것이다. 그래서 "나는 형편없는 가수야" 또는 "아, 나는 정말 버릇없는 놈이야" 하고 즐겁게 소리치며 자전거의 타성에 몸을 맡기고 언덕을 내려갈 수 있다는 것이다.

그러나 전에는 귀엽기만 하던 비하가 다른 사람의 입에서 흘러나오는 순간, 그 비하엔 날카로운 발톱이 돋는다.

"너를 파악하는 데 오랜 시간이 걸렸어."

내 인생의 여섯 달을 함께 보내다가, 차라리 내가 죽은 꼴을 보는 쪽이 낫겠다고 판단한 여자가 보낸 편지는 그렇게 시작했다.

"사람이 그렇게 자신을 인식하지 못하면서 동시에 그렇게 자신에게 강박되어 있을 수도 있다는 것을 이해하는 데 말이야. 너는 나를 사랑한다고 했지만, 나르시시스트는 자기밖에 사랑할 수 없어. 나도 남자들이 대부분 소통의 실마리를 잘 찾지 못한다는 것을 알지만, 너의 무능력은 짜증날 정도로 특별했어. 너는 내가 조금이라도 관심을 가지는 것은 어떤 것이든 전혀 존중하지 않았어. 모든 것에 늘 고압적이고 독선적인 태도로 접근했지. 나의 요구에 귀를 기울이지 못하는 이기주의자, 자기 귓불보다 멀리 있는 어떤 것에도 공감을 하기 힘들어하는 사람에게 나는 너무 긴 시간을 낭비했어…….”

독자에게 이 비난을 전부 들려줄 필요는 없을 것이다. 인간 역학의 예의바른 언어를 사용하여, 디비나와 내가 잘 맞지 않았다고 말하는 것으로 충분할 듯하다.

그럼에도 그녀가 그런 비난으로 말하고자 하는 바는 하나의 인상을 형성했다. 그 뒤로는 모임에서 옆에 있던 손님이 술을 한 잔 더 가져오겠다며 자리를 뜬 뒤 다시 돌아오지 않아 땅콩만 손에 든 채 나 홀로 남겨질 때, 그리하여 자기애라는 꿀단지를 쥐는 힘이 약해질 때면 그녀의 비난이 의심에 불을 지폈다. 특히 귓불이라는 말이 마음에 딱 달라붙었다.

몇 주 뒤 나는 런던의 한 서점에서 책을 훑어보고 있었다. 토요일 아침이었다. 스피커에서는 모차르트의 클라리넷 협주곡이 흘러나오고 있었다. 19세기 이전에 만들어진 음악에 담겨 있다고 하는 뭐라 말하기 힘든 고전적인 특질을 서점 분위기에 보태보려는, 남의 눈을 의식한 시도였다. 나는 '전기biography'라는 단어가 금 스텐실로 박혀 있는 곳 밑의 진열 탁자를 지나가다가, 어설프게 움직이는 바람에 물에 불은 듯 두꺼운 책에 몸이 닿았다. 책은 책 더미에서 미끄러져 부르고뉴 포도주색 양탄자에 떨어지며 기침과 함께 먼지를 약간 피워 올렸다. 맞은편 카운터에서 십자말풀이를 하던 천사 같은 점원이 내 쪽을 보았다.

나 때문에 책 표지가 조금 찢어진 곳이 눈에 들어와, 나는 그 책의 내용에 잠깐 관심을 가지는 척하면서, 점원이 나에 대한 관심〔안타깝게도 참견하기 좋아하는 사무적인 관심일 뿐이었다〕을 버려주기를 바랐다. 책은 루트비히 비트겐슈타인의 삶 이야기였다. 연대기 둘, 참고문헌, 40페이지의 주석과 세 묶음의 사진으로 이루어져 있었다. 수영복을 입은 철학자와 유모의 품에 안긴 철학자를 보여주는 사진이었다. 하지만 이제는 죽고 없는 주인공이 관심을 보였을 만한 문제에 관해 독자에게 알려주는 것이 책의 목표는 아닌 듯했다. 하긴 《논리철학 논고》를 쓴 사람의 지금까지 감추어졌던 지저분한 면을 찾아내겠다고 약속하는 책에서, 나아가서 루트비히와 그의 형제들의 관계와 관련된 지금까지 발견되지 않은 자료를 포함시켰다고 하는 책에서 생각이란 것이 뭐가 그리 중요하겠는가?

서점 점원이 십자말풀이로 돌아갔기 때문에 나는 상처 입은 책을 눈에 안 띄게 책 더미 위에 올려놓으려 했다. 그때 귓불이나 그와 관련된 나의 무능과는 다른 맥락에서, 찢어진 표지의 중앙에 도드라진 "공감하다"라는 말이 내 눈길을 사로잡았다.

"어떤 사람이 다른 사람에게 이렇게 큰 관심을 가질 수 있는 경우는 드물다." 어떤 비평가는 그 책에 대해 그렇게 평가를 내렸다. "하물며 전기 작가가 전기의 주인공에게 이렇게 공감한 경우는 더욱 드물다. 저자는 비트겐슈타인의 삶의 모든 측면, 심리적이고 성적이고 사회적인 모든 측면을 검토했으며, 그 과정에서 금세기의 가장 복잡한 사상가의 내면의 삶을 재창조했다."

혼돈 속에서 패턴을 찾는 사람들이 좋아하는 현상이지만, 가끔 특정한 단어에 초점을 맞추다 보면, 신비롭게도 짧은 시간에 여러 곳에서 그 단어를 듣거나 보게 되는 일이 있다. 사실 그 단어는 늘 거기에 있었지만 나의 감각이 긴장되면서 눈에 띈 것일 수도 있다. 아니면 신비하게도, 언어의 조각들이 하늘에서 내려오는 징조처럼 나를 따라다니는 것일 수도 있다. 이런 문학적 기시 감을 어떻게 설명하건, 어쨌든 나에게 매우 부족하다고 하는 공감이 이제 그것이 흘러넘치는 것이 분명한 전기 작가라는 맥락에서 다시 등장한 셈이었다. 그와 나 사이의 이런 차이 때문에 나는 이 비트겐슈타인 탐정의 미덕에 어린아이처럼 질투심이 터져 나오는 것을 느꼈다. 수수한 문학 서점의 한가운데서, 보안 카메라와 천사 같은 점원들의 탐색하는 눈길 밑에서 벌어진 일이었다.

이를 계기로 나는 대부분의 사람들이 다른 사람들을 생각할 때 드러내는 무관심, 세상에 널리 퍼져 있는 그 해로운 무관심에서 내가 하는 역할을 생각해보게 되었다. 이런 무관심 때문에 사람들은 주변 사람들을 볼 때 그들의 연대기와 어린 시절의 스냅 사진들을 무시하고, 편지와 일기를 무시하고, 그들이 어린 시절을 보내고 성숙해간 장소를 무시하고, 그들의 학교 벤치와 결혼식 파티를 무시한다. 가끔씩 불쑥 이타심이 솟아나올지 모르지만, 대개는 쇠로 된 탁자 가장자리에 발만 걸려도 발에 약간 멍이 들었다는 이유로, 직접적인 관심사가 생겼다는 이유로 공동의 문제에서 바로 눈길을 돌려버린다.

몇 달 전 나는 할아버지가 암에 걸려 80세 생일을 하루 앞두고 숨을 거두는 과정을 지켜보았다. 할아버지는 런던에 있는 한 병원의 혼잡한 병동에서 마지막 몇 주를 보낼 수밖에 없었는데, 그곳에서 노픽의 고향 마을 출신 간호사와 친해졌다. 할아버지는 간호사가 시간이 날 때면 자신이 살면서 겪었던 일들을 이야기해주었다. 어느 날 저녁 퇴근하고 할아버지를 찾아갔을 때, 할아버지는 삼가면서도 자조하는 목소리로, 노쇠한 영감들이 그런 바쁜 직원을 지루하게 하는 것은 안 될 일이라고 말했다. 할아버지는 오후에 그 간호사 친구에게 북아프리카 사막 전투에서 롬멜 장군과 싸운 이야기를 해주었다. 이야기는 전쟁 발발 직후에 입대하여, 특수 기지에서 훈련을 받은 뒤 U보트가 들끓는 지중해를 통과하여 알렉산드리아로 간 일에서부터 시작되었다. 그 뒤에 탱크 전투, 끔찍한 갈증, 단기간의 수용소 억류 이야기가 이어졌다. 그러나 이야기가 절정에 이르러 고개를 든 순간, 이야기를 듣던 간호사는 이미 어쩔 수 없이 자리를 떠, 의사 한 명과 다른 간호사와 함께 병동 입구에 서 있었다.

"보다시피, 여기서는 직원들을 잠시도 가만두지 않더구나."

할아버지는 그렇게 설명했지만, 나는 노인의 자존심 밑의 상처를 느낄 수 있었다. 조금 전까지만 해도 착한 여자가 귀를 기울여주고 있어 서둘러 기억을 가지러 뒷방에 갔는데, 막상 그것을 그녀 앞에 풀어놓는 순간에 그녀는 가버린 것이다. 나는 할아버지가 받은 상처, 젊은 간호사의 자선의 행동이 없으면 자신의 정체성의 핵심을 이루는 이야기들을 들려줄 수도 없다는 사실 때문에 받은 상처를 상상해보았다. 할아버지에게는 그의 말을 수집하고, 움직임을 도표로 만들고, 기억을 정리해줄 전기 작가가 없었다. 그래서 자신의 전기를 수많은 서로 다른 관으로 흘려보내는데, 그것을 듣는 사람들은 잠깐 귀를 기울이다가 어깨를 두드려주며 자기 삶으로 돌아가곤 한다. 타인의 공감을 얻는 것은 그들이 직장에서 해야 할 여러 일들 때문에 제약을 받았고, 결국 할아버지는 상자에 담긴 빛바랜 편지, 가족 앨범에 담긴 설명도 없는 사진, 두 아들과 휠체어를 타고 장례식에 나타난 몇몇 친구들에게 들려준 일화 속에 자신의 단편들을 되는 대로 흩뿌려놓은 채 숨을 거두었다.

*

물론 전에는 타인의 사소한 일에 이렇게 많은 사람들이 이렇게 많은 시간을 들인 적이 없다고 반박할지도 모른다. 우아한 서점에 가면 진열대에 시인과 우주인, 장군과 장관, 산악인과 제조업자의 삶이 펼쳐져 있다. 이 삶들은 앤디 워홀이 예언했던 신화적인 시대, 모든 사람이 15분 동안 유명해지는(즉, 전기의 주인공이 되는) 시대의 도래를 알린다.

그러나 워홀의 이런 고귀한 소망을 충족시키는 데는 늘 약간 복잡한 문제가 있다. 순수하게 숫자로만 따질 때, 20세기의 마지막 10년에 지구의 인구가 놀랍게도 55억을 넘어선 상황에서,

현재 숨을 쉬고 있는 모두에게 15분씩 관심을 기울인다면 무려 1711세기가 걸리기 때문이다.

실제적인 어려움이 무엇이든 그것과는 또 다른 문제가 있다. 철학자 시오랑은 의도한 것은 아니겠지만 워홀과 비슷한 이야기를 그와는 다르게 음울한 어조로 한 적이 있다. 한 사람이 다른 사람에게 진정으로 관심을 가지는 시간은 15분을 넘을 수 없다는 것이다(코웃음 치지 말고 한번 시도해본 뒤 결과를 확인하라). 인간의 이해와 소통에 희망을 품었음직한 프로이트조차 말년에 인터뷰 자리에서 자신은 아무 불평할 것이 없다면서 이렇게 말했다.

"나는 70년 넘게 살았다. 먹을 것은 충분했다. 많은 것을 누렸다. 한두 번은 나를 거의 이해하는 인간을 만나기도 했다. 그 이상 무엇을 더 바라겠는가?"

평생에 한두 명. 뇌리를 떠나지 않을 것 같은 빈약한 수이지만, 이 쓸쓸하기 짝이 없는 결산은 우리가 심정적으로 친구라고 부르는 사람들과 맺는 관계의 깊이를 의심해볼 수밖에 없게 만든다. 동시에 프로이트가 무덤 너머까지 자신을 쫓아와 최초로 자신의 정체성의 본질을 파악했다고 표지에 적어놓을 전기 작가들의 오만을 위해 남겨두었을 심술궂은 미소를 떠올리게 된다.

그러나 이런저런 주장에도 불구하고, 이런저런 장애에도 불구하고, 전기 작가의 임무 가운데 어떤 면이 나의 상상력을 유혹했다. 다른 사람을 이해할 수 있을 만큼 최대한 이해해보고, 나 자신을 내 삶이 아닌 다른 삶에 푹 담가보고, 새로운 눈으로 세상을 보고, 어린 시절과 꿈을 통해 어떤 사람을 따라가보고, 라파엘전파 pre-Raphaelites에서부터 과일 맛이 나는 셔벗에 이르기까지 다양한 취향을 추적해본다는 생각. 나 스스로 전기를 써보면 어떨까? 그러면 내가 타인에게 진정으로 귀를 기울이지 못한 세월, 마지막 커피 잔을 두고 내 앞에서 상대의 작은 전기의 일부가 펼쳐지는 동안 소리 없이 하품을 하며 내일 할 일이 뭐였는지 궁금해하던 시간에 대한 작은 속죄가 될 것 같았다.

그러나 적당한 대상을 찾는 과정에서, 전기를 쓰고자 하는 충동의 윤리적 가치를 고려할 때, 전기 작가들이 이 행성에 살고 있거나 살았던 수십억의 영혼들 가운데서 목표물을 고르는 방식이 전통적으로 아주 편협하다는 사실에 놀라고 말았다. 워홀의 말을 실행에 옮겨 현재 살아 있는 모든 사람을 수용하려 할 경우 1711세기의 교통체증이 일어난다는 점을 생각해본다면, 일부 인사들이 전기의 영역을 자기 몫 이상으로 집요하고 게걸스럽게 탐내는 데에는 이기적인 구석이 있었다. 히틀러, 버디 홀리, 나폴레옹, 베르디, 예수, 스탈린, 스탕달, 처칠, 발자크, 괴테, 메릴린 먼로, 카이사르, W. H. 오든이 그런 사람들이었다. 그 이유를 아는 것은 어렵지 않았다. 이 인물들은 다른 인간들에게 예술적이든 정치적이든, 유익하든 아니든, 엄청난 권력을 행사했기 때문이다. 이들의 삶은 그냥 흔히 하는 말대로 전설적이라고 부를 만한 것이었다. 이들은 인간의 가능성이 어디까지인지 보여주었다. 아침에 통근열차를 타고 가는 사람들이 입을 떡 벌리거나 전율을 느낄 만한 삶이었다.

그러나 가만히 보면 전기 작가들은 위대한 인물과 평생 대중 교통을 이용할 운명인 인간들 사이의 **차이**를 강조하는 데 일차적인 관심을 갖기보다는, 자신이 담당한 인물이 (러시아를 정복하고, 인디언을 물리치고, 〈라 트라비아타〉를 쓰고, 증기기관을 발명하기는 했지만) 당신이나 나와 크게 다를 것이 없다는 사실을 보여주느라 열심이었다. 실제로 전기를 읽는 즐거움 가운데 하나는 더 단단한 재료로 만들어졌을 것이라고 상상했던 인간에게서 살과 피를 느끼는 것이다. 우리의 흥미를 자아내는 것은 그 인물의 개성, 역사가 그 엄숙한 초상화에서 지워버렸지만 효과적인 세부 묘사에서는 오롯이 살아나는 인간성이다.

나폴레옹이(금박을 입힌 앵발리드의 3미터 높이의 대리석 아래 영광에 싸여 누워 있는 무적의 보나파르트가) 구운 닭고기와 껍질째 삶은 감자를 좋아했다는 것을 알게 되면 전율이 인다. 나폴레옹은 이렇게 우리가 주중 저녁에 슈퍼마켓에서 고를 수도 있는 수수한 음식을 좋아했기 때문에 실체를 가진 인간, 동일시할 수 있는 인물이 될 수 있다. 그는 일상적인 활동에 참여하는 만큼 살아난다. 울거나 지저분하게 바람을 피우고, 손톱을 물어뜯거나 친구들을 질투하고, 꿀은 좋아하지만 마멀레이드는 욕하는 만큼. 공식 조각상의 돌로 이루어진 영웅주의를 녹일 수 있는 것이면 무엇이든 좋다.

역설적으로 전기의 주인공이 되는 인물의 당당한 이력은 타인의 활동에 관한 더 일반적이고 저열한 관심을 감추어주고 있는 것인지도 모른다. 전기를 읽는 것에는 인생의 온갖 일을 헤쳐 나가는 어떤 사람 곁에 슬쩍 다가가 훔쳐보고 싶은 욕망이 깔려 있을 수도 있는데, 전기의 관음증은 그 대상의 명성 때문에 용서가되는 것이다. 나폴레옹의 성적 취향을 아는 것이 매혹적인 일이되는 것은 이 사람이 유명하기 때문만이 아니라—심지어 그것이주된 이유도 아니다—침실의 취향을 이야기하는 것이 일반적으로 재미있는 일이기 때문이다. 따라서 아우스터리츠와 워털루 전투는 입이 건 여자들이 정원 담장 너머로 나누는 뒷얘기와 비슷한 이야기를 덮어주는 위장 도구일지도 모른다.

그럼에도 오직 위인만이 전기의 적합한 소재가 될 수 있다는 가정은 그대로 유지된다.

200년 전 이에 반대하는 목소리가 이 곤혹스러운 만장일치를 잠깐 흔들었지만, 그 목소리를 낸 사람의 무덤 위에 산더미처럼 쌓이는 전기 사이에서 그 목소리는 이내 무시되고 말았다. 이 목소리의 소유자는 존슨 박사였으며, 그 내용은 이런 것이었다.

"적절하고 충실한 이야기에 담아낼 가치가 없는 삶이란 없다. 모든 사람에게는 그 자신과 똑같은 조건에 있는 사람이 아주 많으며, 그들에게 자신과 비슷한 사람의 실수와 실패, 회피와 임기응변은 직접적이고 확실한 쓸모가 있을 것이기 때문이다. 그뿐만 아니라 인간의 상태란 장식과 위장을 떼어내고 생각하면 매우 균일하여, 인류에게 공통된 것을 제외할 경우 좋든 나쁘든 다른 가능성은 거의 없기 때문이기도 하다."

이런 생각은 이 분야에서는 중요한, 코페르니쿠스적인 혁명인 듯하다. 보통 전기는 흔치 않은 삶에 관심을 가진다는 구실로 어느 삶에나 있는 특별함은 덮어버린다. 그러나 존슨은 이 개별적인 특수성 때문에 심지어 빗자루의 삶에 관한 흥미진진한 이야기를 완성하는 것도 가치가 있을 뿐 아니라 자신에게 그렇게 할 수 있는 능력도 있다고 자신만만하게 이야기할 수 있었다.

그러나 보통 전기들은 우리가 결코 술 한잔 나누지 못할 사람들의 행동만 길게 이야기하여, 명시적이든 아니든 우리가 전기적 기획에 보편적으로 참여하는 것을 막아버린다. 사실 한 사람을 안다는 것은 곧 하나의 삶을 이해하는 것이다. 이 과정에서 전기적인 관습은 특권적인 역할을 할 수 있다. 전기의 서사 전통은 우리가 만나는 사람들에 관하여 우리 자신에게 하는 이야기의 흐름을 관장한다. 그들의 일화에 대한 우리의 인식, 그들의 이혼이나 휴가를 배치하는 기준, 마치 자연스러운 선택인 양 이 기억을 버리고 저 기억을 택하는 방식을 규정한다.

사실 이런 식의 관심은 자기반성적인 전기 작가들이 일을 할 때 묻는 질문에도 좀처럼 나타나지 않는다. 그들의 질문이란 편지나 일기에 의존할 것이냐 말 것이냐, 하녀나 정원사와 인터뷰를 할 것이냐 말 것이냐, 계관시인이나 그의 죽은 부인이나 그들의 뉴스에이전트를 믿을 것이냐 말 것이냐 하는 것들이다. 그러나 바로 이런 점 때문에, 내 삶으로 걸어 들어오는 다음 사람도 가장 진부한 전기 작가에게서 기대할 만한 공감 어린 노력 정도는 받을 만한 자격이 있지 않겠느냐 하는 생각이 들게 되었다. 어디에서나 하고 있는 우리의 가장 흔하면서도 복잡한 게임, 즉 다른 사람들을 이해하는 일에서 전기적인 관습의 감추어진 역할을 탐사하는 것에는 특별한 가치가 있을 것 같았다.

•어린 시절

역사가들이 20세기 후반을 이야기할 때, 1968년 1월 24일 자
정 직후 런던에 있는 유니버시티 칼리지 병원에서 라비니아와 크
리스토퍼 로저스 부부의 딸인 2킬로그램짜리 피범벅의 아기 이
사벨 제인 로저스가 세상에 태어났다는 사실을 오랫동안 고려할
가능성은 없다.

감히 이 세상에서 삶을 얻어 이제 기대하는 눈빛으로 빤히 바
라보고 있는 이 빨간 얼굴의 피조물을 보고 그녀의 어머니가 거
북해서 얼굴을 찌푸렸다는 사실에 주목할 가능성은 더더욱 없다.
마치 수류탄이라도 되는 것처럼 이 따뜻한 보퉁이를 안아 든 아
버지는 자그마한 이사벨의 눈이 자기 눈과 꼭 닮고, 입이 그의 아
버지와 할아버지 입처럼 가장자리로 갈수록 가늘어지는 것을 보
고 그만 녹아버렸다. 그러나 어머니는 딸이 물려받은 그런 유산
을 보면서 이 아이 때문에 자신이 사랑했던 유일한 남자, 아몬드
같은 눈에 햇빛이 잘 드는 화실에서 그림을 그리던 프랑스 화가

와 결혼하지 못하고, 대신 고전 문학을 전공하고 그 무렵 다국적 식품 기업의 서무과에 취직한 남자와 함께 살게 되었다는 사실을 떠올릴 뿐이었다.

나중에, 비록 그녀의 상상력은 이 불운한 일에 다가가면 움츠러들곤 했지만, 그녀의 지성은 이사벨에게 그녀가 세상에 출현한 것이 라비니아와 크리스토퍼가 한때 성교를 했다는 증거라는 사실을 알려주었다.

그 일은 4월의 어느 날, 보통 풀을 뜯는 양들이 이용하던 들판에서 벌어졌다. 케임브리지 대학에서 차로 몇 분 걸리는 곳이었다. 라비니아가 크리스토퍼에게 그런 친밀한 순간을 허락한 것은 슬픈 역설이었다. 그녀가 원했던 사람은 그의 가까운 친구로 화가이자 대륙 사람인 자크였기 때문이다. 그러나 자크가 스코틀랜드 기숙학교의 여학생 대표 출신인 이 주근깨 많은 언어 전공자에게 관심을 가졌다는 증거가 거의 없었다는 점을 고려하면 [슬프기는 하지만] 또 그렇게 역설적인 일은 아니었다. 그래서 라비니아는 갈리아 사람들에게 질투의 불꽃은 여러 뜨거운 감정을 빚어내는 촉매 요소라고 [그즈음 스탕달에게] 배워서, 그 불꽃을 점화할 의도로 크리스토퍼에게 관심을 가지게 된 것이다.

그녀는 우선 크리스토퍼의 탐나는 친구가 듣는 데서 크리스토퍼에게 시골로 드라이브를 가자고 제안했다. 그녀의 본성은 최대한 매혹적인 모습을 보여주려고 최선을 다했음에도 자크가 둘의 여행에 이의를 제기할 생각이 없다는 분명한 사실에 라비니아는 좌절했고, 결국 여행은 엉망이 되고 말았다. 그런 원망의 마음 가운데 일부는 크리스토퍼를 향하게 되었다. 선술집에서 점심을 다 먹었을 때 그녀는 짓궂게 남자는 열아홉 살을 정점으로 성적 능력이 떨어진다는 이야기를 어딘가에서 읽었다고 말하고 나서 오랫동안 귀에 거슬리는 소리로 깔깔거렸다. 아마 크리스토퍼는 이것에 자극을 받아 라비니아를 옆의 들판으로 끌고 가려고 열심히 노력했을 것이고, 그곳에서 열광적인 리듬을 동반한 포옹을 했을 것이다. 크리스토퍼의 이런 열띤 태도 뒤에는 자신이 리비도를 그대로 간직한 채 20대에 이르렀음을 증명하고 싶은 욕구가 있었고, 라비니아가 크리스토퍼의 행동을 막지 못한 것에는 이 사건이 장차 그녀에게 모욕적일 정도로 무관심한 갈리아 남자에게 전해질 수도 있을 것이라는 생각이 깔려 있었다.

그러나 자크가 이 결합을 알고 어깨를 으쓱했을 때쯤, 정자 2억 5000만 개는 이미 헤엄을 치기 시작하여, 몇 백 개는 나팔관 높은 곳에 있는 난자에 이르렀고, 운 좋은 하나가 안으로 뚫고 들어갔다. 이때는 상류사회에서 이런 행운을 교정하지 않던 시대였으므로, 라비니아는 어쩔 수 없이 아이가 태어나도록 그냥 놔두기로 한 뒤 모진 마음을 먹고 아이의 아버지와 결혼했다.

부부는 런던으로 이사했다. 패딩턴의 빅토리아 여왕 시대 주택지구의 이끼가 낀 건물 3층의 아파트였다. 크리스토퍼는 셰퍼즈부시의 사무실에서 일을 했으며, 라비니아는 인생을 망쳤다고 선언하고 박사논문을 쓰기 시작했다. 그러나 집에서 멀리 나가지도 못해 눈물을 펑펑 쏟으며 주저앉아 꼼짝도 못했다. 그녀는 우울한 대화를 나눌 때마다 프랑스어 표현("어떻게든 해야 해il faut le faire", "애석하기도 하지quel dommage", "당신은 멍청이야tu es vraiment un con", "그건 상식이지bon sens")을 섞어 남편을 짜증 나게 하면서, 대학 시절 오랫동안 향상시키려고 애를 썼던 프랑스어 실력을 유지할 필요가 있다고 핑계를 댔다.

이사벨은 이런 식으로 채색된 세상의 품 안으로 들어갔다. 전통적으로 중요하지 않은 시기로 간주해오던 것과는 달리, 현대의 사상은 아이의 어린 시절 경험의 중요성을 강조한다. 로저스 씨에 따르면, 그의 딸의 출발은 상쾌했다. 그의 부인은 상상도 할 수 없는 비참한 상황에 적응하려고 애쓰던 악몽 같은 시기라고 생각했다. 이사벨은 어느 쪽인지 잘 알 수 없었다.

2년 반 뒤에는 그녀에게 여동생이 생겼고, 이어 남동생이 생겼다. 그녀의 방은 하늘색이었고, 그녀에게는 '멀리'라는 이름의, 털로 만든 거북이 인형이 있었고, 입에 자주 물고 다니던 '구비'라는 이름의 모직 바닥깔개가 있었다. 부모는 그녀를 나일론 유모차에 싣고 하이드 파크를 돌아다녔으며, 어머니는 그녀에게 비둘기에게 떼어 주라고 빵 껍질을 주었다. 주말이면 시골에 있는 조부모의 집에 가 노란 방에서 자고, 가죽 회전의자에 앉아 끽끽 소리가 날 때까지 몸을 돌렸다. 책도 한 무더기 있었는데, 그 가운데는 달에서 외롭게 살다가 해왕성이라는 별을 친구로 사귀는 공주에 관한 이야기도 있었다. 장난감도 있었다. 나무토막 안에 넣을 공간을 찾아 꽂아 넣어야 하는 입방체, 막대 위에 쌓는 고리, 흔들면 색깔이 바뀌는 액체로 채워진 공 등이었다. 친구도 있었다. 걸음마 단계이면서도 양탄자 위에서 곡예를 부리는 재주가 있는 파란 눈의 아래층 아기 루크, 그리고 나중에 교사인 어머니가 데리고 나타난 포피. 포피는 늘 자주색 옷을 입고 오렌지색 모자를 썼다.

할 일은 없었다. 거실을 탐사하며 하루하루를 보냈고, 어떻게 하면 소파 쿠션의 안감을 뜯어낼 수 있는지, 구근 모양의 유리 재떨이를 바닥에 던지면 어떤 일이 벌어지는지, 전화선을 씹으면 어떻게 되는지 배웠다. 부엌에는 핥다가 내던진 비스킷들이 있었다. 비스킷에 먼지가 쌓일 때까지 검은색과 하얀색 타일들 위를 돌아다니다가, 어쩌면 맛있을지도 모른다는 생각에 다시 집어 들면 어머니의 얼굴이 하얀색에서 붉은색으로 바뀌는 것이 보였다. 어머니는 허리를 구부려 그녀를 번쩍 들어 올리고 손가락을 강제로 편 다음, 섬유가 달라붙은 듯한 쿠키를 쓰레기통에 버리고 화가 난 척했다. 물론 그녀는 한 번 웃어주기만 하면 모든 일을 용서받을 수 있다는 것을 알고 있었다. 아버지는 새벽이면 사라졌다가 밤에 돌아왔으며, 늘 똑같은 냄새가 났다. 다만 저녁 식사 때는 뺨이 더 거칠어졌다. 아버지가 목말을 태우면 그녀는 웃음을 터뜨렸다. 위에서 보면 모든 것이 작아 보였고, 전구를 건드려 그것이 춤을 추는 것을 볼 수 있었기 때문이다. 나중에 학교에 갔을 때 복도에서는 레몬처럼 강렬한 냄새가 났다. 그곳에서는 숫자를 다루는 법을 배웠다. 선생님은 커닝을 하는 것을 어떻게 알까? 제대로 어려운 방법으로 8자를 쓰는 대신 동그라미 두 개를 붙여놓는 것을 어떻게 알까?

궁금한 것이 많았다. 텔레비전 안에 사는 사람들은 텔레비전을 끄면 무엇을 할까? 어떻게 그렇게 널찍한 곳에서 살고 옷을 그렇게 빨리 갈아입을까? 그녀가 그 사람들한테 우유를 좀 주겠다고─어머니는 늘 우유가 건강에 좋다고 말했다─옆에 있는 구멍에 한 파인트를 부었을 때 어머니는 왜 그녀를 찰싹 때렸을까? 다른 것들도 있었다. 지구가 우주에서 둥둥 떠다니는 테니스공 같은 거라면, 우주는 어디에서 둥둥 떠다닐까? 우주가 떠다니는 더 큰 방이 있는 것일까? 그녀가 정원 담의 틈에 있는 개미들을 보듯이 지구를 보고 있는 누군가가 있는 것일까? 그리고 관리인 브리스턴 부인은 어디로 갔을까? 부인은 아침이면 그녀와 놀아주곤 하다가 자러 갔다. 다만 이사벨이 자도 되는 시간보다 훨씬 오래 자고 있을 뿐이었다. 벌써 몇 주째였다. 이사벨이 어머니한테 브리스턴 부인이 어디 갔냐고 물으면, 어머니는 화를 내며 가엾은 브리스턴 부인이 편안히 쉬도록 놔두라고 말했다. 그게 무슨 뜻일까? 또 나중에 아빠는 브리스턴 부인이 천국에 갔다고 설명해주었는데, 그것은 무슨 뜻일까? 천국은 특별한 곳이라고 했다. 크리스마스 때 갔던 유원지 같은 곳. 유원지에서는 장난감에 고리를 던져 걸면 그 장난감을 가질 수 있었다. 하지만 이사벨의 식구들은 멀리 던지지 못해 결국 플라스틱 개구리 한 마리만 건졌다. 아, 그 기름을 바른 듯한 녹색 인형은 밤이면 그녀를 빤히 보았다.

하지만 그녀가 이불 속으로 쏙 들어가면 보지 못했다. 브리스턴 부인은 천국으로 갔다. 너무 많이 자면 그렇게 되는 것이다. 따라서 앞으로는 일찍 일어나야 할 것 같았다. 가끔 그녀는 창문 한쪽 구석에 달이 동동 떠 있는 것을 보았다. 저 달은 왜 비행기와 부딪히지 않을까? 왜 낮 동안에는 없을까? 왜 가끔만 나타나는 것일까? 어쩌면 수줍음이 많은지도 몰랐다. 그녀는 달과 사귀게 될 것 같았다.

그러다 어머니가 뚱뚱해지더니 갑자기 노란 침대가 생기고 냄새가 났다. 어머니와 아버지는 그 악을 써대는 것에만 관심을 가졌다. 그녀와 놀아주는 척해도 꼭 할머니 같았다. 사실은 다른 데, 예를 들어 건드리면 무는 장미가 있는 정원 같은 데 가 있고 싶은 마음이 빤히 보였다는 말이다. 처음에는 그 작은 것이 싫었다. 하지만 점차 그 작은 것이 웃음을 지으며 집 안에서 그녀를 졸졸 따라다니기 시작했다. 그 작은 것의 이름은 루시였다. 루시는 뭐든 시키는 대로 했다. 그래서 루시에게 '노예'라는 별명을 지어주었고, 이사벨은 여왕이 되었다. 이사벨은 노예에게 자신은 남들이 모르는 힘을 많이 갖고 있다고 이야기했다. 아래층의 얼룩 고양이와 이야기를 할 수도 있었다. 그러나 고양이는 루시를 좋아하지 않기 때문에 루시하고는 말을 하려 하지 않는다고 덧붙였다. 이사벨은 또 새들하고도 말을 할 수가 있었다. 그러자 루시는 울음을 터뜨렸다. 그 많은 새들 가운데 루시에게 찍찍거린 새는 한 마리도 없었기 때문이다.

여왕과 노예가 가장 좋아하는 놀이는 부엌의 세탁 바구니 두 개에 들어앉아서 하는 것이었다. 이 바구니는 할아버지가 그들에게 준 책에 나오는 것과 같은 바이킹 배였다. 그들은 외국 땅인 탁자를 점령해야 했고, 식료품실에 있는 적의 보물을 빼앗아 와야 했다. 그들은 바이킹 언어를 만들어냈는데, 이것 때문에 바이킹이 아닌 사람들은 짜증을 냈다. 그들은 여왕과 노예가 저녁에 감자 몇 개를 먹을 것이냐는 질문에 대해 빠르고 분명한 답을 원했기 때문이다.

먹는 것도 재미있었다. 이사벨은 일주일에 과자 값으로 15펜스를 받았다. 근처에는 가게가 둘 있었는데, 하나는 허드슨 부인의 가게이고, 또 하나는 싱 씨의 가게였다. 이사벨은 두 가게를 번갈아 다녔다. 어느 한 가게가 망하는 것을 바라지 않았기 때문이다. 이사벨은 그 돈으로 무엇을 살 수 있는지 알고 있었다. 포테이토칩 한 봉지, 콜라 사탕 다섯 개, 감초 스틱 하나, 셔벗이 든 비행접시 두 개. 아니면 민트 한 봉지, 감초 스틱 두 개, 비행접시 네 개를 살 수도 있었다. 그것도 아니면 빨간 막대 사탕이 든 셔벗 딥에 돈을 몽땅 쓸 수도 있었다. 이사벨은 학교에서 줄리언에게 마스 하나를 상할 때까지 놔두었다가 회사에 우편으로 보내면, 회사에서 편지와 함께 두 개를 새로 보내준다는 이야기를 들었다. 이사벨이 그 일을 세 번 반복하자, 회사에서는 이사벨에게 너무 욕심 내지 말라고 답장을 보냈다. 그래서 이사벨은 셔벗 딥을 만드는 회사를 상대로 같은 일을 시작했다. 그 회사는 다섯 번 보내주고 나서야 상황을 눈치 챘다.

*

"자, 그게 내 이상한 어린 시절이야. 나는 심술궂은 동시에 수줍은 동시에 골칫거리였어."

스물다섯 살의 이사벨이 갑자기 기억에서 빠져나오며 그렇게 말했다. 자기 이야기에 흥분한 나머지 대화 예절을 무시했을지도 모른다는 사실에 충격을 받아 당황하고 있었다.

"혼자 계속 주절거려서 미안해. 사실 다른 사람의 어린 시절 얘기는 꿈 얘기 비슷해. 처음 2분이나 10분은 재미있지만, 그 뒤에는 아주 모호해지지. 아마 듣는 사람보다는 말하는 사람한테 훨씬 재미있을 거야. 늘 뒤죽박죽이지. 어떤 부분들은 어제 일어난 일처럼 분명한데, 그 다음에는 하나도 기억나지 않는 기간이 길게 이어져. 나는 두 살 때, 또 다섯이나 여덟 살 때 어떤 일이 있었는지 없었는지도 몰라. 내가 기억하는 게 어떤 사진을 본 건지, 아니면 누가 해준 이야기인지, 실제로 내 기억인지도 몰라. 어쨌든. 맙소사, 시간이 벌써 저렇게 된 거야? 내가 도대체 얼마나 수다를 떤 거야? 그런데도 용케 지루한 표정을 짓지 않았다니 너 정말 대단하네."

"푹 빠져 있었는걸."

"그러니까 네가 교육을 잘 받았다는 거지?"

"그런 비난은 거의 들은 적이 없는데."

나는 탁자와 우리의 빈 잔을 내려다보고 말했다.

"다른 걸 좀 마실까?"

"너는 뭐 마시고 있었어?"

"맥주. 뭘 갖다 줄까?"

"아, 우유 한 잔."

"우유?"

"뭐가 이상해?"

"저녁 7시에?"

"범죄도 아닌데 뭐."

그러나 클럽햄에 있는 한 바(이곳의 고객들은 모두 지난 20년
간 우유를 한 잔도 마신 적이 없는 사람들 같았다)의 카운터로 가
는 동안 의심이 엄습했다. 어떤 면에서는 이 의심 때문에 결국 몇
가지 질문과 마실 것을 핑계로 이사벨의 인생 이야기를 일시적으
로 중단시킨 것이다.

"하이네켄 한 병하고 우유 한 잔 주시겠어요?"

나는 헤비급 권투선수로 나갔으면 돈을 더 많이 벌었을 것 같
은 바텐더에게 말했다.

"뭐요?"

그가 고함을 질렀다. 청력에 문제가 있는 것이 아니라 개념 파
악에 문제가 있는 것 같았다.

"내가 마시려는 게 아니고요. 누가 있는데, 여자가, 어, 이 여자

가 곧 운전을 해서 집에 가야 해서요."

나는 방어적으로 대꾸했다.

"행여나 그 여자하고 같이 갈 생각은 마쇼, 친구."

바텐더는 거만하게 윙크를 하며 충고했다.

나는 유년기를 선형적으로 서술하는 것이 전기를 시작하는 방법이라고 확신하고 있었다. 모든 전기 작가는 어린 시절에서 시작하여, 그 이야기를 전기 속 인물이 나중에 쓴 시나 산문에서 발췌한 일화로 장식한다. 그 인물을 사랑했던 숙모, 양가적 감정을 지닌 형제들의 회고를 그대로 옮겨 적기도 한다. 지금은 무명의 존재인 학창 시절 친구들은 위대한 뱃사람이나 정치가와 어린 시절 우연히 만난 인연으로, 그 인물이 수학 특별 수업 시간에 옆자리에 앉았다거나, 생물 선생님한테 콩알 총을 쏘았다는 이야기를 한다.

그런데 왜 이 전기 작업을 시작하자마자, 이웃에 사는 아이와 청진기 놀이를 하는 잠복기의 틈새까지 가기도 전에, 이런 식으로 나아가면 뭔가 빠뜨리게 될 것 같은 느낌을 받은 것일까? 그런 표준적인 방법이 페루지노나 피카소에게는 좋았는데, 왜 갑자기 이사벨에게는 적합하지 않게 된 것일까?

나는 내 전기가 철저하기를 바랐지만, 그럼에도 여기에는 과거만이 아니라, 과거가 현재와 공존하고 또 현재로부터 나타나는 특정한 방식이 드러날 필요가 있다는 생각이 들었다. 최초의 사건에서 시작하여 최후의 사건으로 끝이 나는 선형적인 전기 배치 방법은 물론 객관적 역사의 요구에는 충실한 것일 수 있다. 달력에서는 유치원이 물론 파상풍 예방접종 전에 온다. 따라서 연대기적인 목걸이에서 그 구슬을 올바른 자리에 놓아야 한다는 강력한 주장이 있을 수 있다. 그러나 사건들이 역사의 축에 새길 수 있는 순서로 일어난다 해도, 그 주체는 그렇게 명료하게 기억하는 경우가 드물며, 또 사실 클랩햄의 어느 바에 있는 외부인들에게 그런 식으로 제시되지도 않는다.

웨일스에서 휴가를 보낸 것이 할머니의 수술 전인지 후인지 잘 기억이 나지 않는 반면, 비스킷 만들기를 배운 것은 전학을 가기 훨씬 전의 일임을 분명히 기억한다. 그런데 왜 앞의 일은 어제 일어난 일처럼 분명하게 느껴지는데, 뒤의 일은 12월의 햇빛처럼 침침한 빛을 발산할까?

인생을 A에서 시작하여 Z로 끝나는 알파벳에 비유하는 사람도 있을지 모르지만, 인생은 절대 그렇게 문법적인 속박을 받는 방식으로 경험되지 않는다. 오히려 철자에 자신이 없어 혼란에 빠진 아이의 시도와 비슷하다. Q에서 인생에 진입하여, D로 돌아갔다가, 거기서 관심이 S로 앞당겨지고, 전진하는 현재인 R에 머물다가, 주크박스에서 흘러나오는 노래나 까맣게 잊고 있던 발리섬의 갈매기 이동 패턴에 관한 책에서 떨어진 사진에서 촉발된 연상 때문에 열다섯 살 때 일어났던 일을 찾으러 잠깐 G에 들를 수도 있다.

이런 혼란을 안정시키고, 최대한 배치를 잘 해야 한다는 주장이 있다. 그러나 이런 복잡한 상황이 약간은 눈에 보이도록 놓아두는 것이 좋다는 주장도 있다. 이사벨과 나는 클랩햄에 있는 바에 두 시간 동안 앉아 있었고, 나는 그녀를 몇 주 전부터 알았다. 그러나 유년 시절에 관해 제대로 쓰려면 몇 달에 걸쳐 펼쳐지는 여남은 번의 대화를 기초로 삼아, 나중에 뒤돌아보면서 조심스럽게 다시 정리해야 했다. 하지만 그 몇 달의 기간 동안 현재는 또 현재대로 계속 전진하며 과거에 늘 변화하는 빛을 던져주게 될 것이 뻔했다. 게다가 우리의 첫 대화들은 훌륭한 전기 작가의 대화와는 달리 초기의, 유년의 순간들을 중심으로 전개되지도 않았다. 이사벨의 아버지가 식품 재벌회사에서 일한다는 사실은 그녀를 만나고 나서 두 달 뒤에야 알게 되었다. 노예와 여왕에 관한 일화는 반년 뒤 누가 퀸스웨이의 비디오가게에 비디오를 돌려주는 것을 잊었는지를 둘러싼 두 번째 가벼운 말다툼 뒤에 등장했다.

내가 우유와 맥주를 갖고 돌아가자 이사벨이 말했다.

"고마워."

"콜레스테롤은 걱정 안 돼?"

"사실 정반대의 문제가 있어. 의사는 나더러 유제품을 가능한 한 자주 먹으래. 웃기는 일이야. 어차피 나는 유제품 먹는 걸 좋아하거든. 너는 보통은 뭘 마셔?"

"경우에 따라 다르지만, 커피를 너무 많이 마시는 편이지."

"계속 그러면 나중에 나이 들어서 손에 털이 많이 나."

그녀가 경고했다.

"그런 쓰레기 같은 얘기는 어디서 들었어?"

"〈마리끌레르〉에 실렸던데."

이제 나는 전기 뒤에 깔린, 서로 관련이 있는 또 하나의 가정 때문에 고민하고 있었다. 진지한 전기의 경우에는 저자가 없다는 것이다. 그냥 주인공이 되는 인물만 있을 뿐이어서, 마치 유령이 그 인물의 삶을 기록해놓은 듯한 느낌을 주었다. 그냥 이름에 불과한 사람이 아무런 관점 없이 쓴 것 같았다. 그가 애초에 펜을 든 동기는 수수께끼에 싸여 있는 것 같았다(마치 기회가 생기자마자 또는 마신 음료 값을 내자마자 나더러 쇼에서 퇴장하라고 요구하는 것 같았다). 전기 작가는 수줍은 집주인처럼 자신을 지우고, 정확한 순간에 손님들이 이야기를 할 수 있도록 정중하게 안내하는 것 같았다. 스스로 개입하여 판단을 하는 경우는 드물었고, 판단을 한다 해도 편견에 사로잡힌 감정적인 외침이라기보다는 자로 잰 듯한 성숙한 의견이었다.

전기 작가의 독립적 삶의 흔적은 실망스러울 정도로 빈약했다. 감사의 말 맨 끝에 가끔 수줍은 암시가 비어져 나와 있을 뿐이었다. 책이 완성된 장소나 날짜를 찾을 수 있으면 그나마 다행이었다. 조지 페인터는 프루스트의 전기에서 1959년 5월 런던이라고 슬쩍 흘려놓았고, 리처드 엘먼은 조이스의 삶을 소개하면서 같은 해 3월 15일(내 생일이다) 일리노이 주 에번스턴이라고 말했다.

이 정도면 많이 이야기한 것인지 모르지만, 더 알고 싶은 갈망을 품어도 용서를 받을 수 있을 것 같았다. 런던의 어디일까? 1959년 5월의 날씨는 어땠을까? 편집자는 출간을 기념하기 위해 페인터를 초대하여 점심을 함께 했을까? 점심은 이탈리아식이었을까 프랑스식이었을까? 도대체 일리노이 주 에번스턴은 어디에 붙어 있을까? 거기에도 마실 만한 커피가 있을까?

조지 페인터는 나중에 나온 판(이때 그는 호브에 있었고, 때는 1988년이었다)의 서문에 이 책을 "이제 결혼 47년 된 나의 아내 존 페인터에게 다시 바친다"고 썼다.

학자의 배우자들은 유혹적인 비밀이다. 존 페인터는 누구일까? 그녀는 세기말의 신경이 예민한 천재에게 엄청난 감정적 에너지를 쏟아 붓는 남편을 어떻게 생각했을까? 그녀도 프루스트를 좋아했을까? 아니면 톨스토이, 그도 아니면 아널드 베넷을 더 좋아했을까? 그녀만 사용하는 조지의 별명이 있었을까? 조지가 다시 휴가를 마르셀과 보내는 것을 두고 농담을 했을까? 프루스트의 삶만이 아니라, 페인터가 그 삶을 발견한 방식에 대해서도 관심을 가지는 것이 타당한 일 아닐까? 어떤 사소한 사실들에 질려버렸는지. 조사를 하러 파리에 몇 번이나 가야 했는지. 어떤 호텔에 묵었는지. 국립 도서관 맞은편 카페에 앉아 오후를 보내며 모든 것을 포기하고 그냥 도르도뉴에서 가르치는 일을 하면 어떨까 하는 공상을 하지는 않았는지.

이런 것은 이단적인 생각이기는 하지만, 어떤 인물에게 채워지지 않는 호기심을 품은 전기 작가들은 독자들이 그들 자신을 향해 그런 호기심을 약간 품는 것도 용서해주어야 할 것이다. 독자가 전기의 인물에게는 매혹되어야 하고 저자에게는 엄격하게 무관심해야 한다는 것에는 뭔가 불균형이 있는 것 아닐까? 마치 전화번호를 알려주는 목소리, 그 메시지에 따라오는 목소리에 무관심해야 하는 것처럼. 〔그 목소리를 한 인간으로 생각하는 것은 전화를 건 사람의 우선순위를 심각하게 위태롭게 만들 수도 있다. 교환수가 인간이고, 집이 있고, 어쩌면 자식이 있을지도 모르고, 칫솔은 분명히 있을 것이라는 생각 앞에서는 기차역 전화번호가 우월한 지위를 잃게 된다. 그런 생각을 하다 보면 다른 질문들이 뒤따를 수도 있다. 그 칫솔은 무슨 색일까? 이 사람은 사랑을 하다가 차였을까? 자유형으로 헤엄을 칠까? 양고기를 오븐에서 얼마나 익힐까?〕

그러나 전기 작가들이 그들의 텍스트에 존재하지 않는 것을 단지 겸손함으로만 설명해서는 안 된다. 만일 누가 물어본다면, 리처드 엘먼은 일리노이 주 에번스턴에서 가장 좋은 식당이 어디라든가, 그의 부인("……개념에서나 표현에서나 모든 것을 낫게 고쳐준 메리 엘먼……")이 그의 책을 어떻게 생각한다든가, 자신이 어떻게 하다가 조이스에게 끌렸다든가, 자식들은 아버지가 며칠씩 도서관으로 사라져버리는 것에 어떤 반응을 보였다든가 하는 이야기를 온화하게 해줄 것이다. 그가 그런 여담을 자제한 것은 단지 예의 때문이 아니었다. 그것은 전기 저술의 바탕에 깔린 철학적 전제의 일부이기도 하다. 즉, 절대 인생에 대한 **관점**〔아내와 자식들과 함께 에번스턴에서 멀리 떨어진 땅에 오래전 살았던 한 아일랜드인을 보는 관점) 자체를 쓰는 것을 목표로 삼지 말고, 오히려 편견이나 엉성한 학식에서 나온 관점으로 인한 왜곡으로부터 가능한 한 자유로운 상태에서 삶 **자체**를 쓰려고 노력해야 한다는 것이다. 이렇게 보면 나쁜 전기는 바로 저자가 인물에게 너무 자주 개입하는 전기, 궁금해서 돈까지 내고 산 책 속의 더 큰 인물의 콤플렉스가 아니라 저자의 콤플렉스를 더 발견하게 되는 전기다.

나는 그녀의 질문에 다시 반응하여 이사벨에게 설명했다.

"오렌지 주스도 괜찮아. 대부분 주스로 통용되지만 사실은 그렇지 않은 인공적인 것보다는 차라리 물을 마시겠다는 것뿐이야."

"사실 물은 형편없어. 너무 따분해. 물은 있잖아, 너무 **물 같아**."

그녀가 어깨를 으쓱하며 대답했다.

"소다수 쪽은 어떻게 생각해?"

"그건 좀 나은 것 같아."

"사실 나는 오렌지 주스보다는 자몽 주스를 마시는 게 좋아. 어쨌든 그게 가짜를 만들기가 쉽기는 해도 맛은 괜찮거든."

나는 곰곰이 생각하며 말했다.

"맞아."

사람들에게 단지 하나의 삶만 있다면, 전기 작가들이 그림 안으로 들어가지 않고, 자신의 에고와 미뢰의 쓸데없는 간섭에서 멀리 떨어져, 그 삶이 조심스럽게 편견 없이 재구축되도록 하는 것이 핵심적일 것이다. 그러나 우리에게는 대화를 나누는 사람들의 수만큼이나 많은 삶이 있다. 어머니와 함께 있을 때는 어떤 이야기는 하고 어떤 이야기는 하지 않는다. 경찰관들하고 함께 있으면 이런 기분이 되고, 극단적인 종교를 신봉하는 집단 구성원들과 함께 있으면 저런 기분이 된다. 이런 상대성을 보면 관찰자가 지켜보는 동시에 보는 대상에게 영향을 주는 상황을 설명할 때 끌어들이는 하이젠베르크의 불확정성 원리가 떠오른다. 하이젠베르크는 현미경으로 어떤 원자들을 한참 들여다보고 있으면 그들이 자의식을 느껴 혼자 있을 때는 하지 않던 일을 하기 시작할 것이라는 말을 했다고 전해진다. 망원경으로 이웃을 살피면 그들이 거실 바닥에서 뜨겁게 끌어안을 계획을 중단할 가능성이 높다는 주장과 비슷한 이야기다.

나는 조금 전 바에 서 있을 때 탁자를 돌아보았다가 이사벨이 얼른 뺨에 흘러내린 머리카락을 쓸어 올리는 것을 보았다. 아주 작은 몸짓으로, 이야기를 나눌 때는 나의 관심을 끌지 않았던 많은 동작들 가운데 하나였다. 하지만 지금 그녀는 호기심 많은 눈이 지켜본다는 것을 알지 못하고 있었다. 따라서 그것은 통근 열차에 탄 사람이나 백화점 에스컬레이터의 관광객의 눈에 비친 그녀의 모습일 수도 있었다. 그 몸짓은 그녀를 모르는 세상 안에서 이사벨이 어떤 사람인지 말해주었고, 그녀가 혼자 있다고 믿을 때 어떤 모습인지 말해주었다. 이런 깨달음에는 관음증이라는 말에 따르는 선정적인 느낌이 전혀 없었다. 이사벨은 스타킹을 말아 내리고 있었던 것이 아니라, 그저 머리카락 한 올을 쓸어 올렸을 뿐이기 때문이다. 중요한 것은 그녀가 무엇을 하고 있느냐가 아니라, 그녀가 남이 보지 않는 상태에서 뭔가 하고 있다는 믿음이 가져온 미세한 변화였다. 그녀에게 사실을 말했다면, 아무런 자의식 없이 휘파람을 불거나 저녁 식사 계획을 짜는 것과 같은 유쾌한 일을 하면서―익명성을 가정한 상태에서 그런 일을 하면서―길을 걷다가 친구가 자신을 알아보았을 때처럼 당황했을 것이다.

전기는 대체로 하이젠베르크의 이론의 함의를 모르는 것 같다. 전기는 '결정적인' 삶을 제시하려 한다. 지난번에 같은 인물의 전기를 썼던 아무개가 오텔 뒤 캅의 급사장과 이야기를 나누어 보지 않거나 전기 속 인물을 치료한 손발 치료 전문의의 회고록을 간과했기 때문에 파악하지 못했던 진짜 이야기를 제시하려 하는 것이다. 이런 편견은 정신분석 분야에서 만나게 되는 것과 비슷하다. 이 분야에서 치료자들은 눈에 보이지 않으려고 안간힘을 쓴다. 그들에게 최근의 어떤 영화가 마음에 드느냐고, 어디에서 휴가를 보내고 싶으냐고, 또는 다그치듯이, 사람들이 쏟아내는 어지러울 정도로 사적인 자료를 어떻게 생각하느냐고 물을 수 없다. 그들을 향해 공격적으로 목소리를 높이게 되는 것은 한쪽만 일방적으로 질문에 답을 하고 자신에 관한 것들을 드러내는 상황, 상대방은 듣기만 하고, 대꾸를 할 생각도 없으면서 독백만 부추기는 상황에서 느끼게 되는 힘의 불균형에 대한 불편함의 표현에 불과할지도 모른다.

유령이 쓴 전기들은 버지니아 울프가 "테니슨의 생애, 또는 글래드스톤의 생애라는 아무런 특성이 없는 덩어리"라고 묘사한 것을 제작하던 19세기의 형편없는 산업 운동의 상속자들로 보인다. 울프는 "거기에서 우리는 목소리나 웃음, 저주나 분노, 이 화석이 한때 살아 있는 사람이었음을 보여주는 어떤 흔적이라도 찾아보려고 노력하지만 아무 소용이 없다"고 말했다.

그러나 이것 때문에 최고의 하이젠베르크적인 전기라고 할 수 있는 보즈웰*의 존슨 전기에 구현된 대안적 전통을 잊어서는 안 된다. 보즈웰은 어떤 삶에 관한 정직한 이야기는 저자와 대상 사이의 관계에서 나올 수밖에 없다고 가정했다. 그래서 이 작품에서는 존슨 박사만이 아니라 전기 작가 자신의 특이한 모습도 얼마든지 찾아볼 수 있다.

"배고파 죽겠어. 집에 가서 저녁 먹을래? 대충 준비해서 생선 튀김 같은 건 만들 수 있는데."

이사벨이 갑자기 일어나더니 창턱에 있던 가방을 집어 들며 말했다.

"야, 일류 요리사가 하는 말 같은데. 아주 좋을 것 같아."

"비꼴 필요는 없잖아. 초대받아서 운이 좋다고 생각이나 해."

"함께 먹고 마시고 살면서 사회적으로 교제해보지 않고는 어

---

* 제임스 보즈웰(1740~1795), 영국의 전기 작가.

떤 사람의 삶에 관해 쓸 수 없다." 존슨은 보즈웰에게 그렇게 주
의를 주었다. 그러자 서기 보즈웰은 그 말을 그대로 받아들였다.
"나는 보통 일요일에 고기 파이를 먹는다." 그는 존슨 박사가 그
렇게 말했다고 전한 다음, 그의 집에서 이루어지는 식사를 묘사
하는 작업을 정당화하는 일에 나선다. "이곳의 정찬은 독특한 현
상으로 여겨지고, 나는 자주 그 문제에 관해 질문을 받기 때문에,
독자들은 어쩌면 우리의 식단이 궁금할지도 모르겠다. 우리는 아
주 좋은 수프, 삶은 양다리와 시금치, 송아지 고기 파이, 라이스
푸딩을 먹었다."

"생선 튀김하고 뭘 함께 먹을 건데?"

내가 물었다.

"모르겠어. 새로 산 감자나 밥. 아니면 그냥 샐러드. 토마토가
몇 개 남았거든. 그걸 잘라서 오이 몇 개하고 섞어서 그리스 샐러
드를 만들 수 있어."

따라서 이 과정을 완전히 다르게 시작하면 어떨까? 이사벨의
삶에 대한 비인격적 연대기 뒤로 사라지는 대신 앞으로 나서서,
내가 그녀를 어떻게 알게 되었는지, 그녀에 대한 내 인상이 어땠
는지, 또 어떻게 바뀌어 나갔는지, 내가 뭘 이해했고 오해했는지,
내 편견이 어디서 방해를 했고 내 통찰이 어떻게 형성되었는지
먼저 간단하게 이야기하는 것이 더 정직한 것 아닐까? 나는 하이
젠베르크의 불확정성 원리에 응답하여, 적어도 한동안은 그녀의
어린 시절보다 초기의 데이트에 특권을 부여하기로 했다.

초기의 데이트

런던, 토요일 밤, 11시 30분, 파티. 목소리, 음악, 춤. 젊은 남자와 젊은 여자가 이야기를 하고 있다.

여자 : 그 말이 맞아요.

남자 : (긴 머리에 가죽 재킷을 입고 있다) 동의해주셔서 고맙습니다. 저 헨드릭스의 몇몇 순간은 저한테는 신과 같아요. 무슨 말인지 아시겠죠? 하늘, 그게 열린 겁니다, 마치 꼭, 그게 열린 거예요. 무슨 말인지 아시겠죠?

여자 : (고개를 끄덕이며) 그럼요.

남자 : 나는 무대에 올라가기 전에 꼭 헨드릭스한테 기도를 해요. 멍청한 소리 같죠, 네? 제가 멍청해 보일 겁니다.

여자 : 그렇게 보이지 않아요. 나 같아도 헨드릭스한테라면 그렇게 하겠어요. 그래, 어디서 연주를 하세요?

남자 : 작년에 LA에 있었습니다.

여자 : 그래요?

남자 : 도쿄에도 두어 번 갔죠.

여자 : 멋지네요.

남자 : 정말이지, 천국 같습니다.

나는 그 파티에 한 시간 정도 있다가 그녀를 처음 보았다. 그녀는 벨사이즈 파크에 있는 어떤 집의 거실 벽감 속에 서 있었다. 벽에는 운동을 하는 남녀가 에로틱한 상태에 있는 모습을 보여주는 일련의 인도 판화들이 걸려 있었다. 기타리스트는 가끔씩 그 판화들을 가리켰으며, 그럴 때마다 그와 함께 있는 여자는 입을 막고 깔깔거렸다. 나는 두 번째, 그리고 저녁이 이런 식으로 계속되면 틀림없이 마지막이 아닐 보드카 토닉의 얼음을 흔들며 다시 밤색 소파로 물러났다.

나는 그녀와 같은 유형의 여자를 정확하게 알고 있었다. 그녀는 예술 사업의 평판이 나쁜 면과 관련을 맺고 있는 수상쩍은 남자들에게 과장된 존경심을 품고 있는 여자다. 본인은 보수적이지만, 자기 생활의 황량함에서 벗어나려고 그런 인물에게 애착을 느낀다. 남자의 까칠하게 자란 수염을 사회에 대한 의사 표시로 착각하고 몇 년 동안 그를 따라 길에서 살다가 약물에 중독되고 아이를 가지게 될 것이며, 결국 10년 뒤 그녀의 가족이 주거용 트레일러에 있는 그녀를 발견해 구원받게 될 것이다. 그녀의 의견이라고 해봐야 사춘기를 갓 넘긴 중산층 가정 소녀의 말도 안 되는 소리일 것이 뻔했다. 깊은 생각도 없이 물들어버린 좌파적인 생각에 집안 설비에 대한 물질주의적 애착이 뒤섞여 있으며, 몇 년 전에 잠시 채식주의를 실험해보기도 했지만 지금은 온건한 감상주의에 정착하여 판다 곰이나 호주의 멸종 위기에 처한 개미핥기를 구하는 일에 헌신하는 집단의 회원이 되었을 것이다.

나는 그런 심리적 초상에 만족하며 그녀를 두 번 다시 생각하지 않기로 하고, 나와 죽이 맞는 사람을 만날 수 있을 것이라는 희망을 품고 부엌 쪽으로 어슬렁어슬렁 걸어갔다. 아쉽게도 부엌은 텅 비어 있었다. 탁자에 펼쳐진 전날 신문에서 기차역만 한 크기의 운석이 지구와 충돌할 것이라는 예측 기사가 눈에 띄었다.

그때였다.

"맙소사, 나 좀 구해주세요."

조금 전에 분류가 끝난 그 여자가 부엌으로 급히 들어오며 말했다.

"네?"

"나를 쫓아오고 있어요."

그녀는 그렇게 말하며 문을 닫았다.

"누가요?"

"왜 나는 늘 이런 상황에 처하는 거죠? 친구 오빠인데, 자기가 나를 집에까지 태워다주어야 한다고 생각해요. 물론 잘못 생각하고 있는 거죠. 또 좀 위험하기도 한 것 같고요. 심각한 건 아니지만. 그냥 약간 정신이상 증세가 있는 것 같아요."

"그냥 약간이요?"

"그 사람이 들어오면 나하고 깊은 대화를 나누는 척해줄래요?"

"그러지 말고 그냥 콧노래로 크리스마스 캐럴이나 부르고 있으면 안 될까요?"

"미안해요. 내가 너무 무례하게 구는 것 같네요."

"와인 좀 마실래요?"

"아뇨. 하지만 그 당근은 좀 먹고 싶네요. 딱 이맘때 배가 고픈 건 도무지 고쳐지지가 않아요."

"왜요?"

"글쎄요, 늘 이때쯤 배가 고파요. 물론 지금 먹고 나면 아침 먹을 때는 그렇게 배가 고프지 않죠. 하지만 정오 무렵이 되면 또 배가 고파 미치죠. 비스킷도 먹고 싶어 죽겠네."

우리는 스토브 옆의 양철 깡통에서 비스킷을 찾았다. 짧은 소개가 뒤따랐다.

"그래, 여기서 누구를 아세요?"

내가 물었다.

"닉하고 친구예요. 닉 아세요?"

"아뇨, 닉이 누구죠?"

"닉은 줄리의 친구예요. 줄리 아세요?"

"아뇨. 크리스 아세요?"

"아뇨."

"그런데 왜 늙은 헨드릭스의 차를 얻어 탈 수밖에 없었던 거죠?"

"아, 그 사람은 해머스미스에, 나와 가까운 곳에 살아요. 내가 뭐가 문제인지 모르겠어요. 나는 그러지 말아야 할 때 꼭 사람들한테 친근하게 굴어요. 상대를 냉랭하게 무시해버리는 기술이 영 몸에 붙지를 않네요. 아마 상대가 기분이 나빠지는 걸 겁내나봐요. 그래서 어쩔 수 없이 친근하게 구나봐요."

"모든 사람이 당신을 사랑하기를 바라나요?"

"그쪽은 안 그런가요?"

"당연히 그렇죠."

"하지만 그 헨드릭스 숭배자 이야기가 나와서 말인데, 내가 싫어하는 게 한 가지 있다면 상류사회에 끼려고 애쓰는 사람들인 것 같아요. 실제로 상류사회에 속한 사람들은 괜찮아요. 한심한 건 그렇게 되려고 노력하는 거예요. 자신이 영리한 걸 가지고 사람들한테 감명을 주려고 애쓰는 사람들하고 비슷해요. 아리스토텔레스를 완역본으로 읽은 사람이라면, 자기가 그 책을 읽었다는 얘기를 상대방 목구멍에까지 쑤셔 넣을 정도로 요령 없이 굴지는 말아야죠."

"누군가를 염두에 두고 하는 말인가요?"

"네, 뭐. 그런 셈이죠. 어쨌든 너무 캐묻지는 말아요. 우린 방금 만났잖아요."

"그래서요?"

"그쪽은 이미 내 이름도 잊어버렸을 게 틀림없는걸요."

"해리엇 같은 이름을 어떻게 잊을 수 있겠습니까?"

"아주 쉽게 잊죠. 그보다 더 절박한 문제는 왜 그쪽이 이사벨

같은 이름을 기억하지 못하느냐는 거예요."

"내가 잊어버린 걸 어떻게 알았죠?"

"나도 오랫동안 그랬거든요. 그러다가 신문에서 그런 이름 기억하는 문제에 관한 기사를 읽었어요. 아마 그런 문제는 자기가 어떻게 보이는지 걱정하는 사람들에게 일어나는가봐요. 그런 걱정 때문에 다른 사람에게 집중할 수 없으니까요."

"그렇다는 걸 알게 되어 다행이네요."

"미안해요. 무례했죠? 나는 무례한 사람이에요. 알아두세요."

그녀는 잠깐 웃음을 짓더니, 생각에 잠긴 표정으로 고개를 돌렸다. 짙은 갈색의 곱슬머리를 중간 길이로 길렀다. 부엌의 밝은 형광등 불빛 아래 그녀의 피부는 창백했다. 턱 왼쪽에는 어울리지 않는 점이 있었고, 눈은 (그 순간에는 냉장고 문에 초점을 맞추고 있었는데) 특색 없는 담갈색이었다.

나는 수도꼭지에서 물이 똑똑 떨어지는 소리를 덮으려고 물었다.

"무슨 일 하세요?"

"난 그런 질문 싫어해요."

"왜요?"

"사람을 그냥 그 사람이 하는 일이라고 가정해버리니까요."

"나는 안 그런데요."

"저기 냉장고에 붙어 있는 자석들을 보세요. 다 유명한 사람들이에요. 카터, 고르바초프, 사다트가 있네요. 저건 셰익스피어처럼 보이고. 귀엽지 않아요?"

그녀는 자그마한 자석 인물을 떼어내 플라스틱 대머리를 쓰다 듬더니 말을 이었다.

"나는 페이퍼웨이트라는 문구 회사에서 일해요. 연습장, 수첩, 일기장 같은 걸 만들죠. 지금은 지우개, 연필, 서류철로 사업을 확장하고 있어요. 나는 생산 보조라는 직책을 맡고 있어요. 예전부터 늘 그 일을 하기를 바랐다고 말할 수는 없어요. 나중에 다른 일을 할지도 몰라요. 하지만 그런 자리가 생겼고, 돈 나갈 데는 많았죠. 아시잖아요. 뻔한 얘기죠."

손님 두 사람이 들어오는 바람에 말이 끊겼다. 그들은 와인 한 병을 챙기더니 다시 나갔다. 이때쯤 이사벨에 대한 나의 인상은 불과 몇 분 전 아주 단호하게 내렸던 최초의 판단과는 약간 달라져 있었다. 이제 그녀는 팝스타를 따라다니는 소녀도 아니었고, 호주의 개미핥기 후원자도 아니었다. 그렇다고 그게 아니라 이런 사람이다 하고 말할 수는 없었지만, 어쨌든 이렇게 인상이 변했다는 사실은 (우호적이든 비우호적이든) 편견이 나의 사람을 파악하는 법에 얼마나 영향을 주고 있는지 깨닫게 해주었다. 다른 사람들이 우리를 대하는 태도에 따라 그들을 보는 우리의 관점이 달라지는 자기중심적인 면을 깨닫게 된 것이다. 나를 강제노동 수용소에 보내지 않았으니 스탈린이 그렇게 나쁜 사람은 아닐지 모른다고, 또 이 여자는 파티에서 처음 만났지만 내 우편번호를 알려달라고 했으니 아주 흥미로운 사람일 것이라고 판단을 내리기가 쉽다. 사실 무서울 정도로 쉽다.

"잇몸을 규칙적으로 닦나요?"

이사벨이 물었다.

"모르겠는데요."

"나도 몰랐어요. 하지만 오늘 치과에 갔다가 그렇지 않다는 걸 알았어요. 그게 큰 문제인가봐요. 일반인 중에 거의 40퍼센트가 잇몸이 나쁜데, 이게 나이가 들면 무서운 문제를 일으켜요. 진짜 잘못은 자기가 열심히 이를 닦으니까 잘하고 있다고 생각하는 거죠. 가장 좋은 건 그냥 칫솔을 갖다 대고 이런 식으로 아주 부드럽게 회전시키는 거래요……."

정신없는 여자네. 나는 생각했다. 하지만 멋진 미소야. 수줍음이 많고. 그녀가 정원 일을 좋아하는지 궁금했지만, 막상 대화에 들어갔을 때는 "전기 칫솔을 써본 적 있어요?" 하고 물었다. 이사벨은 그렇다고, 하지만 자주는 아니라고, 어머니 것인데 고장 난 지 1년이 되었다고 대답했다.

우리는 다른 사람들을 제대로 모르기 때문에 뻔뻔스럽게도 그들이 이런저런 사람일 것이라고 지레짐작한다. 누군가를 만났을 때, 아는 것이 없다고 해서 판단을 유보하는 일은 거의 불가능하다고 할 수 있다. 말하는 습관, 읽고 있는 신문, 입이나 두개골의 모양, 이런 것들이 그 존재 전체의 모습을 낳는다. 그래서 우리는 치과학이나 버스 정류장의 위치에 관해 아주 짧은 토론을 했을 뿐임에도, 그 사람이 어떻게 투표할지, 키스를 하고 싶어하는지 아닌지 예측을 한다.

이런 식으로 무지막지하게 알아가는 과정은 책을 펼치자마자 바로 등장인물들에 대한 관념을 형성해버리는 것과 비슷하다. 물론 좋은 독자의 자격을 갖추려면 성급하고 순진하게 동일시나 희화화를 하는 대신, 인내심을 가지고 저자가 상황을 정연하게 제시할 기회를 주어야 한다. 사실 나는 그런 인내심에는 문제가 좀 있어서 소설을 끝까지 다 읽는 경우가 드물다. 소설을 집어 들고 몇 페이지를 읽다 보면 텔레비전에서 더 적당한 즐길 거리가 눈에 띄곤 한다. 이런 저주는 나와 제인 오스틴의 《엠마》와의 관계에도 영향을 주었다. 나는 이 책을 들고 대서양을 건너고, 글래스고와 스페인에도 갔지만, 아직까지도 정독을 한 부분은 앞의 20페이지를 넘어가지 못했다.

이렇게 형편없는 독자이기는 하지만, 엠마라는 인물, 그녀의 미래 그리고 파티에서 그녀를 알아볼 수 있는 나의 능력에 관해서는 상당한 자신감을 과시했다. 실제로 책의 첫 문장에서부터 나는 분명한 선입관을 형성해나갔다.

> 잘생기고 영리하고 부유한데다가 편안한 가정과 낙천적 기질까지 갖춘 엠마 우드하우스는 인생의 가장 좋은 축복 몇 가지를 한꺼번에 받은 듯했으며, 이 세상에서 거의 21년을 살면서 괴롭거나 화나는 일은 거의 겪어본 적이 없었다.

내가 여기까지 읽고 갑자기 텔레비전 뉴스를 보게 되어 엠마에 관해 더 알지 못하게 되었다고 상상해보라. 그렇다고 해도 그 문장으로 그녀의 모습이 내 머릿속에 그려지는 것은 아무것도 막지 못했다. 나는 엠마에게 대학 시절에 알게 되어 유혹하려 했던 똑같은 이름을 가진 여자의 얼굴을 할당했다. 그녀는 갈색 머리를 어깨까지 드리웠고, 태도는 오만했으며, 안색은 잉글랜드 사람 같다고 말할 수 있을 만큼 발그레했다. 그녀는 늘 명랑했으며, 한 무리의 여자 친구들과 함께 다녔다. 복도에서 만나면 방금 누군가가 한 농담에 깔깔거리는 소리가 들리곤 했다. 우드하우스 Woodhouse라는 그녀의 성의 첫 음절만 들어도 시골 생활, 숲, 풀밭이 떠올랐으며, 나는 그 풀의 녹색으로 그녀의 눈을 채색했다. 두 번째 음절을 들으면 내가 소유한 역사책 표지에 나오는 시골의 붉은 벽돌집이 떠올랐으며, 이제 이것이 그녀의 집이 되었다. "잘생기고 영리하고 부유하다"는 말을 들으면 자신감이 넘치고 재치 있고 빈틈없으며, 어쩌면 내 사촌 한나와 심리적으로 비슷할 것 같았다. 엠마는 또 약간 응석받이이고 우스꽝스러울 것 같았다. 편안한 가정과 낙천적 기질을 이야기한다는 것 자체가 일종의 조롱이었기 때문이다. 문학에서는 모든 가정이 제 기능을 못하며, 낙천적 기질을 갖춘 사람은 희극적 인물뿐이다. 문학이란 주로 우울증 환자들이 쓰고 읽는 것이기 때문이다. 스물한 살이 될 때까지 괴롭거나 화나는 일을 거의 겪어본 적이 없다는 말을 늘으면, 사춘기의 흉터가 남아 있는 사람으로서 분풀이를 하고 싶은 마음에 그녀가 스물두 살이 되기 전에 반드시 그 전 21년을 갚고도 남을 만한 재앙이 일어나주기를 바라게 된다.

이렇게 편견에 사로잡혀 엠마가 어떤 사람일 거라고 추측한 것은 결국 내가 이사벨을 엉성하게 추측한 것과 크게 다르지 않았다. 물론 엠마보다는 이사벨을 집까지 태워다주는 것이 나에게는 더 행복했겠지만.

"정말 고마운 말씀이네요. 물론, 귀찮으시면 택시를 타고 가도 돼요. 아니면 헨드릭스하고 같이 가도 되고."

이사벨이 말했다.

"전혀 귀찮을 것 없습니다. 같은 방향인데요 뭐."

나는 거짓말을 했다. 왠지 전화번호도 교환하지 않고 헤어지는 것이 내키지 않았기 때문이다.

해머스미스에서 이사벨과 헤어지면서 주말에 함께 수영을 하러 갈 약속을 잡을 때쯤 나는 다시 한 번 그녀가 어떤 사람인지 안다고 생각했다. 사실 우리의 인물 묘사의 명료함을 망치는 것은 무지가 아니라 지식의 축적이다. 함께 보낸 시간이 길수록 우리의 도식이 흐릿해져, 우리가 25년 동안 알았던 남자나 여자를 하나의 깔끔한 전체로 응집시켜 표현하지 못하겠다고 인정할 수밖에 없게 된다. 다른 사람들도 사실은 우리만큼이나 복잡하고 알 수 없는 존재라는 사실을 암묵적으로 인정하게 되는 것이다. 하지만 안 지 얼마 되지 않았을 때는 대개 그런 것을 깊이 생각할 인내심, (또는 더 친절하게 말하자면) 에너지가 없다.

아직은, 너무 많이 안다, 고로 다시 한 번 아무것도 이해 못하겠다, 하는 역설에 빠지지 않았던 나는 나의 심리적 연장통이라는 한계 내에서 움직였다. 이 연장통은 "금발은 착한가?" "흡연자를 신뢰하는 것이 지혜로운 일인가?" "자기는 화를 내지 않는다고 말하는 사람들을 믿어야 하는가?" 같은 질문들에 대하여 특정한 경험에 기초한 일련의 일반적 답변을 제공했다. 나는 미지의 인물을 내가 아는 인물들 가운데 가장 먼저 떠오르는 집단 안에 일단 끼워 넣고, 그 집단과 어울리지 않는 새로운 정보가 나타날 경우 그림을 고칠 권리를 확보해놓았다.

내 친구 나탈리가 나의 이사벨 이해의 출발점이었다. 물론 이사벨은 유일무이한 존재였겠지만, 나의 상상력은 그녀를 그렇게 읽지 않았으며, 오히려 다양한 사람들을 뭉개서 하나의 이사벨로 만드는 쪽을 더 좋아했다. 꿈은 무의식 속에서 사람들이 정체성을 공유하는 방식을 드러낸다. 따라서 자신이 카이사르와 밤을 보냈다는 황당한 꿈 이야기가 나오는 것이다. 물론 이 사람은 결코 역사책의 카이사르가 아니라, '사실은' 또는 '동시에', 동네 빵집 아저씨나 사촌 앵거스이지만. 정신은 일치를 인식하는 데 아주 유능하다. 깨어 있을 때는 대체로 신체적인 수준에서 그러하며, 침대에서 잠이 들어 억제가 사라질 때는 심리적인 수준에서 그러하다. 그래서 우리는 무의식이 만들어내는 불편한 짝짓기를 보게 되는 것이다. 여자친구가 대고모와 상징적 범주를 공유하고, 골프 파트너가 무의식 속에서 〈지옥의 묵시록〉에 나온 오손

웰즈 역할을 하는 것이다. 나중에 입맞춤을 하거나 나인 홀을 돌자고 할 때 우리는 이때 보았던 일치를 잊기가 어렵다.

이사벨은 그런 식으로 나탈리가 되었다. 나탈리는 어렸을 때는 수줍음을 많이 탔지만 이제는 자신감 있는 사람이 되었다고 말한 적이 있기 때문에, 나는 이사벨에게서도 비슷한 과정이 진행되었을 것이라고 상상했다. 그녀는 자의식은 감추고, 전에는 수치감을 자극하던 것이 나타나도 당황하지 않겠다고 결심했을 것이다. 아마 이것 때문에 공격적인 날을 세우게 되었을 것이며, 갑자기 나한테 자기 이름을 기억하냐고 물었을 때 그런 면이 확 드러났던 것이다. 이사벨이 치과 의사나 먹는 습관 이야기를 하는 것에서는 사소한 사회적 관습을 무시하는 면이 드러났다. 그것을 보고 나는 그녀에게 충격을 주는 것은 어려운 일이며, 그런 생각 자체를 그녀는 허세로 여길 것이라고 상상했다. 사회적인 지표들은 모호했다. 그녀는 해머스미스에 살고 있었는데, 이곳은 모든 계층이 거주하는 지역이었다. 하는 일은 사무적이라고 치부해버리기에는 뭔가 예술적인 데가 있었다. 그녀의 귀걸이는 해외여행을 다녀온 적이 있음을 암시했다. 아마 극동 지역이나 아프리카에 다녀왔을 것이다.

성급하게 관념들을 형성하면서 나는 새로운 땅에 도착하여 여행의 외적인 것에 압도적인 중요성을 부여하는 어리석은 여행자 노릇을 할 위험을 무릅쓰고 있었다. 예컨대 공항에 전차가 있더라, 택시 기사가 탈취제를 쓰더라, 박물관 정문의 줄이 길더라 하

는 사소한 일들을 가지고 "스페인은 매우 공격적이더라", "인도인
들은 예의가 바르더라", "그녀는 애교가 있더라" 하는 말도 안 되
는 결론을 내리는 식이다.

*

그 후 나는 주말에 이사벨과 만나 수영을 하러 갔고, 그 과정
에서 몇 가지를 더 알게 되었다. 그녀는 해머스미스 그로브에서
조금 떨어진 거리의 에드워드 시대 주택단지 아파트의 꼭대기 층
에 살고 있었다. 그녀는 내가 약속을 확인하기 위해 전화하자 이
렇게 주의를 주었다.

"앞쪽의 나무들 밑에 주차하지 마세요. 런던의 모든 새가 이곳
을 자기들 화장실로 여긴다니까요."

내가 초인종을 누르자 그녀가 인터콤으로 말했다.

"곧 준비가 끝나요. 올라오라고 하고 싶지만, 지금 완전히 돼지
우리라서요."

그러더니 내가 뭐라고 대답을 하기도 전에 아래로 내려왔다.

"막 어머니와 통화를 했거든요."

그녀는 사과를 하며 차 문을 닫고, 안전벨트를 찾으려고 손을
뻗으며 말을 이었다.

"그 여자는 미친 것이 틀림없어요. 정신병원에 갇히지 않은 게
기석이에요."

"뭐 때문에 그런 정신착란의 느낌을 받은 거예요?"

"무려 30분에 걸쳐서 내가 제대로 안 먹는다고 잔소리를 하는 거예요. 그러면서 나한테 데이트를 할 괜찮은 남자가 한 명도 없는 게 놀랄 일이 아니라네요. 그 여자는 내가 먹는 것에 대해 강박관념을 갖고 있어요. 일종의 심리적 통제의 문제예요. 나한테 전화를 걸 때마다 냉장고에 뭐가 있냐고 꼬치꼬치 물어요. 상상할 수 있어요? 어머니가 다 큰 딸한테 그런다는 게? 아, 여기서 좌회전이에요."

나는 대로로 접어들었다.

그녀가 "젠장" 하고 내뱉었다.

"왜요?"

"우회전이었어요. 나는 도무지 그 차이를 구별하지 못한다니까요."

수영장에 들어가자 이사벨은 코에 물이 들어가는 것을 막는 방법을 익히지 못했기 때문에 다이빙을 할 수 없다고 말했다. 그래서 여전히 손가락으로 코를 쥐어 물이 들어오는 것을 막아야 하지만, 사람 많은 시립 수영장에서 그런 흉한 꼴을 보여줄 각오는 되어 있지 않다고 말하며 웃음을 터뜨렸다. 우리는 둥둥 떠다니는 고래 같은 할머니들 옆에서 수영장을 몇 번 왔다 갔다 했다. 그녀는 십대 이후로 운동을 전혀 안 하다가 최근에 들어서야 다시 시작했다고 말했다. 그녀는 운동을 하면 쉽게 지루해졌다. 도대체 왜 운동을 하는지 알 수가 없었다. 그녀는 무슨 일을 할 때는 목표가 필요했다. 그래서 시골에 가서 오래 하이킹하는 데는 별 재미를 못 느꼈으며, 차라리 도시가 좋았다. 예를 들어 테니스가 뭐가 그렇게 재미있어요? 그냥 공이 왔다 갔다 하는 것 외에 뭐가 있어요? 또 스키는? 그녀는 2년 전에 스키를 탄 적이 있다. 열 명이 프랑스의 한 농가를 찾아갔다. 그러나 밤에는 재미있었지만 낮에는 지루했다. 케이블카에서는 실존적 위기 비슷한 상황을 경험했다.

"산을 올려다보다가 생각했어요. '오, 맙소사, 내가 저기를 올라갔다가 내려오고, 또 올라갔다가 다시 내려와야 하는구나.' 꼭 그 그리스 녀석, 이름이 뭐더라……."

"탄탈로스?"

"아뇨. 그 녀석 말고 다른 쪽."

"시시포스."

"꼭 그 시시포스가 해야 하는 일을 하는 느낌이었어요."

우리는 수영장 한쪽 끝에 이르러 배영으로 자세를 바꾸어 돌아왔다. 아이들 한 무리가 들어와 호크니의 그림과는 완전히 다른 이 해머스미스 수영장의 한쪽 끝에서 누가 더 물을 크게 튀기나 경쟁을 하기 시작했다. 그녀가 말했다.

"좀 이상한 게 있어요. 카뮈와 베케트가 모두 운동을 좋아했다는 거예요. 카뮈는 알제리 축구팀의 골키퍼였고 베케트는 크리켓에서 뭔가 대단한 일을 해서 《위즈덴》(크리켓 연감―옮긴이)에 실렸다는 거예요."

"그래서요?"

"그러니까, 만사가 아무 의미 없다고 이야기해놓고 자기들은 내가 보기에는 정말 의미가 없는 운동 경기를 아주 진지하게 생각했다는 게 웃기지 않느냐는 거예요. 어쩌면 인생이 의미 없다는 것을 알아야만 운동이 의미 있는 일이 될 수 있는 건지도 모르죠."

여담이 끝났을 때 나는 이사벨이 그녀의 부모가 지금도 살고 있는 킹스턴에서 고등학교를 다녔다는 것을 알게 되었다. 이곳은 교육 능력이 형편없는 학교였지만, 그녀는 어머니가 보내고 싶어 하던 사립 기숙학교에 갈 용기가 없어 이 학교에 다니겠다고 고집을 부렸다. 그러나 그녀는 뜻밖에도 공부를 잘하지 못했으며, 다른 여자아이들보다 몸집도 작았다. 그래도 그 덕분에 세상 물정에 일찍 눈을 뜰 수 있었다. 그녀는 런던 대학에 속하는 퀸 메리 칼리지에 진학하여, 샐러드를 먹듯이 유럽 문학을 공부했고 "남자에 미치기도" 했다. 직장을 다닌 지는 4년 되었고, 가끔 즐거울 때도 있지만, 직장을 그만두고 정원사가 될 생각을 해보기도 했다. 그녀에게는 루시라는 이름의 여동생이 있었는데, 그녀와는 애증 관계였다. 남동생은 아직 학교에 다니고 있었고, 늘 뚱했으며, "의기양양하게 걷게 해주는" 부츠를 신고 다녔다. 그녀는 부모님 집에 좀처럼 가지 않았는데, 어머니는 그것 때문에 몹시 피곤하게 굴었다. 어머니는 지방자치정부의 교육부에서 일했고, 한때 페미니즘의 이상을 옹호했지만 지금은 이사벨에게 빨리 결혼하지 않으면 평생 독신녀로 살게 될 것이며, 남자들은 그녀가 입는 옷을 좋아하지 않으며("왜 더 여성스러운 옷을 입지 않는 거냐?"), 그녀가 저녁 식사 초대를 더 받아들여야 한다고 주의를 주었다. 아버지에 관해서는 오래 이야기할 시간이 없었다. 그냥 착하지만 약간 무력하고, 애가 탈 정도로 무능하다는 이야기뿐이었다.

우리는 수영장에서 나와서 각자의 탈의실로 갔다. 밖으로 나왔을 때 나는 길을 따라 몇 미터 내려간 곳에 있는 샌드위치 가게에서 점심을 먹자고 제안했다. 토요일 그맘때는 붐볐지만, 우리는 기다리다가 결국 문간 구석의 테이블을 하나 차지했다.

"내가 뭘 먹으면 좋을까요?"

그녀가 메뉴를 보며 물었다.

"모르겠는데요."

"아보카도와 베이컨으로 해야 할 것 같아요. 칠면조도 좀 넣을까."

나는 치즈와 토마토가 든 것을 골랐다. 우리는 물에서 떠돈 뒤에 느껴지는 허기 때문에 배 속에서 꼬르륵거리는 소리를 들으며 뚜렷한 목적 없는 수다를 나누기 시작했다. 북적거리는 분위기 때문에 나는 이사벨에게 런던에서 사는 것이 좋으냐고 묻게 되었다.

"아, 모르겠어요. 대학 때 알던 친구들 가운데 많은 수가 런던을 떠났어요. 지방 도시로 가거나, 아니면 유럽, 미국으로 갔죠.

친한 친구 하나는 뉴욕에 가서 살아요. 나도 런던이 별로 좋지는 않아요. 그렇다고 진짜로 다른 데로 옮겨가면 자기가 사는 장소에 지나치게 중요성을 부여하는 꼴이 되는 것 같기도 해요. 결국 도시는 다 똑같으니까, 차라리 있던 곳에서, 전화나 교통 체계가 어떻게 돌아가는지 아는 곳에서 그대로 지내는 게, 거기서 중요한 일들을 잘 처리하며 사는 게 나을지도 모르죠."

이런 세세한 내용을 전기에 포함시키려 하다가는 과장에 빠질 위험이 있었다. 과연 전기에 샌드위치의 묘사라든가 간식을 먹으며 두 사람이 나눈 가벼운 농담이 들어설 자리가 있을까?

보즈웰은 존슨 박사의 뒤를 쫓으면서 그런 비난을 받는다고 느꼈던 듯하다. 그러나 그에게는 자신을 방어할 말이 준비되어 있었다.

"내가 경우에 따라 존슨의 대화를 조목조목 세세하게 기록하는 것에 관해 이의 제기가 있을 수도 있다는 것, 그리고 피상적인 이해력과 우스운 상상력을 가진 사람들이 아주 기쁘게 그것을 편협한 조롱의 대상으로 삼는다는 것을 잘 알고 있다. 그러나 세세하고 특수한 것들도 저명한 남자와 관련이 될 때는 종종 그 남자의 특성을 드러내기도 하고 또 늘 재미있다는 나의 의견은 여전히 확고하며 이 점에서 나는 전혀 흔들리지 않고 있다."

결국 후대 사람들이 런던은 살기 좋은 곳이냐 아니냐 하는 문제에 대한 존슨의 대답을 들을 수 있었던 것은 보즈웰이 바로 이렇게 세세하고 특수한 것들에 관심을 기울인 덕분이었다. 존슨의 대답은 이사벨이 방금 말한 것처럼 화려하지는 않았지만, 그럼에도 그 취지에서는 그렇게 거리가 멀지 않았다.

보즈웰이 존슨을 옹호한 말과 진짜로 차이가 나는 부분은, 이사벨을 남자라고 부르는 것은 불가능하고, 뻔뻔스럽지 않고는 그녀가 저명하다고 말할 수 없었을 것이라는 점이었다. 나는 전 여자친구에게서 다른 사람에게 공감을 못한다는 비난을 받고, 그래서 갑자기 전기의 가능성에 관심을 갖게 된 사람이라고 할 수 있었다. 그러나 이 관심이 왜 함께 수영장을 스무 번 왔다 갔다 한 것밖에 없는 사람에게 초점을 맞추게 된 것일까?

이사벨이 머리가 말랐는지 손으로 머리카락을 빗어 확인해보면서 말했다.

"수영에서 가장 지겨운 건요, 사실 수영 자체가 아니라, 옷을 갈아입고 물속에 들어가고 샤워를 하는 것 등등이에요. 솔직히 말해서, 내가 정말 부자라면 제일 먼저 하고 싶은 일은 전용 수영장을 하나 만드는 거예요. 상상할 수 있어요? 매일 아침 출근 전에 그냥 가서 20분 동안 수영을 할 수 있다는 걸 말이에요. 그럼 하루를 제대로 맞이할 수 있지 않겠어요."

"하지만 그냥 지겨워져서 사용하지 않게 될지도 모르죠."

"그럴지도 몰라요. 아니면 너무 부자라 집에 수영장까지 두었다며 우울해할지도 모르죠. 돈이 없어서 좋은 것은 아마 돈이 좀 생기면 모든 게 얼마나 좋아질까 상상할 수 있는 점인 것 같아요. 하지만 막상 부자가 되면 탓할 게 자기밖에 안 남을 것 아니겠어요."

"아니면 부모나요."

"글쎄요, 우리 모두 부모 비난은 좀 하고 살아도 되지 않을까요."

그녀는 그렇게 말하며 짓궂은 웃음을 지었다. 바로 그때 우리 사이에 샌드위치 접시가 놓였다.

나는 보통 다른 사람에게 관심이 쉽게 동하지 않는 체질이지만, 우리의 대화가 겉으로는 범상해 보이면서도 실제로는 매혹과 황홀을 일으키는 힘으로 가득 차 있음을 깨달았다.

"이런 젠장, 사방으로 다 부서져버리네."

이사벨이 자기 샌드위치를 보며 말했다. 그 말은 약간 과장이었다. 그 세 겹으로 된 괴물의 붕괴 범위는 그녀의 치마 허벅지에 한정되었기 때문이다.

"믿을 수가 없네. 토마토가 사방에 떨어졌어. 세탁소에서 막 찾아온 건데. 미안한데, 냅킨 좀 건네줄래요?"

이사벨이 냅킨으로 지저분해진 곳을 닦아내는 동안, 나는 그녀가 수영한 뒤에 베이지색 풀오버 스웨터를 제대로 입지 못했음을 알게 되었다. 칼라에서 라벨이 혀를 쑥 내밀고 있었던 것이다. 우리의 대화, 그녀가 냅킨으로 흘린 것을 닦는 모습, 그 라벨 사이의 대조는 아주 분명한 방식으로 더 사적인 이사벨의 존재를 암시했다. 갑자기 나는 그녀에 대한 나의 관심이 그녀가 매주 한 번씩 빨래를 하는 방법에까지 뻗지 말아야 할 이유가 없다는, 독특하면서도 의심할 바 없이 병적인 생각이 들었다.

전기의 고상함을 인간적 애착이라는 저열한 영역과 절대 뒤섞지 말아야 한다는 주장에 대응을 해야 한다면, 애착과 전기를 쓰고자 하는 충동 사이에는 공통점이 있다고, 즉 **다른 사람을 완벽히 알고 싶은 충동**이 있다고 주장할 수도 있을 것이다. 모든 애착이 전기를 써나가는 다소간 의식적인 과정(날짜, 특징, 좋아하는 세탁 주기와 간식 등을 파악해 나아가는 것)을 포함하는 것과 마찬가지로, 진정한 전기는 작가와 대상 사이의 다소간 의식적인 감정적 관계를 요구한다. 그렇지 않다면 그런 책을 마무리하는 데 필요한 엄청난 에너지를 달리 어떻게 설명할 수 있겠는가?

셸리와 콜리지의 전기를 쓴 리처드 홈즈는 전기 작가의 과제를 긴 시간에 걸쳐 대상의 발자취를 따라가는 일에 감동적으로 비유한 적이 있다. 그러면서 그는 그런 과제 수행에 핵심적으로 필요한 사항을 한 가지 덧붙였다.

"그들을 사랑하지 않는다면, 그들을 따라갈 일도 없을 것이다—어쨌든 멀리까지 따라가지는 못할 것이다."

보즈웰도 비슷한 느낌이었는지 이렇게 썼다.

"나의 스승이자 친구인 존슨에 대한 큰 애착을 의식하고 있다. ……나는 검을 들고라도 그를 지킬 수 있다고 생각했다."

심지어 펜싱을 즐기지 않았던 프로이트도 동의했다.

"전기 작가들은 그들의 주인공에게 매우 특별한 방식으로 고착되어 있다. 많은 경우 그들이 연구의 대상으로 그 주인공을 선택한 것은—개인적이고 감정적인 이유로—처음부터 그에게 특별한 애정을 느꼈기 때문이다."

〔그다음에 이어지는 부분은 좀 신랄하지만, 그렇다고 인용을 하지 않는다면 불성실하다는 말을 들을 것 같다. "그런 뒤에 그들은 이상화라는 과제에 에너지를 쏟아, 주인공의 인상에서 개별적인 특징들을 지워버린다. 그 주인공이 평생에 걸쳐 내적이고 외적인 저항들과 싸워온 흔적들을 매끄럽게 다듬어버리고, 그에게 인간적 약점이나 불완전성의 자취를 용납하지 않는다."〕

*

나는 이사벨을 자주 만나기 시작했다. 어느 날 저녁 섀프츠베리 애비뉴를 따라 걷다가 신문 판매점의 진열대를 보려고 발을 멈추었을 때, 나는 그녀에게 키스를 하고 싶은 충동에 압도당했다.

"뭐 하는 거예요?"

그녀는 그렇게 물으며, 나의 뒤죽박죽이 된 포옹 모방 행위로부터 뒤로 물러났다.

〔"나는 뒤를 추적하는 인물인 전기 작가에게서 희극적인 면이 자주 나타난다고 생각하기에 이르렀다. 그는 늘 부엌 창을 두드리며 은근히 저녁 식사 자리에 초대받기를 바라는 방랑자와 같다." 리처드 홈즈, 《발자취》.〕

"내가 뭐 하는 거지?"

이제 나도 알 수가 없었다. 알기는커녕 녹색 쓰레기통과 부딪혔고, 그 안에 있던 우그러진 깡통 세 개가 바닥에 시끄럽게 쏟아졌다. 그러나 그녀에게는 그녀 나름의 생각이 있었기 때문에, 내가 무시할 수 없는 항변을 했다.

"까다롭게 굴고 싶지는 않지만, 우리는 아직 서로를 잘 알지 못하는 것 같아요. 그래서 그렇게 하는 게 옳은지 모르겠어요. 물론 서로를 어느 정도 알기는 하죠. 그리고 대부분의 사람들에게는 그 정도 아는 것만으로도 충분하다는 걸 나도 알아요. 하지만 나는 어떤 것도 서둘고 싶지 않아요. 싫다는 건 아니에요. 그저, 글쎄요, 이상하게 들릴지 모르지만, 우선 우리가 서로를 더 알았으면 좋겠어요."

"무슨 뜻이죠?"

나는 그렇게 물으며 허리를 굽히고 나의 충돌로 인한 파편을 그러모았다.

"모르겠어요. 다른 관계들, 친구들, 일, 약점 등 모든 걸 알자는 거죠. 사람들은 늘 너무 늦었다 싶을 때에야 그런 걸 알려고 하는 것 같거든요. 이게 미친 소리처럼 들리나요? 싫으세요?"

싫으냐고?

싫을 여유가 없었다. 그녀에 대해 알아야 할 것이 너무나 많았으니까.

가계도

전기는 대개 첫 페이지에서 우선 전기의 주인공이 된 고귀한 인물이 운 좋게 태어나게 된 집안에 대한 조사부터 시작한다. 이 사벨은 자신의 탯줄을 "톱으로" 잘라버리려는 지속적인 투쟁에 관해 이야기했지만, 나로서는 그녀의 가계도에 관심을 가지는 것이 자연스러운 일이었다.

가계도라는 이 그림에는 뭔가 매혹적인 논리가 있다. 선택받은 피조물에 이르기까지 거쳐온 일련의 결혼과 출생을 따라가 볼 수 있기 때문이다. 어떤 가지들은 핵심적이어서 연속적인 잔가지들로 뻗어나가는가 하면, 어떤 가지들은 마을 축제에 적극적으로 참여하던 노처녀 숙모들, 또는 코담배를 사용하고 여자들이 있는 자리에서는 빈정거리기만 하던 공인된 독신남에게서 갑자기 끝나버리고 만다. 가계도에는 봉건적인 면도 있다. 명문가의 혈통을 천민과 구분하는 짝짓기를 보여주기 때문이다. 그런 식으로 순수한 피가 후손의 핏줄을 흘러 다니며 쑥 들어간 독특한 턱을

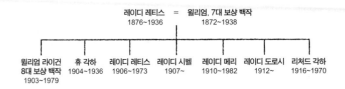

레이디 레티스 = 윌리엄, 7대 보샹 백작
1876~1936 　　 1872~1938

윌리엄 라이건　휴 각하　레이디 레티스　레이디 시벨　레이디 메리　레이디 도로시　리처드 각하
8대 보샹 백작　1904~1936　1906~1973　1907~　1910~1982　1912~　1916~1970
1903~1979

가진 사람들을 잔뜩 만들어냈던 것이다.

　나는 그 무렵 채링 크로스 로드의 헌책방 책꽂이에서 집어든 레티스 여사의 전기 뒤쪽에서 그로스베너 가문의 가계도를 우연히 보고 영감을 받아 그 우아한 대칭의 정신을 모방해보고 싶은 마음이 생겼다.

　"있잖아, 웃기는 일이야, 나는 아버지가 몇 살인지 정확하게 모른다니까. 저 사람보다는 조금 더 늙었어."

　이사벨은 극장에 가는 길에 하이드 파크 코너에서 신호를 기다리다, 우리 옆의 기사가 모는 재규어에서 카폰으로 이야기를 하고 있는 사람을 손가락으로 가리키며 말을 이었다.

　"다만 우리 아버지는 저 사람보다 훨씬 가난하고, 아마 머리숱도 적을 거야. 하긴 원래부터 머리숱이 많지 않았어. 젊었을 때부터. 얼마 전에 아버지의 예순 살 생일잔치를 열자는 이야기가 있었는데, 아버지는 그게 무슨 기념할 일이냐고 하더라고. 그래서 흐지부지 되었지 ─드디어 녹색불이네─그런데 그게 언제 일이었는지 기억이 안 나. 아버지는 늘 어떤 나이에 이르러 있었던 것 같아. 카디건을 입고 다니는 나이 같은 거 말이야. 어서 가, 할머니, 어서 움직이라고."

이사벨은, 다시 빨간불로 바뀔 때까지 신호등 앞에 그대로 있고 싶어하는 듯 보이는 앞차에 대고 재촉하듯이 말했다.

"나머지 가족은 어때?"

"어떠냐고? 가끔 나는 지나가던 황새가 나를 우리 집에 떨어뜨리고 갔다는 생각이 들어. 가족이란 건 이상한 개념이야. 나는 사촌이니 육촌이니 하는 게 어떻게 돌아가는 건지 전혀 몰라. 우리 부모가 결혼을 한 방식 때문에—실수 때문에 급하게 한 셈이잖아—가족의 한쪽에서는 우리와 이야기하는 걸 완전히 접어버렸어. 나의 우아한 조부모, 그러니까 외조부모가 문제였지. 그 사람들은 우리 아버지 집안이 별로 훌륭하지 못하다고 생각했어. 또 반유대주의 감정도 있었지. 우리 아버지의 할아버지, 맙소사, 그러니까 얼마나 거슬러 올라가는 거야, 어쨌든 그분이 유대인이었지. 폴란드에서 이민을 왔어. 그분은 리즈에 살았는데, 법률가 밑에서 도제 교육을 받았대. 그러다가 상관의 하인과 결혼을 하게 되었다는 이야기지. 그 하녀는 소박한 요크셔 처녀였고, 선한 신교도였는데, 결국 라이츠만이라는 성을 갖게 됐어. 그게 내 증조부의 성이었으니까. 내가 어느 차선으로 들어가야 하는 거지?"

"이쪽."

"고마워. 그래서 그분들은 우리 아버지의 아버지를 낳게 됐어. 할아버지는 성을 로저스로 바꾸었지. 나는 어렸을 때밖에 본 적이 없기 때문에 기억이 희미해. 할아버지와 할머니는 핀칠리에 살았어. 그 집에서는 병원 같은 냄새가 났지. 할아버지가 피부병이 있어서 온몸에 연고를 발랐거든. 두 분은 내가 일곱 살인가 여덟 살 때 6개월 정도 간격을 두고 돌아가셨어. 어머니 쪽에는 부자인 조부모가 있지. 외할아버지는 군인이었어. 장군으로 인도에가 계셨지. 그래서 인도 기념품들이 많았어. 그리고 편잡의 그늘진 베란다에 있을 때만큼 좋은 시절은 다시 오지 않을 거라는 슬픈 분위기도 있었지. 또 미국에 간 이모가 있어. 아마 가족으로부터 탈출을 한 것 같은데, 지금은 생물학자인 남편 제시하고 투손에 살고 있어. 이모는 미국 사람이 다 됐고, 이모네 아이들은—사실 개네들은 잘 모르고 별로 좋아하지도 않아—야구를 하고 응원을 한다나 어쩐다나 그래. 이모가 결혼한 남자는 스테이플러를발명한 사람과 친척 관계래."

"그래?"

"뭐, 그 사람도 친척이 있을 수밖에 없는 거잖아. 어쨌든 그게한쪽 집안이고, 아버지 쪽으로는 삼촌과 고모가 하나씩 있지. 아니, 토니 삼촌은 빈으로만 봐줘야겠구나. 60년대에 회까닥해서지금은 웨일스에서 이동 주택에 살고 있으니까. 토니 삼촌은 비트세대 풍의 시를 썼고 한때는 긴스버그의 친구였다. 아무튼 그게 아버지가 나한테 해준 말이야. 하지만 비트족에 대한 책을 읽어봐도 토니 삼촌은 그림자도 안 나와. 그러니 어쩌면 아버지가자기 형제를 좀 폼 나 보이게 하려고 꾸며낸 것일 수도 있어. 그

리고 재니스 고모가 있지. 재니스 고모는 병적일 정도로 보수적
이고 외국인을 혐오해. 휴가 때도 영국을 떠난 적이 없지. 하루에
집 안을 열 번은 치우고 음식에서 반드시 머리카락을 찾아내야
한다는 강박증에 걸려 있어. 결국 어머니가 만든 리조토에서 머
리카락을 찾아냈을 때는 병원에 입원시킬 뻔했지. 자, 이걸로 우
리 집안 설명이 끝났네. 혹시라도 네가 그 사람들을 만나는 불운
은 없기를 바라. 하긴, 그래도 그 사람들 덕분에 내가 수집한 자동
차용 음악을 들어주어야 하는 고역을 면하기는 했네. 바비컨까지
오는 길도 덜 지루했고. 게다가 저기 주차할 자리까지 있으니, 우
리는 정말 운이 좋은 거야."

이사벨이 소리치며 차를 후진시켜 레미콘 트럭과 밴 사이에
집어넣었다.

아무리 완벽하다고 주장한다 해도, 이 단계에서 이사벨의 가
계도는 미완이라고 생각할 수밖에 없었다. 그녀가 무시해버리거
나 자기는 전혀 몰랐다고 주장하는 구역들 때문이었다. 전기 작
가들이 여러 가족과 잇따라 이야기를 나누고, 그들의 이야기를
공적 기록이나 출생증명서로 확인해본 뒤에야 가계도를 그리는
것도 놀랄 일은 아니었다. 가족 구조의 복잡성과 마주치자 전기
의 어려움과 전기 작가들이 조사에 쏟아 붓는 엄청난 노력에 정
신이 번쩍 드는 느낌이었다. 전기는 논리적이고 완전한 세계의
모습을 보여주었다. 그것은 마지막 의붓자식과 편지까지 추적해
들어가, 망각에 대항하여 싸우는 끝없는 전쟁에서 승리를 거두는

일이었다.

　그렇기 때문에 우리는 조이스의 가족사를 연구한 리처드 엘먼 같은 전기 작가의 철저한 방식을 존경하게 된다. 조이스의 아버지의 학교생활까지 시간적 순서에 따라 정확하게 추적하여, 그가 1859년 3월 17일 세인트 콜먼즈 칼리지에 입학했지만 별로 마음에 들지 않아 1860년 2월 19일에 그만두었다는 사실을 발견하고, 나아가 학비 7파운드를 내지 않았다는 사실까지 잊지 않고 말해주는 사람에게는 분명히 뭔가 특별한 것이 있다.*

　그러나 전기 작가들은 기록에 대한 열정 때문에 우리가 우리의 가계도를 경험하는 방식의 작지만 중요한 특징을 간과하는 경향이 있다. 우리는 아버지가 태어난 연도나 노바스코샤 출신으로 퍼스 출신의 여자와 결혼한 육촌의 이름을(브로닌이던가, 아니, 베서니던가?) 기억하려고 애쓰지만, 실제로는 반도 기억하지 못하는 경우가 많다. 우리의 가계도는 수치스러운 어둠 속에 잠겨 있으며, 날짜와 이름은 학교 다닐 때 기계적으로 암기한 왕과 왕비의 이름들처럼 가물거린다. 우리가 어디로 가고 있느냐 하는 문제와 마찬가지로 어디에서 왔느냐 하는 문제에도 자신이 없는 것이다.

　따라서 엘먼 교수의 정확성에 감탄을 하면서도, 의심이 끈질기게 비집고 들어오는 것은 어쩔 수가 없다. 그런 엄청난 연구를

---

* 리처드 엘먼, 《제임스 조이스》, 옥스퍼드대학교출판부, 1982년. — 저자 주.

정당화해준 인물인 제임스 조이스가 실제로 아버지에 관한 그런 사실들을 알았을까? 조이스는 아버지가 세인트 콜먼즈 칼리지를 별로 좋아하지 않았고, 돈이 없는 집안 출신이라는 것 정도는 대강 알고 있었을 것이다. 하지만 아버지가 학교를 그만둔 날이 2월 18일도 아니고, 20일도 아니고, 19일이라는 것을 알았을까? 아버지가 내지 못한 학비가 6파운드가 아니라 7파운드라는 것을 알았을까?

아마 몰랐을 것이다. 이 대목에서 회의론자들은 예의바르게 기침을 하며 문제를 제기할지도 모른다. 기록 보관소 문을 열기 전에 먼저 전기의 두 가지 종류의 정보 사이에 구분을 할 필요가 있다는 것이다. 하나는 당사자가 자신의 가족에 관해 기억할 수 있는 사실이다. 또 하나는 가족과 관련이 되기는 했지만 전기의 주인공은 모르는 사실이다.

이렇게 구별을 하자 새로운 형태의 전기가 들어설 자리가 생기는 듯했다. 이전의 전기보다는 훨씬 부정확하지만 동시에 훨씬 더 진정한 전기다. 이 장르에서는 어떤 사람의 인생 이야기에서 그 사람 자신이 기억하지 못하는 것은 모두 빼버린다. 이 장르는 객관적으로 전기에 첨부될 수 있다고 여겨지는 날짜와 사실들의 전체성보다는 **그 사람 자신이** 본인의 가계도를 이해하는 방식을 반영한다.

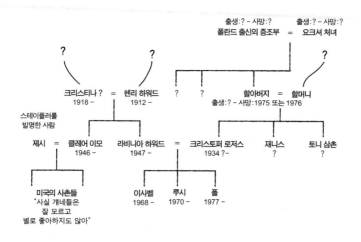

출생:? – 사망:?　　　 출생:? – 사망:?
폴란드 출신의 증조부　＝　요크셔 처녀

?　　　　　?　　　　　　　　　　　　?

크리스티나 ?　＝　헨리 하워드　　?　　?　　할아버지　＝　할머니
1918 –　　　　1912 –　　　　　　　　　출생:? – 사망:1975 또는 1976

스테이플러를
발명한 사람

제시　＝　클레어 이모　라비니아 하워드　＝　크리스토퍼 로저스　재니스　토니 삼촌
　　　　1946 –　　1947 –　　　　　1934 ?–　　　?　　?

미국의 사촌들　　　　이사벨　루시　폴
"사실 걔네들은　　　1968 –　1970 –　1977 –
잘 모르고
별로 좋아하지도 않아"

이사벨과 나는 로르카의 〈베르나르다 알바의 집〉 공연을 보러 차를 타고 바비컨 극장으로 가고 있었다. 우리가 나눈 대화를 고려할 때, 우리가 극장에 들어가 자리에 앉자마자 벌어진 일은 주목할 만한(그러나 이사벨의 입장에서는 그냥 끔찍할 뿐인) 우연의 일치라고 말할 수 있었다.

"맙소사, 저기 앉아 있는 사람은 우리 어머니 같은데."

그녀는 숨이 막히는 듯했다.

"어디?"

"기둥 옆에. 조심해, 보지 마. 도대체 여기서 **뭘** 하는 거지? 저 드레스는 또 뭐야? 꼭 버드나무처럼 보이네. 아버지는 어디 있지? 어머니가 신사 친구라고 부르는 사람들 가운데 하나하고 온 게 아니면 좋겠는데. 정말이지 어머니는 그러기에는 너무 늦었단

말이야."

"어머니한테 이거 보러 올 거라고 이야기했어?"

"아니. 그러니까 내 말은, 이 연극을 보고 싶다는 이야기는 했지만, 오늘 밤 공연 티켓을 샀다는 말은 하지 않았다는 거야."

"누구하고 이야기를 하고 계신데. 보여?"

"휴우, 우리 아버지야. 프로그램을 사러 갔었나보네. 아버지가 이제 곧 재채기를 할 거야. 봐, 한다, 에에에취이이이. 이제 빨간 손수건이 나와야지. 우리를 못 보면 좋겠는데. 그럼 끝나고 빨리 도망가버릴 수 있잖아. 운이 좋으면 둘이 말다툼을 하느라 바빠서 이쪽으로 눈도 못 돌릴 거야. 여기가 두 사람한테는 첫째가는 말다툼 장소거든. 어머니는 아버지한테 주차 티켓을 어디에 뒀냐고 물을 거고, 아버지는 당황할 거야. 조금 전에 실수로 쓰레기통에 버렸을 테니까."

그러나 운은 이사벨의 편이 아니었다. 잠시 후 크리스토퍼 로저스 씨는 우연히 갤러리 쪽을 흘끔거리다가 아버지를 못 본 척하려고 최선을 다하고 있는 맏딸을 알아보았다. 크리스토퍼 씨는 딸이 계속 무지 안에 머무는 것을 두고 볼 수가 없어, 우아하게 차려입고 향수 냄새를 풍기는 청중 한가운데서 일어나더니 떠나는 유람선을 향해 손을 흔드는 사람처럼 힘차게 손짓을 하기 시작했다. 그러다 혹시라도 이사벨이 그 미치광이 같은 행동을 보지 못할 경우에 대비해, 어머니에게 그녀의 맏딸의 위치를 알려주었으며, 어머니는 객석에 있는 4백 명의 존재는 전혀 개의치 않는다는 듯이, 들어오는 유람선 갑판에서 오랫동안 만나지 못한 친구를 알아본 여자처럼 잔뜩 흥분하여 목청껏 "이사벨!" 하고 소리를 질렀다.

이사벨은 희미하게 미소를 지었지만, 얼굴이 홍당무가 되어 공황에 사로잡힌 목소리로 이렇게 되풀이해 말했다.

"믿어지지가 않아. 제발 저 사람들 입 좀 다물게 해줘."

때맞추어 로르카가 그녀를 구하러 왔다. 조명이 희미해지자 로저스 부부도 내키지 않는 표정으로 자리에 앉으며 불길하게 출구 표지를 가리켰다. 막간에 보자는 뜻이었다.

스페인의 가족 드라마가 한 시간 15분 동안 진행된 뒤 우리는 바에서 만났다. 이사벨이 물었다.

"여기서 뭐 하는 거야, 엄마?"

"내가 여기 좀 있으면 안 되는 거니? 저녁 때 멋진 일을 하고 다니는 사람이 너뿐인 건 아니지. 네 아버지와 나도 가끔은 외출을 할 권리가 있어."

"물론이지. 하지만 내 말은 그런 게 아니잖아. 그냥 이런 우연의 일치가 놀랍다는 거야."

"너 이 드레스는 어디서 샀니? 내가 크리스마스 때 사준 게 이거야?"

"아냐, 엄마. 지난주에 내가 직접 산 거야."

"아, 으흠, 아주 멋지구나. 하지만 그렇게 파인 옷을 입으려면 두 가슴 사이가 더 두드러져야 하는데. 하지만 그건 네 아버지 잘

못이야. 너도 그 집안 여자들이 다 이떤지 알잖니."

"어떻게 지내세요, 아버지?"

이사벨이 고개를 돌려 아버지에게 물었다. 아버지는 열중한 표정으로 천장을 올려다보고 있었다.

이사벨이 다시 "아버지?" 하고 불렀다.

"그래, 얘야, 어떻게 지내냐, 우리 강낭콩? 연극은 재미있니?"

"그럼요. 아버지는요? 저 위에 뭘 보고 계신 거예요?"

"여기 조명 시설을 보고 있는 거지. 저건 새 텅스텐 전구로구나. 일제인데, 아주 좋은 거야. 전기 소비가 적으면서도 아주 훌륭한 빛을 내주지."

"어머, 멋지네요, 아버지. 그런데, 에헴, 두 분이 만나보셨으면 하는 사람이 있어요."

로저스 부인은 "반가워요" 하고 말하더니 즉시 내게 속을 털어놓았다.

"얘는 사실 사랑스러운 아이라우."

혹시나 나와 함께 극장에 온 여자가 그와 반대되는 생각을 불러일으켰을지 모른다고 걱정을 했나보다.

"고마워, 엄마."

이사벨은 어머니의 그런 발언이 일회성이 아닌 듯 지친 목소리로 말했다.

"어머니는 신경 쓸 것 없다, 우리 강낭콩. 네 어머니가 오늘 힘든 하루를 보내서 그래."

그녀의 아버지가 이제 아까보다 수평으로 세상을 바라보며 설명했다.

"내가 계속 주차 티켓을 잃어버리는 사람과 함께 오지만 않았어도 내 하루는 괜찮았을 거예요."

로저스 부인이 쏘아붙였다.

"아버지! 또 그런 건 아니죠?"

"어, 안타깝지만 또 그랬구나. 요즘엔 왜 그걸 그렇게 작게 만드나 몰라. 그냥 손에서 쑥 빠져나간다니까."

종이 울리고 녹음된 목소리가 감미로운 어조로 곧 공연이 계속될 것이라고 알렸다.

우리 자리로 돌아가면서 이사벨이 말했다.

"미안하게 됐어. 어머니는 틀림없이 내가 이 연극 이야기를 했기 때문에 여기 왔을 거야. 어머니는 늘 내가 하는 걸 따라 하고 싶어하거든. 때때로 우리 가족이 좀 더 정상이었으면 하고 바랄 때가 있어."

"괜찮아 보이는데."

"모르겠어. 너무 이상한 가족이야. 두 사람은 학교 모임에 올 때도 늘 눈에 띄는 부모였어. 어머니는 노엘 카워드의 연극에 나오는 사람, 베란다에서 칵테일을 마시자고 제안하려 하는 사람을 닮은 모습이었지. 아버지는 되다 만 아인슈타인처럼 조병에 걸린 듯이 눈을 번득였어. 현대 세계에는 어울리지 않는 사람들이야. 아버지는 전구에 관심이 있는 척하지만, 사실 현대 기술로 만들어진 물건은 제대로 사용할 줄 아는 게 없어. 전화기가 마치 풍력으로 움직이는 것처럼 소리를 질러댄다니까. 아버지는 요리를 좋아해서 잼을 만들어. 어머니는 성가대에서 노래를 하지. 내가 어렸을 때 우리는 여행만 하면 사람들 이목을 끌었어. 외식을 하러 가면 누군가는 괴상한 요리를 주문해. 내 여동생이 그쪽에는 일가견이 있지. 몇 년 전에는 질산염이 들어 있는 건 어떤 것도 먹을 수 없다는 거야. 우리 아버지는 싸구려 식당에 가서 웨이터한테 벽에 걸린 그림들이 누가 그린 거냐고 물어봐. 피자집 샐러드 바 위에 누가 렘브란트나 티치아노라도 걸어놓았을까봐 말이야. 하지만 아버지는 그 점에서는 귀여운 데가 있어. 아버지는 늘 전혀 가능할 것 같지 않은 곳에서도 사람들과 이야기를 잘 하거든. 주유소에서도 잠시만 혼자 놔두면 누군가와 사귀어서, 오일 필터나 정부의 도로 건설 정책이나, 닭을 굽는 최고의 방법에 대해서 이야기해. 어머니는 그걸 보면 미치려고 하지. 아버지가 자기를 약 올리려고 일부러 그런다고 생각하거든. 하지만 사실 아버지는 그냥 자의식이 없을 뿐이야. 커다란 아이에 불과한 거지."

연극이 끝났을 때 이사벨과 나는 주차장의 혼잡을 피하려고 마지막 커튼콜이 시작되기 전에 빠져나왔다. 그녀가 작은 소리로 말했다.

"배우들이 절을 하면서 자신에게 아주 만족한 표정을 짓는 게 보기 싫어. 연극을 통해 기껏 쌓아 올린 환상들을 스스로 다 부수어버리거든. 우리가 봤던 게 결혼 문제가 있는 뚱한 스페인 사람들이 아니라, 현 시대의 영국 사람들이라는 걸 깨닫게 되잖아."

우리는 입구에서 이사벨의 부모를 만나는 것도 피할 생각이었다. 하지만 주차장으로 내려가는 엘리베이터에서 그들을 만나는 바람에 계획은 틀어져버렸다. 이사벨의 어머니가 입을 열었다.

"네가 지금 가장 하고 싶지 않은 일이 우리처럼 무시무시하게 지루한 두 사람하고 나가서 저녁을 먹는 거라는 걸 나도 잘 알고 있어. 그래서 물어보지도 않을 거야."

거절당할 것이 뻔한 암묵적 제안을 함으로써 죄책감을 요구하는 동시에 만들어내자는 것이었다. 이사벨이 대꾸했다.

"그만 좀 해."

"뭘 그만해?"

"순교자처럼 구는 거."

"뭐라고? 나는 그저 너한테 우리와 함께 저녁 식사를 할 수 있는 선택권을 준 것뿐이야. 우리는 이곳에서 아주 가까운 예쁜 레스토랑에 예약을 해놨거든. 너하고 네 친구가 함께 갈 수 있으면 우리야 좋지 뭐. 크리스토퍼, 당신 딸한테 저런 눈으로 나 좀 보지 말라고 얘기해줄래요?"

"강낭콩, 네 어머니가 하는 말은 귀담아 듣지 마라. 가서 네 계획대로 저녁을 먹어. 2주 후에 루시 생일 때 보자꾸나."

"고마워요, 아버지. 안녕, 엄마."

이사벨이 말했다. 딱 필요한 층에서 엘리베이터 문이 열렸다.

차에 이르렀을 때 그녀가 말했다.

"우리 아버지 귀엽지 않아?"

그렇게 말하는 그녀의 얼굴이 환하게 빛나고 있었다.

우리는 도시를 가로질러 마침내 이사벨 집 근처의, 벽에 양탄자를 드리운 인도 레스토랑에 도착했다. 이곳에서 대화는 다시 부모 문제로 돌아갔고, 나는 로저스 부부가 불행한 가족에 관한 톨스토이의 경구를 입증하는 독특한 방식을 더 깊이 이해하게 되었다.

이사벨의 어머니는 일찍이 자신의 세 자녀를 귀찮은 존재로 생각했다. 그러다 자식들이 성년이 되면서 그녀는 버림받았다는 느낌에 사로잡혔고 주부로서의 소명도 끝이 났다고 생각하게 되었다. 어머니를 버린 자식들은 이따금씩 어머니가 바라 마지않는 알현을 허락하기는 했지만, 역설적이게도 늘 감정적인 면에서 어머니가 오랫동안 존재하지 않던 시절로 돌아가려 했다. 예를 들어 이사벨의 입장에서 어머니가 자기를 원한다고 느낄 수 있는 유일한 방법은, 자신에게는 늘 어머니와 이야기를 하는 것보다 더 좋은 일이 있는 척하는 것이었다.

"어머니는 내가 오늘 밤에 자기하고 저녁을 먹으려 하지 않았다고 격분할 거야. 하지만 동시에 그것 때문에 나를 존경할 거야."

이사벨은 그렇게 말하면서 메뉴를 쭉 따라 내려가다 탄도리에서 멈추었다.

이사벨이 그런 태도를 보이는 것은 우연이 아니었다. 로저스 부인은 감정적 온기를 중시했지만, 그녀의 정신 구조에서는 그런 온기를 보여주는 능력이 다른 사람들의 감정적 감성과 접할 때는 차가워져야 한다는 명령에 밀려났기 때문이다. 그녀는 진짜 약한 면과 가짜 약한 면을 구분해내는 악마 같은 능력을 갖추고 있었기 때문에, 이사벨이 어떤 친구의 행동 때문에 앓는 소리를 할 때도 그것이 그냥 아픈 시늉을 하는 것인지, 아니면 다른 사람의 기이한 면 때문에 진짜 고통을 느끼는 것인지 귀신같이 구별해냈으며, 진짜 아파하는 경우일 때는 지체 없이 그 상처를 후벼 팠다.

외조부모는 부유한 지주 출신으로, 자신들의 황금색 리트리버가 길가에서 죽으면 몇 주 동안 울었지만, 똥오줌도 가리지 못하는 아이를 기숙학교에 집어넣을 때는 눈 하나 깜빡하지 않는 사람들이었다. 로저스 부인의 아버지는 술병을 보관하는 장을 어떤 입장에서 보느냐에 따라 위스키를 즐기는 사람일 수도 있고, 알코올중독자일 수도 있었다. 그에게는 교회와 국가의 역할에 관한 보수적인 믿음과 자신의 권리에 대한 봉건적 감각이 결합되어 있었다. 그는 자신의 들판으로 피크닉을 와서 바구니에 든 것을 풀어놓는 사람들의 머리 위로 라이플을 쏘는 것을 좋아했으며, 황소에 올라타 이웃 마을로 가면서 라틴어로 욕설을 외쳐대기도 했고, 지역 변호사의 부인이나 딸들과 염문을 뿌리기도 했다. 그의 부인은 위엄 있게 남편을 견디어내다가 안면 경련이 생기고 장에 문제가 생겼다.

딸도 상처를 피할 수 없었다. 그녀의 감정적 균형은 어떤 것에서도 불평할 거리를 찾아내는 능력에 의존하고 있었기 때문에, 누가 어리석게도 그녀의 운명을 좀 편하게 해주었다면 오히려 쇄 고통을 겪었을 것이다. 로저스 부인은 장애물이 필요했고 그것을 부모, 마지못해 결혼한 남편, 자식들, 정부, 언론, 그리고 더 암담한 순간에는, 인류에게서 발견했다.

그녀는 강한 남자를 숭배했지만(어떤 면에서는 황소를 타고 마을을 통과하는 사람을 좋아했다), 손에 넣을 수 있는 가장 순한 상표 가운데 하나를 골라 결혼했다(크리스토퍼는 유원지에서 조랑말을 타는 것도 상상하기 힘든 사람이었다). 이런 어긋남을 두고 자신을 탓하고 싶지 않았기 때문에, 그녀는 남편이 다른 남자가 아니라는 이유로 매일 응징했다. 늘 그런 것은 아니었지만 대개는 그녀가 대학 시절에 만났던 화가 자크가 아니라는 이유로.

킹스턴의 작은 집은 그녀에게 익숙한 생활과는 한참 거리가 먼 방식으로 살아가야 한다는 것을 뜻했다. 그래서 로저스 부인은 다른 사람들의 부(富)를 냉소하는 취미를 갖게 되었는데, 이것은 어떤 사람들에게는 사회주의적 경향으로, 다른 사람들에게는 질투로 받아들여졌다. 그녀는 자신의 불편을 세계 무대에 투사하여, 주위 사람들에게 세상이 곧 암흑시대로 복귀할 것임을 알려주려고 애를 썼다. 세계 경제가 그런 쪽으로 변할 것이라는 주장의 증거를 요구하는 사람들에게는 새로운 킹스턴 쇼핑센터의 화려함, 지역 예술 극장의 사망, 공유지를 더럽히는 개들의 증가 등의 사례를 기쁘게 풀어놓았다.

그녀는 여가 시간에는 동물 모양의 차 단지를 수집하여, 집에는 고양이, 개, 토끼, 기린, 고슴도치 모양의 단지들이 나란히 놓여 있었다. 그녀는 또 꽃 모양의 램프도 여러 개 갖고 있었다. 커다란 튤립은 거실을 밝게 비추었고, 현관에서는 장미가 외투를 벗는 손님에게 약한 분홍색 빛을 던져주었다. 그녀는 사용하지 않는 벽난로를 가리는 데 사용하는, 수를 놓은 스크린에도 관심이 있었다. 그녀의 집에는 사용하지 않는 벽난로는 고사하고 아예 벽난로가 없었음에도, 그녀는 그런 스크린을 스무 개 이상 갖고 있었다.

"성적 충동을 해소하는 방법이야."

이사벨은 그렇게 설명했지만, 나는 그것이 야박한 설명 방식이라고 생각했다. 왜냐하면 로저스 부인은 원할 때면 직접적으로 그것을 해소하는 방법을 알았기 때문이다.

그녀는 결혼 생활을 하는 동안 바람을 피웠으며, 이사벨 앞에서 그것을 감추지 않았고, 어머니와 아버지의 화해 자리에 참석해달라는 요구도 자주 했다(이렇게 되면서 이사벨이 가족 가운데 유일한 어른이라는 느낌이 강화되었는데, 이것은 자기 나름의 실수를 저지르기를 갈망하던 그녀에게는 즐겁지 않은 깨달음이었다). 가장 멀리 나간 밀애는 이사벨과 같은 학교에 다니던 여학생의 아버지와 벌인 것이었다. 그는 자동차 판매상으로 이사벨의 가족에게 할인가로 스테이션왜건을 팔기도 했지만, 그의 주된 역할은 로저스 씨에게 생기를 불어넣는 것이었다. 슬프게도 그의 부인이 익명으로 이사벨의 가족에게 자신의 남편과 로저스 부인이 그리스의 파트모스 해변에서 옷을 벗은 상태로 찍은 사진 몇

장을 보내주었을 때〔라비니아는 독서 클럽에서 저지로 여행을
간다고 했었다〕, 크리스토퍼는 질투를 해주는 친절도 베풀고 싶
지 않았는지, 그 섬과 《일리아스》의 몇몇 대목의 관련성을 이야
기하는 쪽으로 말을 돌려버렸다.

"이 드레스를 입으니 정말로 내 가슴이 납작한 것처럼 보이는
것 같아?"

이사벨이 불쑥 다른 소리를 했다. 아까 어머니가 한 말이 그녀
의 무의식 속에서 내내 신경이 쓰였던 모양이다.

"아, 나는 그런 생각은…… 내 말은……."

"특별히 그런 것 같지는 않아. 다른 옷들보다 더 그렇지는 않
다는 거야. 내가 비록 당당한 가…… 알잖아. 하지만 그게 뭐 새로
운 거라고. 미안해. 당황했어?"

이사벨이 동행자의 뺨이 살짝 붉어지는 것을 눈치 채고 물었다.

"전혀. 이 마드라스 말이야, 맙소사, 주방에서 양념으로 완전히
끝장을 보자고 한 것 같은데."

나는 레스토랑 뒤편의 문 한 쌍을 가리키며 대꾸했다.

"어머니는 늘 내 옷에 대해 판정을 내려. 내 옷을 두고 정교하
고, 아주 시적인 비유를 찾아내. 예를 들어 이런 식이야. '그걸 입
으니 꼭 은하계 사이를 여행하는 우주선의 여승무원 같다, 애.' 아
니면, 《초원의 집》에 나오는 멋진 가족의 딸아이가 입어도 안 어
울린다는 말은 못 할 것 같은 드레스인데.'"

그런 비판 뒤에서 로저스 부인은 맏딸과 지칠 줄 모르는 옷 경

쟁을 벌였다. 라비니아는 자신의 나이에 대한 평결을 받아들일 수 없었기 때문에 낯선 사람과 만나서도 몇 분만 지나면 바로 자신과 이사벨이 한때 자매로 오해를 받았다는 이야기를 꺼냈다.

그녀의 외모와 관련된 허세는 대화의 허세와 멋진 짝을 이루었다. 세상에 라비니아가 읽지 않은 책, 아니, 두 번 읽지 않은 책은 없는 것 같았다. 이사벨은 몇 년 전 저녁 식탁에서 어머니가 칭찬해 마지않던 파노라마 같은 러시아 소설의 플롯을 한번 이야기해보라고 어머니에게 도전했다.

"멍청한 소리 하지 마."

라비니아가 쏘아붙였다. 그러나 그녀의 짜증과 불편은 안 읽은 것을 인정하는 것이나 다름없었다. 그녀가 그렇게 직접적으로 인정을 하는 은혜를 베푸는 것은 드문 일이었다. 모든 것을 안다는 그녀의 믿음에는 내기로만 맞설 수 있었다. 그것이 설득할 수 없는 사람을 다루는 최후의 수단이었다.

"그래, 아버지는 어때?"

"아, 어머니에 비하면 아버지는 사랑스럽지. 다만 좀 특이할 뿐이야."

그렇게 말하는 이사벨의 얼굴에 환한 웃음이 다시 나타났다.

로저스 씨는 삶의 주변적인 것에 대한 관심으로 아내의 복잡성을 벗어났다. 그는 〈더 타임스〉 십자말풀이의 두 번째 세로 힌트, 아프리카 새들의 이동, 이산화탄소가 뇌의 시냅스에 미치는 영향에 관해 몇 시간이고 대화를 할 수 있는 사람이었다. 정수기 사용 문제나, 책의 무선 제본이 점차 양장 제본으로 대체되는 것의 장단점은 말할 것도 없었다. 그러나 자신의 가족 드라마에서 할당된 역할을 이해하는 문제에서는 늘 무능한 면을 보였다.

누가 무슨 말만 하면 그는 바로 깊은 생각에 잠겼다. 눈을 위로 치켜뜨고, 고개를 쳐들고, 빠르게 연달아 "그래, 그래" 하고 내뱉었다. 그런 반응을 끌어내는 것은 "요즘에는 빨간 사과를 찾기가 점점 힘들어져요" 같은 하찮은 말일 수도 있었다. 그는 사람들이 깨닫지 못해 그렇지 사실 선하다고 믿었으며, 이런 회의주의의 부족 때문에 승진에서 젊고 비정한 동료들에게 추월을 당했지만, 가족의 머리 위에 지붕을 유지하고 그가 좋아하는 피프스의 《일기》만 계속 읽을 수 있다면 상관하지 않는 것 같았다. 많은 사람들, 특히 여자들이 그의 이런 다른 세상 사람 같은 면을 매력적이라고 생각했다. 그래서 그는 아무런 노력을 하지 않았음에도, 피프스가 다음 세기에 새뮤얼 존슨이 자리를 잡게 되는 고프 스퀘어에서 백 미터도 떨어지지 않은 곳에서 태어났다며 놀라는 표정을 짓는 것만으로 저녁 식사 손님들을 매혹시켰다.

나는 이사벨의 이야기를 들으면서 그녀가 양념이 강하기도 하고 또 별로 강하지 않기도 한 많은 식사를 앞에 두고 자신의 과거를 이야기했을 수많은 다른 시간들을 생각했다. 자신의 동행자에게 무슨 이야기가 들어맞을까 하는 점에 대한 이사벨 자신의 반쯤 의식적인 판단과 그들의 질문이 적극적으로 파고드는 방향에 따라 그녀의 이야기는 그때마다 미묘하게 약간씩 달라졌을 것이다. 그것은 마치 손님에게 집 구경을 시켜주는 것과 같다. 손님은 갑자기 호기심을 느껴 걸음을 멈추고 "여기에는 뭐가 있죠?" 하고 묻는다. 특정한 벽장이나 다락방 때문에 예정된 경로에서 벗어나 옆길로 새는 것이다. 그것은 내가 도대체 그녀의 어머니가 어떤 식으로 바람을 피웠냐고 이사벨에게 물을 때 옆길로 새는 것과 비슷하다. 나의 그런 호기심은 (흔히 그렇듯이, 또 어쩌면 그럴 수밖에 없듯이) 나 자신의 삶에서 비슷한 사례를 찾아내고, 남들의 경험에 비추어 보면 더 선명하게 도드라질 어떤 정체성을 찾아나가려는 태도에서 나온 것이다. 저녁 식사를 함께 하는 사람이나 전기에 대한 관심 가운데 그 근본을 보았을 때 '나는 이 친구나 나폴레옹이나 베르디나 W. H. 오든과 얼마나 다를까?' 하는 문제, 따라서 간접적으로 '나는 도대체 누구인가?' 하는 문제의 답을 찾아내고자 하는 욕망에서 벗어난 부분이 얼마나 될까?

이사벨은 오래전에 일어난 일을 전해주고 있지만, 이야기는 고정되어 있지 않았다. 이사벨은 음식이 입에 가득 들어 있지 않을 때도 이야기를 잠깐 멈추곤 했다. 아직 빈번한 이야기로 단련되지 않은 민감한 재료에 이르면 그러는 것 같았다. 그럴 때면 이사벨은 꿈을 꾸는 상태로 접어들어, 무지한 외부자에게 자신이 이미 잘 알고 있는 것을 전하기보다는 그녀 자신이 실제로 무엇을 느꼈는지 자문해보는, 개념적으로 역설적인 과정에 빠져들었다.

"가족 가운데 아버지가 제일 좋아하는 사람은 나였던 것 같아." 이사벨이 말을 멈추었다가 다시 이어나갔다. "내가 다른 가족보다는 아버지에게 더 공감했거든. 아버지는 좀 엄격한 외할아버지와 까다로운 외할머니 밑에서 자랐어. 아버지는 외할머니를 사랑했지만 늘 돌봐주어야 했어. 외할머니가 마음을 졸일 때면 달래주어야 했던 거지. 그러다 아버지는 늘 거만하게 행동하는 어머니와 결혼하는 바람에 어린 시절에 익숙했던 상황을 다시 만들어낸 꼴이 되어버렸어. 나는 최근에 들어서는 아버지를 이상화하는 것에서 약간 벗어났지만, 그래도 여전히 내가 하고 있는 일, 내가 데이트하는 사람들을 아버지가 어떻게 생각하는지 알고 싶어. 하찮고 자잘한 것들에 대해서도 아버지의 승인을 구하거나 의견을 듣고 싶어. 무슨 스피커를 살지, 어떤 책을 읽을지 같은 문제들 말이야. 내 여동생은 내가 '국수' 같다고 생각하지만 그건 아마 질투 때문에 그럴 거야. 그런데, 이 카레 끝내준다. 네 건 정말 그렇게 매워?"

이사벨이 들려주는 이야기의 독특한 면은 많은 부분 말의 박자와 표현에 담겨 있었다. 나는 그녀의 언어적 특이성을 인식하기 시작했다. 그녀의 영어가 라디오에서 나오는 영어와 다른 부분이라든가, 그녀가 문법이 아니라 심리적인 면 때문에 어떤 단어와 구절을 선택하는 방식 같은 것들이었다. 이사벨의 영어에서 악하거나 잔인한 사람들은 그냥 '국수'였고, 더 많은 경우에는 '원숭이'였다. 이것은 나쁜 짓에 대한 그녀의 호의적인 접근을 보여주었다. 나쁜 짓을 의도적 부도덕성이 담긴 행위가 아니라 개구쟁이의 행위로 보는 것이다. 자신이 비합리적인 행동을 했을 때

는 스스로 '농Nong'(또는 심지어 '농 부인')이라는 딱지를 붙이곤
했는데, 사전에 나오지 않는 이 말은 유치할 정도로 서툴거나 무
능한 사람을 가리켰다. 어떤 말에는 런던내기의 가락도 담겨 있
었다. 그녀의 소유물property에서는 e가 빠졌고, 찻잔tea cups
에서는 p가 사라졌으며, 작은little은 리올liole이 되었다. 반면
'수직의perpendicular'나 '권리 박탈disenfranchizement' 같은
말은 BBC 월드 방송에서 나오는 식으로 발음하여 앞의 말들과
사회적 모순을 일으켰다.

*

이사벨의 여동생을 만날 기회는 인도 음식을 먹은 그 주 주말
에 찾아왔다. 루시가 빌린 옷을 돌려주러 들른 것이다.
"올라와, 먼치킨.*"
이사벨이 인터폰으로 그렇게 말하며 단추를 눌러 문을 열어주
었다.
잠시 후 키가 크고 젊은 여자가 거실로 들어와 언니를 끌어안
으며, 그녀의 별명으로 인해 생겨난 모든 신체적 편견을 제거해
버릴 만한 웃음을 보여주었다. 그녀가 손을 내밀며 인사했다.
"안녕. 만나게 되어서 정말 반가워요."

---

* 《오즈의 마법사》에 나오는 난쟁이족.

"과장하지 마. 아직 이 사람하고 얘기도 해보지 않았잖아."

"하지만 알 수 있는걸."

루시는 잿빛을 띤 녹색 눈을 내 눈에 고정시킨 채 말했다.

"뭐 좀 마실래?"

"고마워. 진 토닉 한 잔 주면 좋지."

"농담하지 마, 지금 오후 3시야. 너는 지금 할리우드가 아니라 해머스미스에 있어."

두 번째 문장은 경쾌한 런던내기의 가락에 실려 나왔다.

"아, 그럼 페리에 한 병 줘."

"오 뒤 로비네(수돗물)밖에 없어."

"그럼 됐어. 자, 그럼 댁의 인생을 갖고 뭘 하고 계시는지 자세히 이야기 좀 해주실래요?"

루시가 고개를 돌려 내게 물었다. 그러면서 자신의 질문을 강조하기 위해 손으로 내 무릎을 건드렸다. 이사벨은 나중에 루시가 자기 근처에 남성이 있을 때마다 주로 무슨 일을 하는지 설명해주었는데, 이때가 바로 그 설명과 관련이 있는 순간이었다.

"**나**는 뭘 하느냐고요?"

루시가 물었다. 내가 똑같은 질문을 그녀에게 했기 때문이다. 그녀가 웃음을 터뜨리며 말했다.

"하하. 모르겠어요. 나는 학생인 것 같은데요."

"같기는 뭐가 같아, 루시. 너는 학생이잖아."

이사벨이 끼어들자, 루시가 손톱을 물어뜯으며 말했다.

"글쎄, 그냥 흉내만 내고 있지 뭐. 언니나 아버지나 엄마 때하고는 달라."

"상관없어. 그건 해볼 만한 좋은 일이니까."

이사벨이 말하자 루시는 전에는 한 번도 그런 식으로 생각해 본 적이 없다는 듯이 대답했다.

"그렇겠지."

루시는 이사벨이 "전형적인 샌드위치 문제"라고 부르는 것에 시달리고 있었다. 언니와 남동생 사이에 낀 둘째인 것이다. 이것은 형제들에 비해 루시에게 신경증적 증후가 많다는 것을 설명하는 한 방법이었다. 이사벨은 이 점에 죄책감을 느끼는 경향이 있었다. 루시가 샌드위치의 가운데 들어가 무시를 당하고 있다면, 그 샌드위치의 위쪽 반이 자신이었기 때문이다.

루시는 자신의 지적 능력에 대한 자신감이 없었다. 자신이 이해할 수 없는 수준으로 대화가 전개되는 것이 두려워 누가 보아도 그녀와 어울리지 않는 낮은 수준으로 화제를 축소시키는 습관이 있었다. 총리의 정치력에 관해 토론을 하면 그가 머리를 어떻게 빗는지 궁금하다는 이야기를 꺼내고, 최근의 소설이 화제가 되면 표지 색깔이 저자의 눈과 어울린다는 이야기를 꺼냈다.

이사벨에 대한 그녀의 행동은 감탄과 질투 사이에서 왔다 갔다 했다. 상상하기 힘든 일이지만, 루시는 어린 시절 앙상하고 매력 없는 아이였으며, 인기가 좋았던 언니의 그늘에 가려져 있었다. 그녀는 모든 일에서 언니를 모방했으며, 이것은 어른이 되어서까지, 남자를 사귀는 영역에서까지 계속되었다. 이사벨로서는 안타까운 일이었지만, 루시는 단지 언니의 남자친구와 같은 유형의 남자친구를 원하는 것이 아니었다. 바로 언니의 남자친구를 원하는 경우가 많았다. 그래서 꼴사납게도 언니와 끝난 남자와 바로 데이트를 한 적이 두 번이나 있었다.

남자에 대한 관심의 기준이 언니와 연결되었느냐 아니냐가 아닌 경우에는 자신을 형편없이 대하는 인물들을 찾았다. 그녀의 마조히즘은 그 말이 종종 가리키는 감정적 괴롭힘의 수준을 넘어섰다. 여기에는 담뱃불로 지지기, 매질, 농장 동물에게 보여주는 친절을 용납하지 못하는 태도 등이 포함되었다. 로저스 부인은 이것이 누구의 책임인지 분명히 알고 있다고 생각했다. 그녀는 이사벨을 비난했다.

"네가 그 애를 애 취급하는 걸 보면 그 애가 저렇게 된 것도 놀랄 일이 아니야."

누구의 책임이건 루시의 행동은 편집증의 느낌을 주었고, 이사벨은 그것을 어떤 식으로도 덜어줄 수가 없었다.

"언니는 내가 전혀 열심히 노력하지 않는다고 생각하지?"

루시가 이사벨에게 쏘아붙였다. 날씨가 너무 더우면 공부에 집중하기 어렵다는 말에 대한 대꾸였다.

"그런 말은 한 적 없어. 나도 네가 얼마나 열심히 노력하는지 잘 알아."

"아버지한테는 그렇게 말하지 않은 것 같던데. 어제 아버지하고 이야기를 했단 말이야."

"무슨 소리야?"

"내가 시험 걱정을 한다고 아버지한테 말했다면서?"

"걱정했잖아."

"하지만 언니가 아버지한테 그걸 보고할 필요는 없잖아."

"보고한 게 아니야. 네가 어떻게 지내는지 아버지가 나한테 물어봤을 뿐이야."

"그래, 어쨌든 아버지가 나는 공부도 안 하는 아이라고 생각하는 건 싫단 말이야."

"아버지는 그렇게 생각 안 해. 네가 열심히 공부하는 걸 알고 계셔. 어쨌든 분명히 폴보다는 열심히 한다는 걸."

폴은 그들의 남동생으로, 어머니의 사랑을 독차지했으며, 아들이자 막내로서 두 배의 관심을 받아왔다. 그러나 루시나 이사벨이나 로저스 씨의 호의는 얻지 못했다.

누나들은 어린 시절에 폴을 종교재판식 고문으로 괴롭히곤 했다. 한번은 폴이 조그만 개구리를 먹으면 학교 아이들이 괴롭히지 않고 친구가 되어줄 것이라고 믿게 했다. 절망에 빠져 있던 폴은 이사벨이 애완동물 가게에서 찾아낸 그 꿈틀거리는 생물을 삼켰지만, 곧 속임수였음을 깨달았고, 그때부터 친구가 있든 없든 상관하지 않게 되었다. 폴은 활발한 스포츠를 좋아하게 되었고 호전적인 성격이 되어갔다. 그는 맥주 5파인트를 마시고 "왜, 한

번 붙어볼래?" 하는 〔철학적이지는 않지만〕 검투사적인 질문에서 시작하여 주먹다짐까지 갈 수 있으면 토요일 저녁을 잘 보냈다고 생각하게 되었다.

"그래서 내가 보기에는 기능 장애가 있는 평균적인 가족 구성인 것 같아. 늘 볼 수 있는 엉망진창인 가족이란 거지."

동생이 아파트를 나가자 이사벨은 한숨을 쉬듯이 말했다. 누가 로저스 씨한테 무슨 말을 했느냐 하는 문제를 놓고 둘 사이에 벌어진 말다툼은 결말이 나지 않았다.

"나는 이제 집에 살지 않아. 집 생각은 너무 하지 않으려고 노력해. 하지만 자신이 나온 곳을 완전히 잊을 수는 없는 것 같아. 늘 짊어지고 다니게 돼. 부모의 문제는 곧 어떤 수준에서는 우리 문제가 되니까. 어머니는 자기 어머니 때문에 망가졌고, 그래서 나를 망가뜨렸어. 알잖아, 라킨 같은 사람이 한 말. 그래도 신음을 토하며 오후를 허비하는 건 의미 없는 일이야. 미안해. 내 집주인 노릇이 형편없지? 비스킷 좀 먹을래?"

봉건시대에 등장한 전통적인 가계도는 주로 혈통과 출생과 사망 날짜를 강조하는 것이었다. 그러나 더 심리적인 시대에 들어와서도 가계도의 주된 임무가 그런 사실적인 세목을 기록하는 것일까? 나는 이사벨의 자기 가족 묘사를 들으면서 다른 구조의 가계도를 시작해볼 수는 없을까 하는 생각을 해보게 되었다. 땅, 작위, 재산이 세대에서 세대로 전해 내려온 과정을 추적하기보다는 감정적 기질의 흐름, 간단히 말해서 〔라킨적인〕 엉망진창인 가족

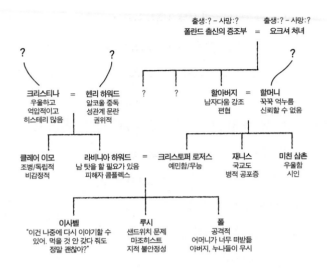

출생:? - 사망:?　　　　　출생:? - 사망:?
폴란드 출신의 증조부　=　요크셔 처녀

?　　　　　　　　?　　　　　　　　　　　　　　　　　?

크리스티나　=　헨리 하워드
우울하고　　알코올 중독
억압적이고　성관계 문란
히스테리 많음　권위적

?　　?　　할아버지　=　할머니
　　　　　　남자다움 강조　꼬꼬 억누름
　　　　　　편협　　　　　신뢰할 수 없음

클레어 이모　　라비니아 하워드　=　크리스토퍼 로저스　　재니스　　미친 삼촌
조병/독립적　남 탓을 할 필요가 있음　예민함/무능　　국교도　　우울함
비감정적　　피해자 콤플렉스　　　　　　　　　　병적 공포증　시인

이사벨　　　　　　　루시　　　　　　　폴
"이건 나중에 다시 이야기할 수　샌드위치 문제　공격적
있어. 먹을 것 안 갖다 줘도　마조히스트　어머니가 너무 떠받듦
정말 괜찮아?"　지적 불안정성　아버지, 누나들이 무시

의 가계도를 그려보는 것이다.

이사벨이 그 떠들썩한 무리로부터 물려받은 유산 가운데는 그런 엉망진창인 상황을 과연 진지하게 받아들여야 하느냐를 둘러싼 양면적인 태도도 있었다. 그녀는 실업자의 궁핍, 생활수준의 하락, 암 환자의 고통에 관해 읽으면서, 교외적인 삶에서 나오는 자신의 그런 불만 표현의 정당성을 의심하게 되었으며, 그런 의심이 들 때마다 [초콜릿이나 오트밀] 비스킷을 먹겠느냐고 물어보곤 했다.

그래서 엉망진창인 가족의 가계도에 대한 이사벨의 간단한 설명은 옆길로 새어, 어린 시절의 사건들에 원한을 품는 것이 얼마나 우스꽝스러운지 모르겠다는 이야기로 끝을 맺었다.

"결국 우리 부모는 자식들을 위해 최선을 다했어. 우리 조부모들에 대해서도 같은 말을 할 수 있지. 따라서 두 살 때 자기한테 일어난 일 때문에 고민하며 인생을 보내는 건 정말 안쓰러운 일이야."

그러나 몇 주 뒤 그녀가 여동생 생일을 축하하러 부모님 집에 갔다 오면서 이야기는 복잡해졌다.

다음 날 아침 그녀가 내게 일찍 전화를 걸었다.

"내가 귀찮게 하는 건 아니지?"

"아니. 다림질을 하고 있었는데 뭐."

"토요일 9시 반에?"

"알아, 미친 짓이지. 하지만 잠이 더 안 오더라고. 나는 다림질을 싫어하거든. 그래서 지금 해치워버리자고 생각했어. 뭐 셔츠 다섯 벌일 뿐이야."

"어머, 나는 다림질을 아주 좋아해. 나한테 맛있는 점심을 사주겠다고 약속하면 내가 도와줄 수도 있는데."

"약속할게."

"좋아."

"그래, 생일은 어땠어?"

"정말 끔찍했어."

이사벨은 대답을 하다가 스스로 말을 막았다. 마치 저녁 식사자리에서 재미있는 이야기를 하겠다고 나섰다가, 모인 사람들을 즐겁게 해주지 못할까봐 걱정되어 미리 기대를 줄이려고 "아시겠지만, 그렇게 웃기는 이야기는 아닙니다" 하고 말한 후에 시작하는 것과 비슷했다.

"그냥 어린애처럼 어머니한테 짜증이 났을 뿐이야."

그녀가 말을 이어갔다.

식사가 끝날 무렵 로저스 부인은 오래전 이사벨이 테디 베어의 침대로 쓰던 "악취가 나는 낡은 담요"를 버렸을 때 이사벨이 얼마나 속상해했는지 모른다고 놀렸다.

"그걸 가지고 속상해하는 게 뭐가 그렇게 잘못된 건데?"

이사벨이 묻자 어머니가 대답했다.

"아, 글쎄, 우스꽝스럽다는 거지 뭐. 그걸 가지고 몇 주나 계속되는 드라마를 만들었으니까. 이제는 나를 용서해주기는 했는지 궁금하구나."

이사벨은 그 사건을 이야기해주고 나서 심술궂은 웃음을 터뜨리며 덧붙였다.

"사실 웃기는 일이지만, 어떤 수준에서 보자면 나는 아직 그 늙은 마녀를 용서하지 **않았다**는 걸 깨달았어. 스물다섯 살의 '나' 안의 어딘가에 여섯 살의 '나'가 아직 있는 거지. 이 어린 '나'는 어머니가 한 일 때문에 여전히 분개하고 있는 거야."

어른들이 서로에게 일상적으로 가하는 학대의 잣대로 보자면 이사벨이 어린 시절에 겪은 일은 동정보다는 조롱을 받을 만했다. 하지만 어린 시절의 잣대로 판단한다면 그것은 극적인 사건으로, 성숙한 사람들 사이에서는 품위 없다고 손가락질을 받을 나이가 되어도 흥분과 슬픔을 자아낼 수 있다. 예순 살에 그런 담요를 잃어버린다면 대수롭지 않게 넘기겠지만 여섯 살짜리에게 그런 대범한 태도를 기대하기 힘들다.

계속해서 이사벨은 유치원에서 집을 그려 어머니에게 자랑스럽게 보여준 일을 회고했다. 어머니는 놀리는 목소리로 이렇게 말하여 그녀를 울렸다.

"별로 좋아 보이지 않는데. 문을 그리는 걸 잊었잖아. 사람들이 집에서 어떻게 나올까?"

그런 사소한 비판을 두고 뭐라 할 사람이 누가 있을까? 그러나 이사벨의 입장에서 보자면, 그것은 그녀가 에너지를 투자하는 일에 대한 어머니의 계속되는 조롱을 상징하는 사건일 수도 있었다.

충분히 상상할 수 있지만, 그 이후 이사벨은 자신의 감수성을 겹겹의 방어막으로 덮어왔다. 그 결과 이제 그녀는 어머니의 신랄한 말도 견디어낼 수 있다. 또 그 연장선상에서, 런던 거리에서 택시 기사와 격렬한 말다툼을 벌일 수도 있다. 기사한테서 매춘부라는 욕을 들으면 똑같은 힘이 담긴 말로 기사를 모욕할 수 있는 것이다. 그러면서도 내내 기분 상한 티를 내지 않는다. 그럼에도 이런 상처 입지 않는 어른스러운 상태 밑에는 오래전 받은 상처의 망이 깔려 있다. 이것은 멀리서 보면 웃음이 나올 정도로 하찮은 것이지만, 가까이 다가가서 보면 죽고 싶을 정도로 심각한 것이다. 코끼리 가죽을 가진 어른이 아니라 피부가 얇은 아이가 입은 상처이기 때문에.

따라서 이사벨이 부모에게 어떤 감사의 마음을 느끼건, 자신의 과거를 과장하지 않으려는 그녀의 의지가 얼마나 강하건, 오만해지는 경향으로 악명 높은 우리의 주인공에게는 결국 하나의 목록을 가득 채울 만한 일들이 일어났던 것이다.

내가 내 자식들에게는 절대로 안 할 일들

1) "내 자식들한테는 절대 푹 삶은 브로콜리를 억지로 먹이지 않겠어."

이사벨이 그날 아침에 다리미질을 하기 전에 낡은 하얀 셔츠의 소매를 펴며 설명했다.

"무슨 뜻이야?"

"어린 시절에 어머니는 세상의 모든 역겨운 채소는 나에게 모두 먹이겠다며 성전聖戰에 나섰어. 그래서 굶어죽는 중국 아이들 이야기를 하면서, 나 대신 그 애들을 식탁에 앉히면 훨씬 착하게 먹을 거라며 겁을 주었어. 한번은 상시라는 예쁜 중국 여자애를 봤다는 이야기도 했어. 자기 앞에 놓인 건 뭐든지 먹더라는 거야. 그러면서 입양 서류가 준비되는 대로 나하고 그 애를 바꿀 거라고 했어. 나는 눈이 빠져라 울기 시작했지. 아마 어머니는 나와 함께 있으면 행복하지 못할 거라는 두려움이 늘 있었기 때문이었던 것 같아. 어머니는 루시하고 나한테 우리만 아니었으면 박사학위를 마치고 지금쯤 라디오에서 예술 프로그램을 진행하고 있을 거

라는 이야기를 하곤 했어. 나는 내 자식이 열다섯 살에 몸을 빙글
돌려 나를 보면서, '나는 한 번도 낳아달라고 한 적 없어' 하고 비
웃는 꼴은 절대 보고 싶지 않아."

"그런 말까지?"

"나도 그게 상투적인 말이란 건 알아. 하지만 당시에는 극적으
로 보이더라고."

"그랬더니 어머니가 뭐래?"

"아주 솔직하더군. 본인도 낳아달라고 한 적은 없지만 자기한
테도 똑같은 불행이 일어났다고. 그러니 우리 둘 다 그냥 감수하
고 살아가는 게 좋을 거라고 했어."

2) 이사벨은 하얀 셔츠보다는 보존 상태가 나은 파란 셔츠의
칼라에 물을 뿌리면서, 아버지가 세계 경제의 현실에 대한 감각
을 키워주지 못했다고 비난하기 시작했다. 여자는 물질적인 걱정
때문에 괴로워해서는 안 된다는 구식의, 기사도적일 수는 있지만
실제로는 큰 피해를 주는 믿음 때문에, 아버지는 앞일을 결정하
는 핵심적인 순간에 이사벨 옆에 없었고 〔또는 있어도 천장만 바
라보았고〕, 폴을 압박하듯이 강하게 그녀를 압박한 적이 없었다.

그녀는 학교에 다닐 때 무조건 잘했다는 이야기만 들었다. 그
것은 별로 유쾌한 일이 아니었다. A급의 노력과 Z급의 노력을 차
별하지 않는 것이 무용으로 느껴졌기 때문이다. 그녀가 한 일이
기만 하면 어느 쪽 노력이든 그저 잘 했다는 칭찬을 받을 수 있었

던 것이다. 따라서 이사벨은 인정을 받기 위해 싸우는 사람처럼 노력을 했다. 뭐든지 잘 했다고 하는 것은 비록 온화한 형태이긴 하지만 그 또한 무시로 보였기 때문이다.

3) "나는 또 섹스에 관해 그렇게 자유주의적이지 않을 거야. 우리 부모는 현대적이 되려고 열심히 노력했지만, 결국 부자연스럽게 개방적인 형태가 되고 말았어. 열여섯 살 때 두 사람에게 오럴 섹스가 멋지다고 말했던 게 기억나. 어머니는 그냥 이렇게 대꾸했어. '그래, 너도 그렇다는 걸 알게 될 거야. 하지만 그건 잘 하기가 무척 어렵단다.' 그러더니 어머니는 나한테 피임약을 먹였어. 발을 질질 끌며 의사를 만나러 가는 건 전혀 재미없는 일이잖아. 하지만 어머니는 내 방에 쑥 들어오더니, 내가 남자아이를 만나고 있으니까 '보호'를 받는 게 좋을 거라고 말하더라고."

4) "그리고 나는 가족 가운데 누구를 편애하지 않으려고 노력할 것 같아. 나는 아버지가 여동생보다 나를 좋아했다는 걸 알아. 그건 즐거운 일일 수도 있지. 하지만 사실은 아주 복잡한 거야. 나는 루시를 사랑했기 때문에, 아버지가 나에게 더 다정하다는 걸 알고 기분이 안 좋았어. 내가 그 애하고 가끔 잘 지내지 못했던 건 대부분 죄책감 때문이었어. 늘 그 애를 돌보고 언니 노릇을 한다는 건 큰 부담이야. 그리고 그게 폴에게도 영향을 주었다고 생각해. 루시가 불안정해지면 폴이 집중적인 공격을 받아야 했으니

까. 루시는 늘 폴을 놀렸고, 어머니와 폴 사이를 이간질하려고 했어. 어머니가 폴을 가장 귀여워했으니까. 당연히 그것도 루시를 괴롭혔지."

5) "나는 또 죄책감을 무기로 내 자식들에게서 뭘 끄집어내지 않을 거야. 어머니는 내가 좋아하지 않거나 하고 싶지 않다는 걸 뻔히 알면서도 나한테 어떤 걸 해달라고 말하곤 해. 그래서 내가 못하겠다고 하면 이렇게 말하는 거야. '아, 그래, 그럴 줄 알았어. 나도 네가 나를 어떻게 생각하는지 알거든. 이제 너도 커서 스스로 돌볼 수 있으니 내가 멍청한 늙은 여자처럼 보이는 거지.' 최근에 어머니의 친한 친구가 백혈병으로 죽었어. 그래서 어머니가 나한테 전화를 했는데, 마침 내가 다른 전화를 받고 있었어. 그래서 당연히 먼저 걸려온 전화를 끝내고 이야기를 하자고 했지. 그랬더니 이러는 거야. '아니, 아니다, 애, 그러지 마라. 그냥 너한테 알려주고 싶었을 뿐이야. 하지만 네가 얼마나 바쁜지 알았으니, 널 붙잡아두고 싶지는 않아.' 마치 어머니의 절친한 친구가 막 죽었는데 내가 너무 바빠 어머니와 이야기도 못한다는 것처럼 말이야! 나는 누가 순교자 같은 태도로 사람들에게 영향을 주려고 하면 견딜 수가 없어. 뭘 원하면 그냥 그걸 얘기하면 돼. 우울한 얼굴을 하고 다른 사람에게서 그걸 강제로 뽑아내려 하지 않고 말이야. 나는 어머니가 자기비판 뒤에 숨는 걸 싫어해. 어머니는 이런 식으로 말해. '내가 널 따분하게 만들고 있구나.' 하지만 그건

그냥 본인이 실망하지 않기 위해 하는 말이야. 어머니는 자신을 희화화하고, 또 그걸 은근히 즐겨요. 마치 다이어트를 하는 대신 '위험, 뚱뚱한 사람 있음'이라고 적힌 티셔츠를 사는 뚱뚱한 사람들 같아."

6) "나는 또 나와 내 아이들 사이의 경계를 더 존중하려고 노력할 거야. 어머니는 자기가 내 연애에 당연히 관심을 가져야 한다고 여겨. 한번은 어머니가 정말 좋아한 아이와 데이트를 한 적이 있는데, 나중에 우리 관계가 끝난 뒤에도 어머니는 그 애와 계속 연락을 했다는 걸 알게 되었어. 사실 어렸을 때부터 어머니는 내가 듣고 싶지도 않은 일을 털어놓곤 했어. 내가 열한 살이었을 때, 어머니는 아버지가 바람을 피우는 것 같다고 내게 말했어. 투사投射란 게 있다면 바로 그런 게 투사일 거야. 또 결혼 생활이 아주 힘들다고도 했어. 그건 정말 그럴 만한 이유가 있지 않으면 애한테 할 소리는 아니잖아. 바로 며칠 전에는 밤 10시 반쯤 전화를 하더니 아버지와 함께 사는 게 얼마나 따분한지 모르겠다고, 나한테는 '선택의 여지'가 있으니 얼마나 좋겠냐고 이야기를 늘어놓기 시작하는 거야. 그러면서 자신의 주장을 증명하려고 이러는 거야. '네 아버지 코 고는 소리 좀 들어봐라. 내가 그 소리를 어쩔 수 없이 견딘 게 사반세기 이상이란다.' 그러면서 내가 들을 수 있게 아버지의 코에 수화기를 갖다 대는 거야."

"뭐가 들렸어?"

호기심이 동한 내가 물었다.

"알잖아. 코 고는 소리. 츄흐흐흐움음음, 츄흐흐흐움음음, 츄흐
흐흐움음음. 아버지도 참 가엾은 사람이지. 그게 어디 내가 상관
할 일이야? 어머니는 그런 식으로 나를 자기 결혼 침대에까지 끌
어들이는 거야. 아마 그런 걸 막는 법이 어딘가에 있을 텐데. 좋
아. 셔츠 다섯 장 끝났어. 리츠 전화번호는 외우고 있겠지?"

이 목록이 아무리 길고 또 그녀가 어떤 노력을 기울인다 해도,
이사벨은 아이러니이지만 자신도 시간이 흐르면 결국 자기 자식
들에게서 새롭고 더 창조적인 방식으로 원한을 사게 될 것이라는
확신을 갖고 있었다. 따라서 자식을 기르는 일에는 성공하고자
하는 마음보다는, 불가피한 실패의 가혹함을 최대한 줄여보려는
마음으로 다가갈 수밖에 없다고 생각했다.

부엌 전기

이사벨의 냉장고에는 초콜릿 상자가 들어 있었다. 미국에 사는 그녀의 이모가 준 생일 선물이었다. '콘티넨털 셀렉션'이라는 이름이 붙어 있었으며, 갈색 상자에 담겨 분홍색 나비 리본까지 묶여 있었다. 초콜릿 하나하나는 골판무늬가 있는 두 겹의 플라스틱 침대 위에 누워 있었다.

이사벨은 일주일 동안 출장을 가면서, 내가 비교적 가까운 곳에 살고 있다는 이유로 자신의 아파트에 들러 화분에 물 좀 줄 수 있느냐고 물었다. 그 녹색 식물의 생물학적 명칭은 듣지 못했지만, 그녀는 그것을 그리퍼(쥐는 것이라는 뜻 — 옮긴이)라고 불렀다. 끝이 뾰족한 달라붙는 잎 때문에 붙인 이름이었다.

"냉장고에 있는 건 뭐든지 먹어도 돼. 다 네 거라고 생각해."

그녀는 그렇게 덧붙였고, 나는 물 주기 과제를 이행하러 갔을 때 그녀의 말이 진심이었다고 믿기로 했다.

냉장고 안에는 별것 없었다. 스페인제이지만 그리스 식à la

Grecque으로 보이는 올리브 단지 하나, 케첩 한 병, 마가린 한 통, 사과 두 알, 당근 하나, 처방 필수라는 딱지가 붙은 어떤 약, 페스토 소스 한 단지, 검은 체리 잼, 참치 한 캔, 그리고 세 번째 선반에 우유의 약간 왼쪽에 수줍게 앉아 있는 '콘티넨털 셀렉션'.

냉장고 밖 축구 경기에서는 새로운 역사가 기록되고 있었다. 그래서 그리퍼에게 물을 주기 전에 나는 그 싸늘한 무덤에서 초콜릿 상자를 꺼내 텔레비전 앞에 가서 앉았다. 나는 탐욕이 그렇게 많은 것을 파괴할 수 있다고 생각해본 적이 없었다. 축구 경기가 최악으로 흐르지만 않았다면, 내가 그렇게 멍청하지만 않았다면, 초콜릿 한두 개로 충분했을지도 모른다. 하지만 텔레비전을 껐을 때(내가 응원한 팀이 수치스러운 패배를 당했다)에는 이미 열두 개를 탐욕스럽게 삼킨 뒤였다. 나는 서둘러 박을 입힌 포장지를 작은 공처럼 똘똘 뭉친 다음 증거를 모두 쓰레기통 바닥에 묻어버리고, 대학살의 규모가 작아 보이게 하려고 생존자들을 재배치했다. 방구석에서 물 한 잔을 달라고 외치던 그리퍼 생각은, 배심원 여러분, 잠시도 제 머리를 스쳐간 적이 없으며, 저는 나라의 명예를 지키지 못한 잉글랜드 골키퍼의 실수만을 골똘히 생각하며 아파트를 나섰습니다.

"죽었어."

돌아온 이사벨이 소리쳤다. 전화선으로도 슬픔이 분명하게 느껴졌다.

"누가?"

나는 그녀의 가족 가운데 심장마비를 겪을 가능성이 가장 높은 사람을 기억해내려고 애썼다.

"그리퍼가. 갈증으로 죽었어."

"그거 안된 일이네."

나는 그렇게 대꾸하는 순간 나의 범죄가 얼마나 극악한 것인지 깨달았다.

"그 애한테 물 안 줬지, 그렇지?"

극단적인 죄책감에 시달리는 살인자의 입에서는 자동적으로 거짓말이 튀어나왔다.

"줬어. 당연히 줬지. 너무 더워서 그렇게 된 것뿐이야. 여긴 아주 더웠거든. 맙소사, 정말 더웠어. 믿을 수가 없을 정도였지. 창문을 열어놓고 잘 정도였다니까……."

"거짓말. 물 안 줬지. 흙이 바싹 말라 있었어. 네가 정직했으면 좋겠어. 다른 건 상관 안 해. 내가 싫어하는 건 거짓말이야. 게다가 너는 불을 켜뒀고 내 초콜릿을 다 먹었어."

"아냐."

"뭐가 아냐."

"몇 개밖에 안 먹었어."

"먹을 만한 건 다 청소기처럼 싹 빨아들여 먹고선. 나를 뭘로 보는 거야? 염병할 레몬 파르페 하나 먹고 살 찔 사람이라고 생각하는 거야?"

배상을 해야 했다. 그래서 나는 퇴근 후 백화점에 들렀다. 그곳에는 유럽 대륙의 까다로운 나라 두 곳에서 만든 턱없이 비싼 초콜릿이 여러 가지 있었다. 그러나 벨기에와 스위스 초콜릿과 마주하는 순간, 이사벨이 나에게 강력하게 던진 질문들에 내가 아무런 답도 할 수 없다는 것을 깨달았다.

그녀에게는 "염병할 레몬 파르페"를 먹는다는 것이 도대체 왜 생각도 할 수 없는 일일까? 레몬 파르페가 뭘까? 더 탐나는 초콜릿은 무엇일까? 리큐어나 캐러멜을 채운 흰색 또는 갈색 트뤼프? 결론적으로, 도대체 나는 그녀를 뭘로 보는 것일까?

이것은 백화점에서 마주하기에는 너무 큰 질문들이었다. 내가 손톱을 깨물며 초콜릿 상자들 사이에서 망설이고 있자 머리에 스카프를 쓴 여자가 점점 짜증을 내는 것이 눈에 들어왔다. 그러나 이 상자들은 사실 딜레마의 대상이 될 자격이 있었다. 나는 선형적인 전기에 점차 환멸을 느끼고 있었기 때문에, 이사벨의 삶을 관찰할 적당한 주제들을 찾고 있었다. 그러나 이렇게 때 이른 단계에 그녀의 식욕 같은 하찮은 것에 정신이 팔리게 될 것이라고는 상상도 못했다. 그럼에도 그녀의 질문은 이 문제에 대한 나의 무지를 선명하게 부각시켜놓았다.

음식을 섭취하는 데 걸리는 시간만 놓고 볼 때, 음식은 어떤 삶에서도 중요한 부분으로 간주할 수 있다. 이사벨은 아침을 먹는 데 10분, 점심을 가볍게 먹는 데 20분, 저녁을 우적우적 먹는 데 45분을 보냈다. 또 사과, 견과, 칩, 초콜릿 비스킷을 먹는 데 매일 15분씩 소비했다. 따라서 그녀는 지금까지 인생의 약 1만

3685시간을 먹는 데에 보낸 셈이었다. 여기에는 술자리를 고대하거나 후회하며 보낸 시간은 포함되지 않았는데, 이것까지 포함하면 아마 그 수치는 1만 5000시간에 육박할 터였다.

그러나 음식은 전기에 머리를 들이미는 일이 거의 없다. 콜리지의 삶에 대한 연구서들을 읽다 보면 우리가 콜리지 자신보다 그를 잘 아는 듯한 느낌에 빠지게 되지만, 콜리지가 봄 야채 가운데 무엇을 좋아했느냐 하는 문제는 여전히 유익한 수수께끼로 남는다. 중요한 인물이 한 일에 관해서는 풍부한 정보를 얻을 수 있지만, 에이브러햄 링컨이 달걀을 삶는 것을 좋아했는지 프라이를 좋아했는지, 하우스만 남작이 양을 미디엄으로 굽는 것을 좋아했는지 레어로 굽는 것을 좋아했는지는 알 수 없다.

E. M. 포스터는 이와 비슷하게 소설(소설과 전기의 역사적 관련은 분명하다)에서 요리에 대한 뜨거운 관심이 빠진 것을 두고 입맛을 다시며 신음을 토한 적이 있다.

"음식은 등장인물들을 한자리로 끌어모은다. 그럼에도 그 인물들이 생리적으로 그것을 요구하는 경우는 거의 없고, 그것을 즐기는 경우도 거의 없다. 또 구체적으로 요청을 받지 않는 한 그것을 소화하는 일도 없다. 그들은 우리가 인생에서 실제로 그러는 것처럼 서로에게 허기를 느낀다. 물론 우리는 아침과 점심 식사에도 똑같은 갈망을 항상 느끼지만, 그것은 소설에 반영되지 않는다."

그렇게 되지 않는 것은 어쩌면 우리의 개성을 잘 반영하는 특정한 활동이 있다는 편견 때문일 것이다. 포스터의 전기 작가들은 그가 사랑하던 음식〔가지, 스포티드 딕*〕을 간과했다. 포스터의 정체성의 본질을 그가 누구와 잤는지〔젊은 남자들〕, 누구에게 투표했는지〔자유주의자들〕에서 찾으려 했기 때문이다.

그러나 그보다 하찮은 행동이나 경향, 전에는 상징적이라고 여기지 않아 잊어도 좋다고 여기던 영역, 예를 들어 캔 음료를 마시는 방식이나 봉투에 든 초콜릿 건포도를 꺼내먹는 방식에도 한 사람의 모습이 드러나는 것 같다. 사랑을 하던 사람이 뜨거운 감정의 소멸을 설명하는 이야기를 들어본 사람이라면 누구나 우리가 어떤 사람의 본질을 공적으로는 사소하다고 치부하지만 그럼에도 속으로는 핵심적이라고 여기는 것에서 찾는 경향이 있다는 점을 인정할 것이다. 사랑이 식은 사람은 차버린 사람의 종교, 직업, 문학에 대한 취향을 헤어진 이유로 들지도 모르지만, 이것은 그 다음에 따라오는 부스러기 정보들, 즉 그 사람이 또 입안 가득 뭘 넣은 채로 음료까지 꿀꺽꿀꺽 마셨다든가, 나이프와 포크를 대칭적으로 다시 놓지 않고 육즙을 빵 조각으로 닦아냈다든가 하는 것만 한 설명의 힘이 없다. 사람들은 직관적으로 이런 자잘한 것들이 그 전에 설명한 그 어떤 것보다도 관계가 끝나는 이유에 훨씬 가깝다는 것을 안다.

따라서 성격을 드러내는 것과는 관계없는 하찮은 것으로 취급

---

* 안에 말린 과일이 든 스펀지케이크 비슷한 디저트.

되었던 식욕도 성격의 비밀로 들어가는 문으로 인정받을 자격이 있다. 존슨 박사도 그 유명한 고기 파이를 먹은 뒤 보즈웰에게 지혜롭게 설명해주지 않았던가.

"함께 먹고 마셔보지 않고는 어떤 사람의 삶에 관해 쓸 수 없다."

〔1776년에 옥스퍼드 스트리트에서도 콘티넨틀 셀렉션을 구할 수 있었다면 '함께 초콜릿을 몇 개 먹어보지 않고는'이라는 말도 덧붙였을지 모른다.〕

1843년에 이 땅에 살고 있던 지메네스 두단에게는 코를 킁킁거려 배 속에서 올라오는 맛을 느껴보는 것이 진정한 전기 작가의 의무를 상징하는 것이었다.

"나는 도저히 나의 전기 작가적 열정을 억누를 수가 없다. 누가 어디서 카이사르가 달걀에 소금을 몇 알갱이나 뿌렸다는 이야기를 읽었다는 것을 알게 되면, 나는 지금 당장 그 귀중한 문서를 찾으러 나설 것이다. 나는 위대한 정신의 소유자라면서 작은 세목들을 좋아하지 않는 사람들은 의심한다. 그들은 현학자들일 뿐이다."

전기적 인물들과 관련된 음식 정보에 우리를 매혹하는 힘이 있다는 것은 놀랄 일이 아니다. 사드 후작이 머랭이라면 사족을 못 썼다던가, 루소가 배를 찬양하는 노래를 불렀다든가, 사르트르가 조개를 무서워했다든가, 프루스트가 리츠에서 구운 닭을 주문했다든가, 니체가 사과 마멀레이드를 넣은 오믈렛과 함께 나오는 스테이크를 아주 좋아했다는 이야기에는 뭔가 우리를 사로잡는 것이 있지 않은가.

머리에 스카프를 두른 여자가 이제 카트로 내 갈빗대를 두 번째 쑤셔댔기 때문에 나는 망설임을 그만두고 어울리지 않게 '취리히의 기쁨'이라는 라벨이 붙은 상자에 도박을 걸었다.

내가 그것을 내밀자 이사벨이 말했다.

"정말 고마워. 어머, 여기에 호수 사진도 있네. 유명한 스위스 사람들 초상화도 있고. 왜 이런 건 사오고 그래. 나는 잠깐 화가 났던 것뿐인데. 그리퍼가 죽어 쓰러져 있고 해서 말이야. 하지만 초콜릿은 전혀 문제될 거 없어. 이것 좀 같이 먹자. 어차피 나는 지금 너무 뚱뚱하거든."

나는 같은 실수를 반복하는 모험을 할 생각이 없었다. 그래서 이사벨과 체스를 두는 동안 우리 앞에 상자가 열려 있었음에도, 나는 내 손이 그쪽으로 움직이지 않도록 자제하고 있었다.

내가 절제하는 것을 보고 이사벨이 다시 말했다.

"어서. 안 먹으면 상해버릴 거야. 아니면 내가 뚱뚱해지거나."

나의 한쪽 면은 그 제안에 반응하여 침을 흘리고 있었다. 그러나 다른 면은 더 많은 정보를 요구했다. 이사벨이 어떤 초콜릿을 좋아하는지, 그래서 이런 간접적인 방법으로 (특히 레몬 파르페를 참조하여) 이사벨이 누구인지 정확히 알아낼 것을 요구했다.

초콜릿 상자에는 각 표본의 품질과 내용물을 보여주는 작은 지도가 들어 있었다. 그래서 나는 체스를 중단하고 그것을 살펴보았다.

'취리히의 기쁨'의 종류	이사벨의 평가(10점 만점)
헤이즐넛 슬라이스 잘게 쪼개 구운 헤이즐넛을 아주 부드러운 프랄린과 섞은 다음 부드러운 밀크 초콜릿으로 덮고 낱개로 잘라냈다.	7
호두 트뤼프 신선한 크림을 넣은 캐러멜 트뤼프, 잘게 쪼갠 호두 조각을 뿌리고 풍부한 밀크 초콜릿을 두 겹으로 덮었다.	11
리마트 트뤼프 오렌지 기름으로 맛을 낸 달콤한 트뤼프, 웨이퍼 조각을 섞고 부드러운 밀크 초콜릿을 덮었다.	5

"아, 됐어, 이 원숭이야. 그냥 다시 체스나 두자. 네 나이트*가 위기에 처했다고 해서 화제를 바꾸면 안 되지."

이사벨이 말했다.

"잠깐, 츠빙글리 트월은 어떻게 생각해? 프랄린이 베이스이고, 가볍게 휘핑한 브랜디 맛의—."

"쉬잇, 나는 브랜디를 싫어해. 나는 휘핑은 질색이고, 〈오늘의 정원사〉가 시작하기 전에 이 게임을 끝내고 싶어."

나는 내키지 않았지만 내 나이트를 구출하는 과제로 돌아갔다. 그러나 그의 용기와 검은 갑옷으로도 이사벨이 말한 프로그램이 시작하기 약 10분 전 그녀의 폰(졸)의 손에 죽임을 당하는 것을 피할 수 없었다.

하지만 이것이 다 무슨 의미일까—그러니까 초콜릿이? 나도

---

* knight, 체스 게임의 말로 기사騎士를 뜻함.

카이사르가 달걀에 뿌린 소금의 양을 알아내고 싶어하던 지메네스 두단과 마찬가지로 전기 작가로서 열정을 품고 있지만, 초콜릿에 매긴 평가 점수가 이사벨이 어떤 사람인가 하는 문제에 무슨 답을 줄 수 있단 말인가? 카이사르가 뿌린 소금 알갱이가 열한 알이 아니고, 심지어 열 알도 아니고, 딱 열두 알이라면 두단이 무엇을 알아낼 수 있었을까?

음식을 심리학적 각도에서 바라보면, 그 의미와 관련해 헤아릴 수 없이 많은 이론들이 따라올 수 있다. 먹을 수 있는 제품은 상식의 영역에 머물지 않는다. 무를 좋아한다고 하는 것이 그저 십자화과 식물의 뿌리를 좋아한다는 뜻은 아니다. 그것은 상징적인 수준으로 올라가, 분석하는 사람의 경향에 따라, 냉정함이나 편집증이나 관대함의 표시가 될 수도 있다.

이사벨은 음식과 성격에 관한 이론을 체계적으로 정리한 적이 없지만, 가져봄직한 이론이라고 생각하는 것이 틀림없었다. 그녀가 슈퍼마켓에 가서 이따금씩 하는 일 가운데 하나가 '카트 테스트'를 하는 것이었다. 즉, 쇼핑백에 든 물품에 기초하여 그 소유자의 인생에 관해 뭔가를 연역해내는 것이었다.

그녀는 우리의 초콜릿 화해 며칠 뒤 슈퍼마켓에서 안초비 페이스트 튜브와 호두 기름이 든 병을 사는, 콧수염을 기른 키 큰 신사 뒤에서 줄을 서서 기다리다가 나에게 소곤거렸다.

"이 괴짜 좀 봐. 분명히 아동 포르노그래피 유형이야. 순결을 빼앗기는 처녀에 대한 환상을 가진 사람 말이야. 동시에 극우파이고. 아마 자동차 오디오를 훔친 도둑이라도 중형에 처해야 한다는 입장일걸."

"쉬잇, 목소리가 너무 크잖아."

"호들갑 떨지 마, 하나도 못 들어. 그리고 우리 뒤를 봐. 정말 방어적인 사람이 있어."

문제의 쇼핑객은 그녀의 토마토 통조림 두 통, 양파 여섯 알, 참치 통조림 세 통, HP 소스 한 단지를 방어하려고 얼른 다음 손님이라고 새겨진 플라스틱 막대를 갖다놓았다. 그 여자는 자신의 물건을 실은 컨베이어벨트가 레이저 스캐너를 향해 조금씩 나아갈 때마다 물건의 위치를 재조정하고 이사벨의 음식 가운데 혹시나 경계를 넘어 흘러들어오는 것이 없나 주의 깊게 확인했다.

"하지만 사람들을 그런 식으로 성급하게 판단하면 안 되지."

내가 이의를 제기했다.

"왜 안 돼?"

"그게 사실이 아닐지도 모르니까."

"그래서?"

"글쎄, 누가 네가 먹는 걸 가지고 너를 판단하면 네 기분은 어떨 것 같아?"

"괜찮을 것 같은데. 그게 어떤 사람을 아는 좋은 방법일 수 있으니까."

이사벨은 먹을 때 말하는 것 외의 다른 활동으로 주의를 분산시키는 것을 싫어했다. 먹으면서 TV를 보는 것은 타락의 정점에 이른 행위였다. 실제로 황량한 결혼 생활에 대한 그녀의 불안은 "남편과 내가 연립주택에 틀어박혀 무릎에 TV 시청용 식사를 놓고 뉴스를 지켜보게 되는 것"에 대한 공포로 상징되었다. 나는 그녀가 "식사를 하면서 잡지를 읽는다"는 이유로 부모의 친구 한 사람을 비난하는 것을 보았다. 한 남자 친구가 식사를 하면서 스포츠 란을 훑어본다는 이야기를 하며 혐오감을 드러내기도 했다. 그녀는 심지어 혼자일 때도, 최소한의 저녁만 준비한 경우에도 토스트 조각과 내일의 날씨 사이에 주의를 분산시키는 것을 스스로 용인하려 하지 않았다. 그녀는 먹는 것에 약간 미학적으로 접근했으며, 이 때문에 기능적이고 영양적인 측면보다는 관능적인 측면을 우위에 두었다. 그래서 패스트푸드 레스토랑을 비난하면서도, 그 근거는 그들이 내놓는 음식이 아니라(그녀는 그 가운데 일부는, 특히 케첩에 푹 찍어서 먹는 프렌치프라이는 좋아했다), 사람들이 거기에서 상스럽게 익명으로 음식을 먹는 방식이었다.

그러나 식욕의 영역 안에서도 음식을 먹는 의미 있는 방법들은 순수하게 우연적인 방법과 구분되어야 할 것 같았다. 사람들에 대한 우리의 인상은 견실하게 사례에 기초를 두는 경우가 드물다. 어떤 사람이 사교적인 자리에서 과민하다고 느낄 수도 있지만, 왜 그렇게 생각하느냐고 따져 물으면 우물쭈물하기 십상이다. 그러나 숙련된 관찰자 같으면 그 사람이 인사를 할 때 뺨과 손을 동시에 내밀고, 어울리지 않는 순간에 각각을 어색하게 거두어들인 경우를 예로 들 것이다.

나는 이사벨이 조급한 사람이라는 것을 알고 있었다. 그녀는 비타민 C를 씹기보다는 삼키는 쪽이었다. 그러나 그런 특징의 대표적인 사례라 할 만한 것은 어느 날 저녁 피자집에 갔을 때에야 보게 되었다. 나는 피자를 작은 조각으로 나눌 때에도 체계적인 접근방식을 택한 반면, 그녀는 가장 유혹적인 곳에서 먼저 멈추는 무계획적인 길을 택했다. 그 결과 그녀의 손에는 열등한 껍질만 남게 되었는데, 그녀는 관대하게도 그것을 나에게 제공하면서 이런 예측을 덧붙였다.

"나는 한 입만 더 먹으면 배가 터져버릴 거야."

이사벨의 장바구니에는 복잡하고 긴 요리의 의식을 예고하는 것은 전혀 없었다. 바닐라 에센스도, 케이크 믹스처도, 쇠고기 덩어리도 없었다. 조급한 요리사에게는 시간이 자비로운 힘이라는 믿음이 없으며, 지연은 오직 위험과 노출을 늘리기만 할 뿐이다. 이것이 이사벨이 파스타를 좋아하는 이유를 설명해줄지도 모르며, 그런 마음이 컨베이어벨트 위에 놓여 있는 링귀니 세 봉지에 구현되어 있었다. 그녀는 대부분의 파스타에 토마토 맛이 충분하지 않다고 흠을 잡았으며, 그래서 농축액 캔을 많이 샀고, 그 결과 농축액과 썬 토마토의 비율이 3 대 1정도 되었다. 이것이 일반적인 표준은 아니라는 것을 그녀도 알고 있었기 때문에 계속 다른 요리보다 이 요리의 결과를 훨씬 불안해했다(이사벨은 부엌에서 자신감 수준이 낮았기 때문에 음식이 먹을 만하기만 하면 칭찬을 들을 수 있을 것이라는 희망에서 늘 상대의 기대감을 낮

추려 했다].

이사벨은 파스타를 먹지 않을 때는 종종 자신의 일부를 먹는 습관이 있었다.

"뭐 하는 거야?"

나는 하이 스트리트로 출발하기 전 그녀의 손 대부분이 입안에 들어가 있는 것을 보고 물었다.

"아, 아무것도 아니야."

그녀는 대답하며 얼른 손을 쿠션 밑에 감추었다.

잠깐 방을 나갔다 돌아와 보니 그녀는 똑같은 행동을 다시 하고 있었다. 자세히 보니 왼손의 두 손가락 사이의 특정한 곳을 씹는 것 같았다. 내가 물었다.

"물집 같은 거라도 생겼어?"

"그냥 굳은살이 박여서."

이사벨은 대답하며 약간 얼굴을 붉혔다.

그녀는 양손의 검지 밑동에 두 군데씩 굳은살이 있었으며, 불편한 생각을 할 때면 그곳을 물어뜯곤 했다. [그 불편한 생각이 무엇이냐 하는 것은 또 다른 문제였다. 이사벨의 불안은 다음과 같은 몇 가지 문제에 초점을 맞추고 있는 것 같았다.

1. 못생겼는가, 만일 못생겼다면 얼마나 못생겼는가. 몸무게와 관련하여 주기적으로 위기가 찾아왔는데, 특히 한동안 수영을 하지 않은 뒤에는 심했다. 나는 자신이 너무 뚱뚱하다는 생각이 하루 종일 그림자를 드리울 수도 있다는 것을 알고 깜짝 놀랐다.

2. 적당한 일자리를 갖고 있는가.

3. 진짜 친구가 있는가. 이 걱정은 식사와 관련하여 그녀가 레스토랑에서 혼자 먹기를 꺼리는 점과 연결되어 있었다. 혼자 먹는다는 것은 다른 사람들의 의심에 맞서서 자신에게는 함께 먹을 수 있는 사람들이 잠재적으로 얼마든지 있다는 믿음을 요구하기 때문이다.

4. 인생을 낭비하고 있는 것은 아닌가. 공부를 더 하거나 활동을 줄이고 집중해야 하지 않을까.〕

"맛이 어때?"

내가 굳은살에 관해 묻자 그녀가 대답했다.

"아, 닭 살하고 좀 비슷해. 약간 더 질기지."

이사벨은 닭과 사이가 좋았다. 닭은 그녀가 저녁에 가장 자주 요리하는 재료였다. 그녀는 가슴살을 잘게 썰어 튀겨놓고, 버섯과 파프리카를 약간 넣어 가벼운 크림소스를 만드는 것을 좋아했다.

이사벨이 슈퍼마켓에서 사오는 닭이 껍질과 뼈를 모두 제거한 것이라는 점은 의미심장했다. 그녀는 재료의 유래가 너무 많이 드러나는 음식은 경계하는 경향이 있었다. 상추의 경우에도 돈을 좀 더 주고 미리 씻고 골라놓은 잎을 사지, 흙이 묻은 위협적인 결구結球를 떼어내는 일은 피하려 했다.

이런 경계심이 바구니에 과일이 없다는 사실을 설명해주는 것인지도 몰랐다. 그녀는 한번은 복숭아에서 벌레를 발견하더니, 그 뒤로 복숭아는 다시 먹지 않았다. 그녀는 씨가 있는 포도는 피했고, 딸기류는 안에 작은 벌레들이 있다는 이유로 좋아하지 않았다. 심리학자들이라면 이것을 그녀가 여행을 대하는 태도와 연결시킬지도 몰랐다. 그녀는 절대 배낭을 메고 떠나는 유형이 아니었다. 그냥 집에 있거나, 조금이라도 안락이 확보된 경우에만 여행을 떠났다.

"현금으로 하실 거예요, 수표로 하실 거예요?"

계산대 점원이 물었다. 이사벨이 우울한 백일몽에서 화들짝 깨어나며 대답했다.

"아, 현금이요."

"18파운드 33펜스예요, 아가씨. 배달도 가능하니 필요하면 이용하세요."

"절대 싸지지는 않아."

이사벨이 중얼거렸다.

몇 분 뒤 차에 이르자 나는 가설적인 시나리오로 이사벨의 기분을 가볍게 해주려고 했다.

"지상에서 마지막으로 이상적인 식사를 꾸며볼 수 있다면 어떻게 먹고 싶어? 비용은 관계없이, 완전히 마음대로 고를 수 있다고 한다면 말이야. 벨루가 캐비아, 케냐 영양의 옆구리 살, 메추라기 알, 파리의 패이스트리……?"

"그만. 생각만 해도 구역질이 나려고 해. 그런데 나의 마지막 식사라니 무슨 뜻이야?"

"왜 있잖아, 그……."

"아니, 어떻게 하면 마지막이 될 수 있는 거지? 내가 아주 늙어야 하나? 아니면 처형을 앞두고 있어야 하나? 자살을 해야 하는 거야? 신을 믿어야 하는 거니?"

"신이 무슨 상관인데?"

"기독교적 관점에서 신을 믿는 사람은 정말로 마지막 식사가 될 거라는 사실도 아랑곳하지 않고 행복하게 열 코스짜리 식사를 주문할 수 있을 것 같아. 그 사람들은 육체가 없는 형태로 계속 살아갈 거라고 생각하잖아. 초콜릿 케이크를 좋아하지만 부분 비만 문제로 고민하는 사람한테는 그게 이상적이겠지."

"신을 믿어?"

"지하 주차장에서 참 거창한 질문을 하시네. 먹는 것을 허락해주는 신은 안 믿어. 내가 실제로 마지막 식사를 할 준비를 해야 한다면, 나는 너무 불안해서, 내 양손을 다 먹을 것 같아. 너한테 보여준 것처럼 굳은살만 먹는 게 아니라 말이야."

이사벨이 최후의 만찬 계획을 짜는 데 상상력을 발휘하는 것을 꺼렸던 데에는 복통을 동반한 가벼운 감기라는 이유도 있는 것으로 밝혀졌다. 그녀는 집에 돌아오자 곧 자리에 누워 맑은 수프 한 그릇만 먹었다.

병이 이사벨을 하룻밤 새에 평소의 기질과는 상당히 다른, 말없이 괴로워하는 갑각류 같은 존재로 바꾸어놓은 것을 보고, 나는 다른 사람의 인격의 안정성이라는 것이 대체로 물리적 입자들의 불안정한 균형 위에 세워진 착각이며, 우리가 낙관적으로 '우리 자신'이라고 부르는 건강한 자아는 우리 신체 기관의 변덕에 좌우되는 다양한 괴물들 가운데 단지 하나의 인격일 뿐이라는 작은 깨달음을 얻게 되었다.

병은 잔인하게도 우리를 선택된 자아의 무능한 대리인으로 바꾸어놓는다. 우리가 움직여달라고 요구해도 팔은 오만하게 축 늘어진 채 꼼짝도 하지 않는다. 우리의 부드러움은 끔찍한 날카로움으로 바뀐다. 정신의 예리함은 견딜 수 없는 무감각 상태로 바뀐다. 병은 신체적 고통을 주는 것과는 별도로, 마치 눈멀게 하는 사랑처럼, '내가 다시 나 자신이 될 수 있을까?' 하는 생각으로 우리의 기운을 빼놓는 힘이 있다. 우리의 일상적인 정신적 기능을 뒤죽박죽으로 만들어, 우리 자신의 의견이라고 자신했던 것들이 열대초원에서 위험한 삶을 살고자 가정의 안락을 떠나는 꿈처럼 낯설어 보이게 된다.

이렇게 볼 때, 몸의 강요에 못 이겨 우리가 위태롭게 자아라고 부르는 것과 단절된 어스름의 상태에서 무기력하게 살아가야 하는 시기를 인정하고 싶지 않은 것은 어느 정도 이해가 가는 일이다. 전기가 몸에 입주해 있는 기관인 위胃를 기억하기를 꺼리는 것도 어쩌면 그런 태도에서 나온 것인지도 모르겠다.

기억

    누군가에게 과거를 기억하라고 재촉하는 것은 총을 들이대고 재채기를 하라고 강요하는 것과 비슷하다. 그리고 그 결과는 실망스러울 수밖에 없다. 진정한 기억은 재채기와 마찬가지로 사람이 마음대로 할 수 있는 것이 아니기 때문이다. 물론 일반적으로 기억으로 통용되는 것이 있다. 누가 나한테 고등학교를 어떤 성적으로 졸업했냐고 물어보았을 때 내가 머릿속의 캐비닛을 뒤져 말해주는 경우와 같은 기계적 반사 말이다. 하지만 이것은 우리가 문제 삼는 현상의 지질한 사촌에 불과하다. 우리가 과거의 단편과 진정으로 충돌하는 상황은 매우 직접적으로 다가오기 때문에 시간적 거리가 무색해진다. 전혀 기억 같지 않고, 외려 시간 외부의 어떤 자리에서 벌어지는 일 같다. 진정한 기억은 그 자체와 현재 사이에 놓인 모든 것을 해체해버린다. 서른 살에 우리는 갑자기 숲으로 돌아가, 캠핑 여행을 나와서 도톰한 분홍색 햄이 가득 든 샌드위치를 먹는 열두 살짜리가 될 수도 있는 것이다. 이

것은 갑자기 밀고 들어온 다른 사람이 질문으로 강요한 기억이
아니라, 30년 뒤 기차역 카페에서 비슷하게 만든 샌드위치 냄새
와 우연히 만나면서 촉발되는 기억이다.

"그래, 그건, 뭐라고 부르든, 프루스트적인 순간과 같은 거지."

나와 그런 생각(중고지만, 아직 라벨은 붙지 않은 생각)을 공
유하는, 이사벨의 친구 크리스가 무슨 말인지 알아들었다. 우리
셋은 선술집에 앉아 있었고, 이사벨은 말없이 초에서 촛농을 떼
어내 조각을 낸 뒤 다시 불 속에 집어넣고 있었다. 이사벨이 고개
를 들더니 회의적인 표정으로 크리스에게 물었다.

"프루스트 읽어봤어?"

"나?"

"응, 너."

"그런 셈이지, 어, 아니야. 내 말은 책은 있다는 거야. 거기에 관
한 논평도 좀 봤고. 하지만 정말이지 그걸 읽을 만큼 긴 휴가를
내는 게……."

크리스가 불편한 표정으로 말했다.

결코 원작을 읽을 만큼 긴 휴가를 낼 수 없는 사람들이 작가의
생각을 얼마나 소화했느냐 하는 것도 어떤 작가의 위상을 판단
하는 한 가지 방법일지 모르겠다. 안타깝게도 나 또한 그 작품을
20페이지 이상 읽지 못했는데, 이사벨이 크리스를 바라보는 표
정으로 판단하건대 다른 화제를 꺼내거나 집까지 태워다주겠다
고 제안하는 것이 최선일 것 같았다.

126

그러나 몇 주 뒤에 이사벨과 내가 내 친구의 야한 소파에 앉아 있을 때 그 문제가 다시 의미 있는 방식으로 등장했다. 소파는 다양한 색깔의 쿠션들로 덮인 주황색 구조물이었다. 쿠션 가운데 하나는 솜털이 덮인 파란색 펠트로 만든 것이었는데, 이사벨이 그것을 집어 들어 한두 번 쓰다듬다가 잠깐 허리를 굽혀 냄새를 맡아보는 것이 눈에 띄었다.

"뭐 하는 거야?"

주인이 마실 것을 준비하러 부엌으로 간 사이에 내가 작은 소리로 물었다.

"웃기는 얘기지만, 이 쿠션은 내가 어렸을 때 입던 잠옷과 똑같은 재료로 만든 것 같아. 내가 말하는 게 어떤 건지 알아? 원피스 낙하복처럼 생긴 거였는데, 색깔도 이것처럼 짙푸른 색이었어. 앞쪽에 커다란 지퍼가 있고, 부드러운 비닐로 만든 발도 아예 잠옷에 바로 꿰매놓은 거였어. 어린 시절에는 그걸 입고 있을 때가 최고였어. 보호를 받는 동시에 자유로운 느낌이었거든. 목욕을 한 다음에 그 안에 들어가, 마치 작은 조개껍질 안에 들어가 있는 것처럼 집을 돌아다녔던 기억이 나. 어떻게 된 일인지 날이 화창했다는 것도 기억나네. 집 안에는 석양의 주황빛이 가득했지. 어머니가 나하고 여동생에게 잘 준비를 시키는 시간이었어. 조금 있으면 아버지가 퇴근할 거고. 어머니는 저녁이면 한결 느긋해지는 경향이 있었지. 와인도 한 잔 하고 담배도 한 대 피우고, 심지어 꽤 상냥해지기까지 했어. 네 친구한테 이걸 어디서 구했는지 물어봐도 될까?"

나는 비록 프루스트에게는 발가락 하나밖에 담가본 적이 없는 사람이라고 할 수 있지만, 새뮤얼 베케트가 그에 관해 쓴 통찰력이 풍부한 책은 숙독했기 때문에 이사벨이 소파 위에서 예기치 않게 어린 시절을 기억한 것을 프루스트적인 순간이라고 불러도 과장은 아니라는 것 정도는 알 수 있었다. 기억에 관한 프루스트의 생각은 과거의 부활을 평가하는 귀중한, 그러나 전기라는 면에서는 복잡한 방법을 끌어들였다. 가장 흔하지만 불만족스러운 방법은 의지에 따른 기억을 활용하는 것인데, 극장에서 불이 꺼지기 전에 대화를 나누다가 이사벨에게 어린 시절에 여름을 어디에서 보냈느냐고 물었을 때 그 한 예를 목격할 수 있었다.

"아, 로잔이었어. 부모님의 친구분들이 소유한 호숫가에 있는 집이었지. 팝콘 더 먹을래?"

그 기억은 부추기지 않으면 무대에 오르려 하지 않았다. 따라서 분위기가 썰렁해졌으며 바로 화제를 바꿔야 했다. 재료들이 프라이팬에서 안달을 하며 탁탁 튀는 싱싱한 요리라기보다는 재가열한 요리였던 것이다.

반면 질문 없이 나오는 무의식적 기억에서는 현재의 무작위적인 조각에 의해서, 그 유명한 마들렌이나 덜 유명한 펠트 쿠션에 의해서, 현재만큼이나 현실적일 뿐 아니라 모든 감각에 존재하는 과거의 품에 덥석 안기게 된다. 이런 빛이 언제 비출지 예측하는 것은 불가능하다. 잃어버린 세계의 일부를 이루는, 따라서 그 세계를 부활시킬 수 있는 자극은 그냥 우연히 만날 수 있을 뿐이다.

그 다음에 이사벨과 내가 수영을 하러 갔을 때는 수영장의 염소 소독 냄새가 극장에서 내가 한 질문보다 훨씬 능숙하게 그녀의 어린 시절 여름을 불러냈다. 세 번째 왕복을 하는데 물장구를 치던 아기가 이사벨에게 물을 튀겼다. 그러자 그녀는 눈에서 물을 씻어내면서 말했다.

"이야, 저 아이를 보니 생각나네."

나는 그 아기가 아는 아이이거나 아는 사람의 자식이기라도 한 것처럼 돌아보았다. 그러나 이사벨은 그냥 계속 헤엄을 치더니 그녀가 어린 시절에 알았던, 염소 소독을 한 다른 수영장 이야기를 하기 시작했다. 그 수영장 가에서는 레만 호수 건너 프랑스알프스를 볼 수 있었으며, 산봉우리 몇 개는 여름에도 눈에 덮여 있었다. 그녀는 그곳에서 수영을 배웠으며, 물속에 너무 오래 있어서 그녀의 어머니 표현을 빌면 "어부의 손처럼" 손가락 끝에 주름이 잡혔다. 거미줄과 말벌이 있는 창고에는 커다란 노란 수건들이 있었다. 이사벨은 발가락으로 수건의 양쪽 구석을 밟고 맞은편 끝을 머리 위로 올려 수건 천막을 지었다. 수건을 통해 해가 빛나자 황금빛 광채가 나는 실내에 들어온 것 같아, 그녀는 그 안에서 아늑함을 느꼈다. 밖에서는 더 이상한 일이 벌어졌다. 어머니는 과장된 웃음을 터뜨렸고 어른들은 프랑스어로 이야기했다. 그녀는 어른들이 싫었다. 어쨌든 나이 든 남자가 그녀를 "내 귀여운 공주"라고 부르거나, 스파게티를 더 주면서 그녀의 머리를 계속 쓰다듬는 것은 싫었다. 5년 동안 그녀의 가족은 여름마다 그 집과 수영장을 찾아갔다. 이사벨은 그녀가 잤던 방과 주인들의 얼굴은 까맣게 잊었지만, 시립 수영장의 염소 소독 냄새는 그 전 주의 나의 부담스러운 질문보다 효과적으로 그 시절의 분위기를 되살려냈다.

나는 과거를 익숙한 연대기에 따라 배치하는 것이 아니라, 프루스트적인 순간을 이용하는 새로운 방법을 도입하여, 삶의 장면들이 결정結晶하는 계기를 이루는 냄새, 촉감, 소리, 사물을 따라가 볼 수도 있지 않을까 하는 생각을 하기 시작했다.

그러나 이 방법은 전통적인 연대기와 비교할 때 그 나름의 곤란한 문제가 있었다. 다음은 사람들이 흔히 이야기하는 니체의 삶이다.

1844 - 작센에서 태어나다.

1865 - 친구들이 매음굴에 데려갔으나 도주하다. 그의 친구인 유명한 인도학자 도이센은 이렇게 말한다. "Mulierem nunquam attigit." 〔"그는 절대 여자에게 손대지 않았다."〕

– 쇼펜하우어를 발견하다.

1867 - 병역 의무를 이행하다.

1869 - 바젤 대학 교수로 임명되다.

1872 -《비극의 탄생》을 발표하다.

1876 - 소렌토에서 바그너를 만나다.

1879 - 교수직을 그만두다.

1881 - 스위스 엥가딘의 실스 마리아에 머물다.

1882 - '영겁 회귀'라는 개념을 내놓다.

　　　 - 루 안드레아스 살로메와 사랑에 빠지다.

1883 - 바그너 사망.

　　　 - 《자라투스트라는 이렇게 말했다》를 발표하다.

1889 - 토리노에서 말이 마부에게 맞는 것을 보고 말을 끌어

　　　　 안으며 "너를 이해해" 하고 외치다. 미치다.

1900 - 사망하다.

　　이런 사건 배치는 어떤 수준에서는 시간과 선형적인 관계라는 개념, 어떤 기억이 다른 기억보다 시간상 뒤에 있다는 개념에 기초하고 있다. 그러나 프루스트적인 순간은 주관적으로 볼 때 우리를 어떤 사건과 나누는 거리가 실제 거리와는 다르다는 것을 드러냈다. 니체는 1882년에 루 안드레아스 살로메를 짝사랑하게 되었을 때, 그가 《비극의 탄생》을 발표했을 뿐인 1872년보다는 매음굴에서 뛰쳐나온 1865년을 더 강하게 기억했을지도 모른다. 기억이 현실만큼 강할 때는 삶을 순차적으로 사는 것이 아니라 동시에 살게 된다. 시간의 두 구역을 동시에 경험할 수 있는 것이다. 니체는 1889년에 말을 끌어안으면서 ―그의 광기를 재촉한 사건이다―1867년 군대에 있을 때와 똑같이 동물에 대한 잔인성

에 격분했던 것인지도 모른다.

이렇게 되면 연대기적으로 의미 있는 사건의 정의가 더 복잡해진다. 사실 전기는 난폭한 기준에 의존하고 있다. 인생이 죽음, 결혼, 전문직 임명, 살인, 군사 원정 같은 표지들에 따라 구획된다는 것이다. 그러나 실제로 과거를 기억할 때는 그런 것들과는 달리 손에 분명히 잡히지 않는 이미지들이 우리를 쫓아다닌다. 심지어 어떤 사건 같은 확실한 것은 전혀 기억하지 못할 수도 있다. 이야기는 쏙 빠져버리고, 기분과 분위기만 기억할 수도 있다. 따라서 과거에 푹 빠져 있으면서도 자신은 아무 생각도 안 하고 있다고 주장하는 일이 흔히 일어나는 것도 놀랄 일은 아니다.

이사벨과 내가 목요일 퇴근 후 파링던 로드 근처 커피숍에 있을 때 그녀는 바로 그런 예를 보여주었다. 우리는 둘 다 사무실에서 종일 수다를 떨고 난 날이면 찾아오곤 하는 침묵의 분위기에 싸여 있었지만, 나는 그녀의 침묵의 길이가 문제의 신호일 수도 있다는 느낌이 들어 그녀에게 무슨 생각을 하느냐고 물었다.

"아, 아무것도 아니야."

그녀가 대답하며 환하게 미소를 지었다.

"아무것도 아니라고?"

"어, 있잖아, 이런저런 것들. 사실 아무것도 아니야."

"그래, 그냥 궁금했어. 케이크 좀 먹을래?"

"됐어."

실제로 우리는 아무것도 아닌 일들을 생각하며 많은 시간을 보낸다. 아마 잠 다음으로 그것이 가장 인기 있는 소일거리일 것이다. 심지어 가장 빽빽한 연대기의 주인공이 되는 위대한 남녀들(톨스토이, 플로렌스 나이팅게일, 헨리 4세)도 그들 삶의 어떤 대목들은 기차나 말에서, 회의실이나 거품이 이는 욕조에서, 사실 아무것도 아닌 일들을 생각하며 보냈을 것이다. 그냥 의식 속에 이런저런 일들이 둥둥 떠다니고 있었을 것이며, 그런 때는 큰 소리로 "나는 베를린 사람이다Ich bin ein Berliner" 또는 "사실 파리라면 미사를 드릴 가치가 있을지도 모른다"* 같은 선언을 하는 식으로 명료하게 상황을 정리하지 못했을 것이다.

우리는 이야기를 할 때 상대가 이해를 할 수 있도록 노력을 하여, 한두 가지 사항을 분명하게 전달하려고 한다. 그래서 그들이 우리의 의식에서 전개되는 혼란스러운 과정을 공유하는 것을 허용하지 않는다. 심지어 소설 속의 인물들에게서도 불가피한 생각의 복잡성이 대체로 나타나지 않는다. 소설가들은 등장인물의 생각을 찐득거리는 정신에서 뽑아내, "그는 생각했다", "그녀는 생각했다"라는 말끔한 말을 이용해 페이지에 깔아놓는다.

애니타 브루크너는 《호텔 뒤 라크》에서 이디스의 머릿속에서 벌어지는 일을 우리에게 말해주고 싶었을 때, 다음과 같은 방식으로 침착한 숙고의 장면을 설정했다.

"많은 여자를 결혼으로 몰아가는 것은 그들과 같은 성性을 가

---

* 각각 케네디 대통령과 헨리 4세가 한 말.

진 부류라고 이디스는 생각했다."

이것을 조이스가 《율리시즈》에서 몰리의 마음속에서 벌어지는 일을 이야기해주고 싶었을 때 사용한 방법과 비교해보라. 〔융은 몰리의 독백을 보고 조이스가, 자신이 읽은 어떤 것보다 여성 심리에 관해 많은 것을 가르쳐주었다고 말했으며, 나보코프는 이것이 "우리끼리만의 이야기지만entre nous soit dit, 이 책에서 가장 약한 장章"이라는 판결을 내렸다.〕

> 그것 때문에 입술에 핏기가 가시지만 어쨌든 이제 그건 그것에 관하여 세상 사람들이 하는 모든 이야기와 더불어 완전히 끝이 났어 그건 처음뿐이야 그 뒤로는 그냥 그렇게 하는 게 일반적이고 그 생각은 더 안 하게 되지 왜 남자와 먼저 결혼하지 않고는 키스도 할 수 없는 거야 가끔 미치도록 그러고 싶잖아 그런 느낌이 올 때면 온몸의 느낌이 아주 좋아져 어쩔 줄 모르게 되지 언젠가 어떤 남자가 나를 데리고 가주었으면 좋겠어 내 옆에서 나를 품에 안고 나에게 키스를 해 영혼 깊숙이까지 내려가는 길고 뜨거운 키스에 비길 것은 세상에 없지 몸이 거의 마비가 되어버려 하지만 그런 고백은 싫어……

만일 브루크너가 현실적이고 조이스가 괴짜라고 생각한다면 그것은 우리가 커피숍에서 이야기를 나눌 때 조이스 같은 문장이 아니라 브루크너 같은 문장으로 의사소통을 하기 때문이다. 만일 내가 이디스의 어깨를 가볍게 두드리며 그녀에게 팔걸이의자에 앉아 무슨 생각을 하고 있었느냐고 묻는다면 그녀는 이렇게 대답할 것이다.

"아, 방금 나는 많은 여자를 결혼으로 몰아가는 것은 그들과 같은 성을 가진 부류라는 생각을 하고 있었어요."

그러나 이디스가 실제로 속으로 그렇게 조리 있게 생각을 하고 있었을 것 같지는 않다. 아마 그녀의 의식은 빠르게, 이리저리 옆길로 새면서, 연상을 하면서, 몰리 블룸과 같이 재잘대면서 흘러갔을 것이다. 하지만 사회는 우리에게 단정함을 강요하며, 우리는 우리 의식 속에 있는, 구문도 제대로 갖추어지지 않은 그런 찐득거리는 것을 그대로 토해낼 수가 없다. 우리는 이런저런 것을 우리가 말을 배울 때 구축하게 된, 동사, 명사, 거기에 군데군데 끼어드는 형용사로 이루어지고 때때로 마침표까지 곁들여 단정하게 포장된 소시지 같은 형태로 제공할 수밖에 없다. 우리는 의사소통을 할 때 남들을 이해시키려고 애를 쓴다. 그리고 남들이 우리 마음속에 있는 것을 이해하기 오래전에 우리가 말하고자 하는 바를 알고 있다.

"그래서 있잖아, 나도 문학 논문을 써냈던 거야."

이사벨이 대꾸하더니, 결국 케이크를 조금 먹겠다는 쪽으로 마음을 정했다. 그녀는 카운터에서 아몬드와 초콜릿이 든 롤을 가지고 돌아와 자비로워진 목소리로 말을 이었다.

"하지만 내가 무슨 생각을 했든지 간에, 어쨌든 이 차에 삼산 정신을 팔았던 것 같아."

그녀는 이제 반쯤 빈, 1984년 올림픽 로고로 장식된 컵을 저으며 설명했다.

"있잖아, 카모마일만 마시면 늘 어린 시절 아프던 때가 떠올라. 우리 어머니는 카모마일이 만병통치약이라고 생각해서 우리가 어디가 잘못되기만 하면, 지금도 귀에 쟁쟁하네, '내가 맛있는 카모마일을 끓여줄게. 그럼 금방 나을 거야' 하고 말하곤 했어. 무슨 의학적 근거가 있어서 그런 이야기를 했는지는 모르겠지만, 그 의욕만으로도 충분했어. 어쨌든 어머니가 카모마일을 끓이는 것을 보면서 내가 건강의 나라를 떠나 있구나 하는 걸 확인하게 되었지. 따라서 지금 나는 사실 별 생각을 하지 않았어. 그냥 구름 속에 파묻혀 있었을 뿐이야."

시간의 구름은 다른 감각과 음료에도 봉인되어 있었다. 안에서는 새로 만든 커피가 지니처럼 어린 시절 토요일 아침의 그녀의 아버지의 모습을 살려냈다. 아버지는 자신이 마실 에스프레소를 뽑아내며 남자가 이 이상을 바랄 수는 없다고 (어머니가 못 듣는 곳에서) 공언했다. 그럴 때면 아버지는 신문을 들고 부엌에 앉아 있곤 했다. 식사가 끝난 뒤였지만 이사벨, 폴, 루시도 아버지의 좋은 기분에 이끌려 식탁에 그대로 앉아 수다를 떨었다. 이따금씩 아버지는 고개를 돌려 그들 중 한 명에게 윙크를 했고, 그러면 그들은 웃음을 터뜨리며 다시 윙크를 해달라고 졸랐다. 가끔 아버지는 노래를 부르며 한 아이를 무릎에 앉히곤 했다. 아버지는

'왈츠를 추는 마틸다Waltzing Matilda'는 잘 불렀지만 '존 브라운의 주검John Brown's Body'은 엉터리로 불렀다. 얼마나 엉터리로 불렀는지 아이들은 아버지한테 조용히 하라고 소리를 지르고, 웃음을 터뜨리며 손가락으로 귀를 막았다.

그녀는 아버지가 영원히 살아 있을 것이라고 생각하던 기억이 났다. 아버지는 아주 키가 컸고, 늙었고, 모든 것을 아는 것처럼 보였다. 한번은 학교에서 산업혁명을 배운 이사벨이 집으로 돌아와 아버지에게 기차가 다니기 전 시절이 기억나느냐고 묻기도 했다.

코벤트 가든의 커피숍에서 그녀의 아버지에 대한 생각은 뒤로 거슬러 떠내려갔다. 아버지 본인은 자신에게서 커피 알갱이 냄새가 난 적이 없다고 느꼈지만, 이사벨의 상상 속에서 커피와 아버지는 늘 한 묶음이었다.

"나의 오이디푸스적인 고착의 또 하나의 증거인가?"

그녀가 아버지 생일을 염두에 두고 콜롬비아 원두 한 봉지를 포장해달라고 하여 커피숍을 떠나면서 말했다.

이사벨은 이러한 프루스트적인 조사를 계속하여, 생강 비스킷 안에는 초등학교 시절의 아침 쉬는 시간이 갇혀 있다고 말했다. 11시에 종이 울리면 아이들은 교실에서 뛰어나가 식당에서 길고 시끄러운 줄을 이루었다. 금속 카운터들을 따라 늘어놓은 여러 개의 통 안에는 생강 비스킷이 몇 개밖에 없었고, 다른 선택은 끔찍했다. 이상한 커스터드 크림, 구역질나는 다이제스티브, 지겨운 쇼트브레드 등이었다. 이사벨은 문에서 가장 가까운 책상에 앉을 수 있는 방법을 완벽하게 익혀, 안뜰의 왼쪽 면을 따라 아주 빨리 달려갔다. 한번은 그렇게 빨리 달려가다 작은 식물을 생물 교실로 들고 가던 여자 교감 선생님과 세게 충돌하여 식물이 흩어지고 말았다. 자신이 한 짓에 두려움을 느낀 그녀는 멍하니 얼어붙었다. 몸에 흙이 튄 교감 선생님이 물었다.

"흠, 미안하다는 얘기 안 할 거니?"

그러나 이사벨이 할 수 있었던 말은 "생강 비스킷"뿐이었고, 곧바로 울음을 터뜨리고 말았다.

거품 목욕에는 프루스트적인 연상들이 더 들어가 있었다. 이것이 매개체가 되어 이사벨은 열한 살 때의 뉴욕 여행으로 돌아갔다. 아버지의 회사에서 아버지에게 어떤 거래를 체결하라고 파견을 보낸 덕분에 이사벨 가족은 맨해튼 미드타운의 한 비즈니스호텔에 일주일 동안 묵게 되었다. 이사벨은 호텔의 호화스러움에, 채널이 서른 개나 나오는 텔레비전에, 빙글빙글 도는 커다란 문이 달린 로비에, 60층 건물의 39층에 자리 잡은 방에 흥분했다. 그녀는 엘리베이터 맨과 친하게 지냈고, 그는 그녀를 꼭대기층에 데려다주었다. 꼭대기 층도 다른 층과 똑같아 보였지만, 엘리베이터 맨은 바람이 세게 불면 건물이 움직이는 것을 느낄 수 있다고 말했다. 그날 밤 폭풍이 불었고, 그녀는 그들이 겨우 39층에 있는 것이 다행이라고 생각했다. 이 여행에서 그녀는 처음으로 거품 목욕을 해보았고, 녹색 액체가 팽창하여 부드럽고 가벼운, 하얀 벌집 모양의 크고 작은 덩어리들로 바뀌는 것에 놀랐다.

그녀는 눈雪을 만져보는 사하라 사막의 아이처럼 그것을 바라보았으며, 한 시간 동안 거품으로 모양을 만들며 놀았다. 이글루도 지었다가 스키 슬로프가 있는 산도 만들었다. 이윽고 거품이 사그라지기 시작하자, 녹색 바다에 둥둥 떠 있는 빙산 놀이로 바뀌었다. 결국 그녀에게 남은 것은 달콤하고 기름진 냄새였고, 그 냄새는 다음에 목욕을 할 때까지 유지되었다.

*

사물, 맛, 냄새에서 아무리 많은 기억이 발견된다 해도, 이사벨은 음악이 그녀에게 가장 환기력이 강한 프루스트적 매개체라고 판단했다.

"그거 소리 좀liole 크게 해줄래?"

그녀는 밤에 차를 타고 가다 자동차 라디오에서 존 아마트래딩의 '사랑과 애정Love and Affection'이 나오자 그렇게 말했다.

"내가 이 노래를 새러의 열네 살 생일잔치 때 처음 들었다는 거 알아? 나는 저녁 내내 욕실에 숨어 있거나, 아니면 부엌에서 설거지를 도와주었어. 사람이 꽉 차 있었지. 사람들은 맵다고 하면서도 소시지를 맛있게 먹었어. 그러고 보니 누가 나한테 키스하고 싶어했다는 게 기억나네. 뭔가 내 드레스에 흘리기도 했어. 아마 사과 주스였을 거야."

이사벨은 음악에 귀를 기울이다가 특정한 시간과 분위기가 들어간 프루스트적인 트랙을 덧붙이곤 했다. 그래서 그녀가 다시 그 곡으로 돌아갔을 때는 그 보컬과 연주에서 그녀가 처음 그 노래를 듣던 정황이 새어나오곤 했다.

　프루스트적인 트랙이 들어가는 방식은 논리적 패턴을 따르지 않았다. 그녀는 몇 년 동안 아무런 기억을 새겨 넣지 않은 채 곡을 소유하고 있기도 했고, 어떤 곡에는 음악을 원래 들었던 때와는 상관없지만 나중에 연상에 의해 붙어버린 기억들이 실려 있기도 했다. 그녀는 포트윌리엄스에서 열린 어떤 결혼식에 갔다가 차를 타고 글래스고로 돌아가던 도중에 REM의 노래 '록빌 Rockville'을 듣지는 않았지만, 지금 그 노래를 들으면 어떤 결혼 하객과 함께했던 그 여행을 떠올렸다. 9월의 어느 날이었고, 바다에서 폭풍이 불어와 몇 센티미터의 눈과 함께 언덕들을 덮어버렸다. 앞 유리 와이퍼들은 사납게 유리를 문질러댔고, 차의 히터는 더운 공기를 뿜어내 바깥의 성난 자연과는 대조적인 안락함을 느끼게 해주었다. 그 노래는 어떤 특정한 사건보다는 여행의 맛을 환기해주었다. 이것은 서사적이라기보다는 시적이고 감각적인 기억이었다. 히터로 더워진 차의 의자 냄새, 더운 공기를 받은 유리의 느낌, 길가에 쌓인 눈 더미의 패턴, 글래스고에 이르렀을 때 극적으로 갈라지던 구름.

　이사벨은 사춘기 초기부터 자신의 음악을 사서 그 위에 기억을 새기기 시작했으며, 그때부터 그녀의 수집품은 그녀의 진화하는 음악적 취향과 더불어 그 취향을 형성해간 배경을 알려주는 참조물이 되었다.

그녀는 열세 살 때 옥스퍼드 스트리트의 HMV 매장에서 처음으로 테이프를 샀다. 그 얼마 전에 같은 반 남자아이와 키스를 했으며, 다시는 안 하리라 다짐하고 있었다. 테이프의 제목은 다음과 같았다.

아바, 히트곡집

커버에는 그룹 멤버들이 나팔꽃 모양으로 벌어지는 새틴 바지와 자주색 실크 셔츠 차림으로 몽롱한 주황색 조명을 받으며 서 있었다. 이 레코드에는 '댄싱 퀸Dancing Queen', '나도 괜찮은 사람이에요Take a Chance on Me', '승자독식The Winner Takes it All', '치키티타Chiquitita', '우리 가운데 하나One of Us' 등의 노래가 담겨 있었다. 그녀는 그것을 산 여름에 새러, 태미, 재닛, 로라 등 여자아이들 몇 명과 함께 어울려 쇼핑센터를 돌아다녔다. 그녀는 다른 사람, 구체적으로 말하자면 풍성한 젖가슴, 긴 머리, 맑은 피부의 소유자인 두 학년 위의 그레이스 마스덴이 되고 싶었던 소망을 지금도 기억했다. 이사벨은 거울 속의 자신을 차마 마주 볼수가 없었다. 일주일 동안 코 아래쪽에 고름이 가득한 종기가 달려 있어 목을 매달까 하는 생각도 했다. 이것은 어쩌면 아바의 곡들과는 어울리지 않는 생각이었는지 모른다. 어쨌든 그녀는 그곡들 덕분에 얼마 안 되는 행복의 순간을 맛볼 수 있었다. 거기에는 '댄싱 퀸'의 에너지와 속도가 있었다. 이사벨은 로라와 함께 그 노래를 크게 틀어놓고 침대에서 뛰었고, 법률 보조원과 눈이 맞아 아내를 버렸던 변호사인 로라의 아버지는 견디다 못해 그들에게 애들처럼 굴지 말라고 소리를 질렀다.

한 장의 레코드에는 그 레코드를 들은 여러 시기를 반영하는 몇 층의 기억이 동시에 자리를 잡고 있을 수도 있다. 오랫동안 사람이 살던 도시의 유적 위에 덮인 흙을 횡단면으로 자르고 들어가면 연속되는 정착지가 겹겹이 나타나는 것과 마찬가지다.

아바의 첫 프루스트적인 층 밑에는 크리스, 그의 여자친구, 그녀의 여동생과 함께 알가르베에 가서 보낸 휴가가 자리 잡고 있었다. 그들은 일주일 동안 아파트와 차를 빌려, 구불구불한 길을 따라 해변과 나이트클럽으로 달려가면서 그 테이프를 틀었다. 이사벨은 경박한 분위기를 찾아다녔으며, 결국 뤼벡 출신의 독일 남자와 연애를 하게 되었다. 잠수함 엔지니어였던 그는 휴가가 끝날 때 자신이 어린 아들을 둔 유부남이라고 밝혔다. 그러나 볼프강의 그런 고백에도 불구하고, 이사벨은 '우리의 마지막 여름 Our Last Summer'을 자기 것으로 만들어, 그 뒤로 그 노래를 들을 때마다 그의 지프에서 그와 함께 밤을 보낸 뒤 바다 너머 동이 터오는 것을 지켜보던 시간을 기억하게 되었다.

마지막 프루스트적인 트랙은 아주 최근에 회사에서 연 크리스마스 파티에서 덧붙여졌다. 이 파티에서는 '나도 괜찮은 사람이에요 Take a Chance on Me'가 레스토랑의 분홍색 실내장식과 피카딜리의 바, 그날 밤 남자친구가 떠나버린 안내원 샐리 웰치의 눈물, 알코올, 시시덕거림, 외로움이 혼합되었던 그 행사의 분위기를 포착했다.

그 다음은—

블론디, 베스트 히트

이제 이사벨은 열네 살이었고 '힘겨운 때The Tide is High', '전화기에 매달려Hanging on the Telephone', '유리 같은 마음Heart of Glass'에 맞추어 화장을 하고 친구들의 옷을 입어보며 오후를 보냈다. 치마는 점점 짧아졌으며(그녀의 어머니는 어떤 치마를 보고 이렇게 비꼬았다. "치마라기보다는 허리띠처럼 보이는걸"), 첫 번째 미니는 검은 타이츠, 하이힐과 함께 모습을 드러냈다. 부모님이 조부모님과 함께 부활절 휴가를 보내러 가자, 이사벨은 로라와 함께 노팅힐에 있는 나이트클럽에 갔다. 그들은 아이라이너와 담자색 립스틱을 바르고, 어려 보이는 열여섯 살짜리들 행세를 하여 입장에 성공할 수 있었다. 이탈리아어를 하는 학생 둘이 그들에게 술을 샀으며, 이사벨은 스트로베리 다이커리 두 잔의 영향 때문에 그 가운데 한 명인 귀도인가 조반니인가, 아니면 자코모인가와 키스를 했고, 나중에 라드브로크 그로브 근처의 하수구에 술을 토해냈다.

이 레코드는 이사벨이 스물두 살에 해머스미스의 아파트로 이사했을 때 두 번째로 등장하여, 청소용 음악 역할을 하게 되었다. 침실과 아주 작은 거실에 진공청소기를 돌리고, 책꽂이의 먼지를 털고, 잔뜩 쌓인 설거지를 해치우고, 최선을 다해 욕실을 닦아낼 때 틀어놓는 음악이 된 것이다. 그녀는 기계적인 일을 하는 것을 너무 싫어했기 때문에, 시작하자마자 소파에 쓰러지는 것을 막기 위해서는 에너지가 넘치는 음악이 필요했다.

레너드 코언, 최고의 히트곡집

이 레코드는 이사벨을 십대 중반 그녀가 침실에서 보내던 맥 없는 오후로 데려갔다. 기억의 지배적인 색깔은 그녀의 깃털 이불 색깔인 자주색, 이 앨범 재킷 색깔인 크림색이 섞인 노란색이었다. 그녀의 어머니는 비난하는 눈길로 그녀를 보며, 그녀가 거리의 부랑아처럼 보인다고, 가족과 이야기를 하려고 노력하지도 않고, 학교에서도 제대로 하는 것이 없다고 야단을 쳤다. 이사벨은 그 어떤 비난에도 이의를 제기하지 않고, 그냥 낮고 단조로운 목소리로 그냥 자기를 좀 내버려둘 수 없겠느냐고 했다. 그러나 자신과 맞서 싸우려 하지 않는 것을 모욕으로 여기는 어머니가 그 소망을 들어줄 리 없었다. 어머니는 엄청 화가 나, 한번은 이사벨이 마약을 사용해보았다는 것을 부인하려 하지 않자 따귀를 때리기도 했다. 이사벨은 부엌 식탁에 꼼짝도 하지 않고 앉아 있었다. 혹시라도 눈에 고인 눈물이 쏟아져내릴까봐 눈도 깜빡이지 않았다. 그녀가 낳아달라고 한 적이 없다는 그 악명 높은 대사를 읊은 것이 바로 그때였다.

그 무렵 그녀가 찾은 음악은—

밥 딜런, 이단자

상황은 나아지고 있었다. 우선 그 레코드 자체가 그녀의 첫 남자친구였던 스튜어트 윌슨이 준 선물로, 그 애는 남자하고도 여자처럼 편하게 이야기를 할 수 있다는 것을 가르쳐주었다. 스튜어트는 열일곱 살로, 그 전해에 학교를 그만두고 빅토리아 역 근처의 청년 여행사에서 일하고 있었다. 그들의 관계는 1년을 갔는데, 그동안 이들은 야외 장터에서 옷을 찾고, 레코드 가게를 뒤지고, 엔필드에 있는 그의 부모님 집에 가 그의 침대에서 서로 만지작거리며 시간을 보냈다.

스튜어트는 이사벨이 특별히 말을 하지 않아도 그녀의 마음을 다 이해하고 있는 듯한 느낌을 주는 불가사의한 재주가 있었다. 꼭 '당신 같은 애인Sweetheart Like You', '우울에 빠져Tangled Up in Blue', '내가 정말 하고 싶은 것All I Really Want to Do' 같은 수준 높은 노래를 선택해야만 가능한 일은 아니었겠지만, 어쨌든 스튜어트의 그런 재주의 중심에는 딜런이 있었다. 스튜어트는 이사벨의 음악 취향과 남자친구 취향이 나란히 가는 사춘기 중반기를 열어주었다. 이때는 상대가 가장 좋아하는 밴드 셋을 알면 그 사람의 삶을 다 알 수 있다고 생각했다.

그러나 마지막 학년에 들어서자, 남자관계나 음악 수집에서 한층 성숙이 이루어져, 이때 이사벨이 손에 넣은 것은—

모차르트, 바이올린 협주곡 3번과 5번

여기에는 여학생 열 명, 미술사 교사 한 명과 함께 파리로 떠난 수학여행이 담겨 있었다. 그들은 몽마르트의 초라한 호텔에 묵었다. 이사벨은 옥스퍼드 진학이 예정되어 있던 부학생회장과 한 방을 썼는데, 그 애는 나중에 스물다섯 살 생일을 맞이하기 일주일 전에 암으로 죽게 된다. 그들은 미술관을 찾아다니고, 리볼리 거리의 카페에서 친구들에게 엽서를 쓰고, 그들이 웃어주기만 하면 사소한 것은 기꺼이 용서해줄 용의가 있는 젊은 남자들에게 끔찍한 프랑스어로 말을 걸었다. 이 협주곡들을 들으면 특히 칼레로 돌아가던 기차 여행이 떠올랐다. 이사벨은 녹색 플라스틱 의자, 그리고 창밖으로 보이던 황량한 아르투아 시골 풍경을 기억했다. 이사벨은 파리를 떠나 집과 가족의 속박으로 돌아가는 일이 눈앞에 닥치자 노스탤지어에 젖었지만, 불과 몇 달 뒤에 졸업을 하고 런던 대학에 진학하여 1년 동안 일을 하면서 해외여행을 했다. 그녀는 우선 베를린으로 갔고, 그곳에서 통역사 밑에서 일을 하면서 미국인들 한 무리를 만났는데, 그 가운데 한 명이 그녀에게 남기고 간 것이—

하이라이트:

돈 조반니, 마술피리, 피가로의 결혼, 여자는 다 그래

이 앨범은 그녀가 해외에서 보내던 해의 혼란스러운 기억들을 포착하게 되었다. '만약 나으리께서 춤추신다면Se vuol ballare'에는 그녀가 자주 다니던 베를린의 마이네케슈트라세 모퉁이의 작은 카페에 대한 기억이, '수잔나는 아직 안 왔구나E Susanna non vien!'에는 오페라 하우스에 다가가던 길이 담겨 있고, '흔들리지 않는 바위처럼Come scoglio immoto resta'에는 호텔 접수대에서 일하며 여름을 보냈던 도빌의 모습이 자리 잡고 있었다. 밀라노 역에서 빠져나오던 침대차 안에서의 기억은 불길하게도 '오타비오, 숨을 쉴 수 없어요Don Ottavio, son morta!' 속에 꽉 들어차 있었다.

사적인 것

우리는 삶의 어떤 부분이 다른 부분보다 더 의미가 있다는 일반적인, 어쩌면 논란의 여지가 있을 수도 있는, 선입견을 갖고 전기를 읽는다. 그러나 그 전기가 어떤 면에서 우리의 호기심을 자극했건, 불공평한 부모처럼 어떤 부분을 다른 부분보다 편애하지 않는 한, 우리는 끝까지 애만 태우다 끝나게 된다. 다시 말해서 전기는 책이 은근히 암시하는 듯한 것을 끝까지 드러내지 않을 수도 있다는 것이다. 우리는 아인슈타인이 어린 시절 비눗방울을 불었다거나, 처칠이 얄타에서 스탈린과 시가를 나누어 피웠다거나, 버트런드 러셀이 트리니티에 다닐 때 스틸턴 치즈에 특별한 감정이 있었다거나 하는 사실을 알고 잠시 즐거워한다. 그러나 전기가 그 이상을 우리에게 알려주지 않는다면, 우리는 프로피트롤(아이스크림 따위를 채운 소형 슈크림―옮긴이)을 먹으러 식당에 갔다가 마지막 남은 것이 막 팔렸다는 이야기를 들은 사람처럼 좌절감을 느끼며 전기를 덮을 수도 있다.

우리가 원하는 것은 사생활이며, 어떤 삶에 남들이 알아도 좋을 만한 것만 담겨 있을 때는 뭔가 남은 부분이 있을 것이라고 생각하게 된다.

"아무도 자신의 결함을 동정받는 것을 좋아하지 않는다."

1746년, 프랑스의 금언 작가 보브나르그는 그렇게 말했다. 맞는 말이다. 그러나 이 금언 작가의 전기 작가는 그렇게 생각하지 않을 것이다. 전기 작가의 호기심은 그 매끈한 금언이 불꽃처럼 떠올랐던, 그 드러나지 않은 고통스러운 순간에 집중되어 있을 것이기 때문이다. 보브나르그는 자신의 개인적 경험에서 전 인류에게 적용될 수 있는 금언, 그가 살았던 마차와 가발의 시대보다 오래 살아남을 금언, 그가 상상도 못한 시대에 타이베이나 카라카스에서도 이해될 수 있는 금언을 만들어내려고 고심했지만, 전기 작가는 그 꼼꼼한 뜨개질을 조용히 다시 푸는 것, 천의무봉의 산문을 부수는 것, 그 밑에서 도대체 누가, 무슨 일로, 얼마나 오래 이 금언 작가를 동정했는지, 결국 그것이 결투로 연결되었는지 아니면 가슴에 상처만 남기고 말았는지 찾아내는 것을 자신의 과제로 볼 것이다. 전기 작가는 그 금언이 그렇게 교묘하게 빠져나오려고 했던 개인적 뿌리까지 거슬러 올라가보기 전에는 그것을 부정직하다고 여길 것이다.

공적인 생활을 무너뜨려 사적인 영역을 드러내고자 하는 이런 욕망은 어떻게 설명할 수 있을까? 어쩌면 공적인 측면의 독특함에 대한 분노일 수도 있고, 위대한 사람도 일반적인 어리석은 생위를 피하지 못했다는 것을 드러내고 싶은 유혹일 수도 있다. 보브나르그는 금언이라는 면에서는 천재였을지 모르지만, 그런 금언이 나올 수 있도록 영감을 준 그의 삶은 논란의 여지없이 인간적이었다. 우리가 우리 종種에서 발견하는 모든 약점을 갖고 있었다는 뜻이다. 더욱이 그를 그런 생각으로 이끌었던 상황에만 집중하면 그 생각 자체의 힘에 짓눌리던 상황에서 벗어나 마음이 좀 편해질 수 있다. 남들에 대한 호기심은 자기 성찰을 피해가고자 할 때 애용하는 방법이다. 내적인 투쟁을 덮어버리고 인용을 할 권리나 편지 내용을 사용할 허가를 얻기 위한 싸움을 앞세울 수 있는 것이다.

더욱이 현대의 전기는 사적인 자아에 대한 탐구를 침실 주변에만 한정시킴으로써 상상력의 가능성을 줄여버렸다는 비난을 받을 수도 있다. 필립 라킨의 '침대 안의 대화'의 서두를 보자.

침대 안의 대화는 가장 편해야 한다.
침대에 함께 눕는 것은 아주 오래전부터 내려오는 일이며,
두 사람이 정직하다는 상징이다.

그러나 점점 많은 시간이 말없이 흘러간다.
바깥에서는 매듭지어지지 않은 불안에 시달리는 바람이
하늘에서 구름을 쌓았다가는 다시 흩어버리고 있다……

이것은 제대로 완결되지 못한 성적 만남의 끝에 따라오는, 말이 꽉 막혀버린 불편에 익숙한 사람들에게는 환기하는 힘이 매우 강한 시로 보일지 모르지만, 전기적 사고방식을 가진 사람들에게 이 시는 리듬, 운율, 토머스 하디의 영향 같은 것과는 아무런 관계가 없다. 오히려 시인이 이런 어색한 침묵 속에 침대에 함께 누워 있는 사람이 누구냐, 어린 시절에 무슨 일이 있었기에 시인이 말을 하기가 이렇게 힘든 것이냐, 시인이 남자를 안는 것을 더 좋아했는데 어쩔 수 없이 여자를 안은 것은 아니냐 하는 의문들과 더 깊은 관계가 있을 것이다.

전기를 예의바른 회고록이나 학술 논문과 구별해주는 점은 비유적으로 말해서 전기 작가가 자신의 전기의 주인공과 자야 한다는 생각이다. 이것은 두 사람이 알아가는 관계의 정점을 이루는 행동은 불을 켜둘 것이냐 끌 것이냐 하는 질문 뒤에 전개된다고 하는 비문학적 관념의 자연스러운 결론이다.

"그러니까, 그건 역효과가 난다는 거야. 그 애는 상대가 자기 이름을 알기도 전에 일단 같이 자고 나서 시작하려고 한다니까."

이사벨은 점심으로 먹을 코티지치즈 통의 뚜껑을 열면서 직장 동료인 브라질 아가씨 그라지엘라에 관해 그렇게 설명하여, 암묵적으로 그런 행동에 이의를 제기했다.

"그러고 난 뒤에 그 남자가 자기 짝으로 적당치 않다는 사실이 드러나면, 혹은 상대가 다시는 전화를 하지 않으면, 그제야 놀라는 거야."

"하지만 가브리엘라는 그냥 욕정 때문에 그렇게 행동하는 것일 수도 있잖아."

내가 말했다.

"가브리엘라가 아니라 그라지엘라야."

"솔직히 이름이 좀 까다롭잖아. 나는 그녀와 자지도 않았으니 이름이 벌써 가물가물한 거지."

"그게 문제가 아니야. 그라지엘라는 일요일 저녁에 기분 좋게 끌어안을 사람만 원하지, 제대로 친밀해지는 방법은 모른다는 게 문제야. 침대가 딜레마에서 달아나는 손쉬운 방법처럼 보이는 거지."

이사벨은 사적인 자아를 드러내고 싶다는 그라지엘라의 욕망에는 공감했을지 모르지만, 선택한 수단은 거부했다. 섹스가 친밀성의 상징이기는 하지만, 그것만으로 두 사람이 친밀해질 수 있다는 보장은 없다는 것이었다. 이 상징은 오히려 자신이 상징하는 상태의 실현을 방해할 수도 있었다. 서로 알아가는 더 힘든 과정을 피하는 방법으로 상대와 잘 수도 있으니까. 마치 책을 읽는 일을 면하기 위해 책을 사는 것처럼.

"그럼 그라지엘라가 행복해지려면 뭘 해야 한다는 거야?"

나는 마치 대부代父라도 되는 것처럼 관심을 보이며 물었다. 이사벨이 코티지치즈를 냉장고에 갖다 넣으며 대답했다.

"나도 전문가는 아니야. 그냥 상대와 미리 친밀한 경험을 해보지 않고 같이 자버리는 게 반드시 좋은 생각은 아니라는 얘기일 뿐이야."

"예를 들어 어떤 경험?"

"있잖아, 질투를 하고, 욕을 하고, 교활한 면을 보여주고, 토하고, 코를 풀고, 발톱을 깎고."

내가 둔한 표정으로 물었다.

"왜? 네 발가락에 무슨……?"

"아냐, 아무 문제 없어."

"그런데?"

"뭐, 발톱을 깎는다는 게 중요한 거지. 그건 좀 사적인 거니까. 발톱이 발에 붙어 있으면 그건 괜찮아. 하지만 일단 떨어져 나가면 그건 쓰레기잖아. 예를 들어, 사람 머리에 난 머리카락을 보는 것하고 욕조에 붙어 있는 머리카락을 보는 건 다르잖아."

"그런데 왜 발톱을 깎는 게 섹스를 하는 것보다 더 친밀한 거야?"

"섹스를 하는 상대는 그 앞에서 발톱을 깎아도 창피하지 않은 사람이어야 한다는 얘기일 뿐이야."

은근하지만 중요한 방식으로, 이사벨은 사적인 자아를 이해하기 위해 필요한 요소들을 다시 규정하고 있었다. 그녀의 목록은 현대 전기의 적나라한 기준들과는 대조를 이루었다. 이런 차이를 고려한다면, 도대체 무엇을 기초로 삶의 어떤 영역에 사적인 구역이라는 경계선을 쳐야 하는 것일까? 어쩌면 우리의 상처받기 쉬운 면을 얼마나 드러내느냐에 달려 있는 것인지도 모른다. 발톱 깎기는 그 아름답지 못한 면이 보는 사람의 관대함을 요구하기 때문에 사적이다. 몸단장을 하거나 화장을 하지 않고 아침을 먹으러 나타나려면 신뢰가 필요한 것과 마찬가지다. 사생활은 친절한 마음 또는 동정심을 갖고 보아야 하는 면이 담겨 있다. 사생활은 우리의 노출된 순간의 기록이다.

따라서 친밀해지는 과정에는 유혹과 대립되는 면이 있다. 비우호적인 판단을 받을 가능성이 높은, 사랑할 만한 가치가 없어 보일 수도 있는 측면을 드러내는 위험을 무릅쓰기 때문이다. 유혹이 가장 훌륭한 자질과 야회복의 과시에 기초를 둔 것이라면, 친밀성은 상처받기 쉬운 면과 발톱을 모두 드러내는 간단치 않은 과정을 수반한다.

이사벨의 기준에서 보자면 그녀의 사적인 자아는 내가 생각했던 것보다 분명하게 눈에 드러나고 있었다. 그녀는 욕과 관련된 어휘를 사용할 만큼 나를 편하게 생각했으며, 교활한 면을 약간 보여주기도 했고, 심지어 자신이 수전 손택의 책을 많이 읽었다고 한 것은 거짓말이었다고 인정하기도 했다.

"무슨 소리야?"

"어, 우리가 사진 이야기를 했을 때 말이야. 내가 그 늙은 마녀 이야기를 꺼냈잖아. 하지만 사실 그 여자가 쓴 것은 전혀 읽어보지 않았어."

"하나도?"

"하나도. 아마 그때는 네 열등감을 자극하고 싶었나봐. 그래서……."

그런 전술을 고백함으로써 이사벨은 침실에서처럼 상처받기 쉬운 상태에 놓일 수도 있었다. 침실에서 일을 끝낸 뒤에 "이제 내가 전보다 훨씬 못하게 느껴져?" 하고 묻게 되는 상황과 비슷한 것이다.

삶의 사적인 부분은 사람을 이해하는 문제에서 자신의 영향력을 실제 이상으로 과시하려고 한다. 이사벨이 수전 손택과 관련된 속임수를 드러내기를 꺼렸던 것은 그것이 그녀의 독서만이 아니라 그녀의 전체적인 지적 능력, 심지어 도덕적 능력에 관한 나의 관점을 바꿀지도 모른다는 두려움 때문이었다. 우리는 남들에 관해 어떤 사실을 알고 난 뒤로는 그들을 두 번 다시 원숙한 관점에서 바라보지 못하는 불합리한 상황에 처하곤 한다. 사소한 것 한 가지, 예를 들어 신체적 기형이나 고약한 습관, 즉 젖꼭지가 하나 더 있다거나 자기성애적 질식 취향이 있다는 것을 알게 되면, 그 사람 이름이 언급될 때마다 그것이 우리의 생각을 지배해버리곤 한다.

그래서 사람이 앞에 있을 때 코에서 뭔가를 끄집어내려면 요령이 필요한 것인지도 모른다.

"미안해, 별로 위생적이지는 않지, 나도 알아."

소파에서 신문을 읽다가 마침 그런 행동을 하던 도중에 예상치 못하게 목격을 당한 이사벨이 사과를 했다.

"괜찮아."

나는 그것이 젖꼭지 세 개의 수준이라고 판단할 수는 없었기에 그렇게 대꾸했다.

"그걸 어쩔 생각이야?"

"어, 보통은 돌돌 말아 공처럼 만드는데."

"그래서?"

"음, 근처에 쓰레기통이 있으면 굳이 그걸 사용하지 않으려고 하지는 않아. 하지만 쓰레기통이 없으면 그냥 조각내서 카펫 주위에 뿌리지. 가장 좋은 코딱지는 건조하고 한 덩어리로 유지가 돼. 가장 나쁜 건 감기에 걸렸을 때인데, 그때는 다 부서져버려. 알잖아, 후벼 파야 할 때와 풀어야 할 때의 중간 단계라서 어느 쪽으로도 잘 해결이 안 될 때. 조금 끄집어낼 수는 있지만, 중간에 부서져버리기 때문에 나머지를 감추려고 최선을 다해야 하지."

이사벨은 그녀의 콧물 색깔이 얼마나 다양한지 설명했다. 그것은 공기의 질과 관련이 있어서, 도시에서는 검댕이 낀 듯 시커멓게 나오고 시골에 가면 밀랍처럼 노란색으로 나왔다. 그녀는 어떤 딱지의 경우 그 크기에 놀라기도 했다. 그 고르지 않은 결을 보면 선사시대 동굴의 벽이 떠올랐다.

"혹시 그걸 자주 붙여놓는……?"

"지금은 안 그래. 하지만 학교 다닐 때나 집에 있을 때는 책상 옆이나 식기를 두는 찬장 뒤에 붙여놓곤 했지. 또는 나 혼자만 읽는 경우에는 신문에도."

"혹시 먹기도……?"

"시도는 해봤는데, 내 건 너무 짜더라고."

*

몇 주 뒤 유난히 더운 여름 밤, 11시가 조금 넘었을 때 아파트 전화벨이 울렸다. 나는 침대에 누워, 일란성 쌍둥이가 태어나자마자 헤어졌는데 나중에 둘 다 왼손잡이 플루트 연주자와 결혼했다는 뉴스를 보고 있었다. 나는 전화벨을 무시하고 자동응답기가 대답하도록 놓아두었다.

"이런 젠장, 없을 거라고 생각은 했어. 이사벨이야. 이렇게 늦게 전화해서 미안하지만, 오늘 정말 멍청한 짓을 했어. 상사한테 내 열쇠들을 빌려주었는데, 그래서 난 지금 내 아파트에……."

나는 문제가 무엇인지 깨닫고, 즉시 이사벨에게 내 아파트의 침대를 제공하겠다고 했다. 그러나 그녀는 그 제안을 받아들이기 어렵다고 생각했다.

"고마운 말이지만, 그냥 바닥에서 잘게."

"그거 정말 좋은 생각인데. 아니다, 그것도 너무 편한 것 같다. 찬장 위나 발코니에서 자는 게 어때?"

"놀리지 마. 미안해. 그냥 너무 창피해서 그래."

그녀는 결국 침실 밖에 있는 소파에 자리를 잡았다. 그러나 아파트의 개방적인 설계 때문에 프라이버시는 제한되어 있어, 이사벨은 내가 빌려준 티셔츠를 입고 욕실에서 소파로 달려가면서

"보지 마" 하고 소리쳤다.

우리 상황의 비관습적인 면 때문이었는지, 우리는 금세 피곤하다며 잘 자라고 인사를 교환한 뒤 램프를 껐다.

잠을 자려 했지만, 더위와 바로 옆방에 다른 몸이 있다는 사실 때문에 잠이 드는 데 필요한 평화를 얻을 수가 없었다. 나는 눈을 뜨고 천장에 생각들을 스케치해보고, 베개를 조정하고, 맞은편 벽의 균열을 걱정하고, 이사벨이 벌써 꿈속에 빠져들었는지 궁금해하고, 옆방에서 이따금씩 삐걱거리고 바스락거리는 소리를 애써 해석하지 않으려 했다. 우리 두 사람 모두, 서로 잘 자라고 인사는 했지만 아직 상대가 잠이 들지 않았다는 사실을 의식하면서도, 동시에 상대의 휴식을 방해하지 않으려 무의식 상태에 있는 척하는 미묘한 시기에 들어와 있었다. 이런 식으로 시간이 흐르다 보면 상대를 방해할 가능성은 점점 줄어들고, 마침내 잠의 표시로 해석될 수도 있는 것들, 가볍게 코를 고는 소리나 이불 밑에서 팔다리를 뻗는 소리에 귀를 기울이며 긴 밤을 홀로 보내야 한다는 불면증 환자의 가벼운 공포만 남게 된다. 옆방에서 작은 목소리가 물었다.

"잠들었어?"

"완전히. 너는?"

"나도."

"잘됐네."

"오늘 밤은 아주 덥네."

"알아."

"거실 창문 좀 열어도 돼?"

"그럼."

나는 이사벨이 소파에서 내려와 창문으로 걸어가는 것을 지켜보았다. 주황색 가로등을 배경으로 그녀의 형체가 실루엣으로 보였다. 그녀가 말했다.

"좀 낫네. 나는 정말이지 잠을 잘 못자. 가끔은 그냥 밤새 책을 읽고 완전히 엉망진창이 되어 출근을 한다니까. 어렸을 때 생긴 습관 때문인 것 같아. 동생하고 한 방을 썼는데, 몇 시간씩 수다를 떠는 바람에 자지를 못했어."

"무슨 수다?"

"뭐 아무거나, 뭐든지. 대부분은 아주 지저분하고 말도 안 되는 거였지만."

"네가 그런다는 게 상상이 안 가."

"왜 안 가?"

"모르겠어."

"내가 비밀 이야기 하나 해줄까?"

이사벨이 제안했다.

"좋지."

"아무한테도 말 안 하겠다고 약속해줘."

"당연히 안 하지."

"좋아. 어, 이건 내 동생하고 관계된 거야."

"그런데?"

"아냐, 못하겠어. 이건 너무 큰 비밀이야."

"해봐. 말을 꺼내놓고 중단하는 게 어디 있어."

내가 항변했다. 비밀이라는 말이 내 상상력을 자극한 것이다.

"아, 그럼 좋아. 네가 이 이야기를 누구한테도 안 하겠다고 약속한다면. 그냥 이런 거야, 어, 내가 첫 키스를 한 사람은 루시라는 거."

"첫 키스에 동성애와 근친상간을 결합시켰다는 거야?"

"우리는 영화에서 왜 사람들이 늘 키스나 포옹을 하느냐 하는 문제에 정신이 팔려 있었어. 그래서 어느 날, 우리가 직접 한번 해보자고 제안을 했지. 우리는 작은 창고 안으로 들어가 숨었어. 아마 본능적으로 좀 이상한 짓이라고 느꼈나봐. 그리고 우리가 본 걸 흉내 내며 입을 벌렸지. 침이 질질 흘러서 깔깔대기도 했지만, 한참 동안 멈추지를 못했어. 어떤 면에서는 기분이 아주 좋았거든. 아마 그게 내 첫 성 경험이었을 거야. 그 후에는 영화에서 사람들이 키스하는 것을 볼 때마다 마주 보고 깔깔거렸지. 지금도 루시와 함께 영화를 보러 가서 키스하는 장면이 나오면 루시도 똑같은 생각을 하는지 궁금해하곤 해. 하지만 이제는 너무 창피해서 그 이야기를 하지는 않지. 자, 그게 비밀이야. 아무한테도 말안 한다고 약속했다?"

비밀이 우리 관심을 촉발시키는 강력한 힘을 갖고 있으면서도 막상 이야기를 들었을 때는 별로 놀랍지 않은 경우가 많은 것은 비밀이라는 말을 들었을 때 아마 무의식적으로 다른 사람들이 비밀이라는 딱지를 붙인, 별로 대단할 것 없는 이야기보다는 우리 자신의 비밀을 상상하기 때문일 것이다. 우리는 우리 인격 가운데 인류에게 완전히 속하지 않은 것으로 여겨지는 측면들을 비밀이라고 부른다. 비밀은 우리 존재의 유일무이한 특성 가운데 음울하고 당혹스러운 측면이며, 천재성이나 영웅주의를 위해서가 아니라 사회가 비난할 것이라고, 또는 잘해야 조롱하는 표정으로 받아들여줄 것이라고 두려워하는 가치를 위해 사회의 기대를 저버리는 순간이다. 예를 들어 실금失禁이라거나 누이를 사랑한다거나 동성에게 이끌린다는 비밀. 아이들이 가장 큰 비밀을 갖고 있는 것도 당연하다. 아이들은 경험 부족으로 인해 자기들이 하거나 느낀 것의 생소함과 프라이버시에 가장 민감하기 때문이다. 우리는 긴 삶을 마감할 무렵에는 비밀의 재고가 줄어든다고 상상한다. 인간으로 살아간다는 것에 대한 이해가 깊어지면서 이전에는 정도를 벗어났거나 수치스러운 행위로 보였던 것들을 크게 어긋나지 않는 것으로 받아들일 수 있기 때문이다. 이런 의미에서 사람들이 다른 사람들의 비밀을 누설하는 경향은 잔인하기 때문이라기보다는 어떤 사람들이 사적으로 여기는 것이 사실 정상적인 것의 영역—비밀을 가진 사람이 상상하는 좁은 영역보다 훨씬 넓다—에 속한다는 사실을 외부자로서 쉽게 인식할 수 있기 때문에 나타나는 것일 수도 있다.

우리 상황의 어떤 면이 작용했는지 몰라도, 이사벨은 오래지 않아 또 다른 비밀을 누설했다. 라비니아와 크리스토퍼가 25년 전 런던으로 이사 온 이후로 로저스 가족은 베이커 스트리트에 있는 똑같은 치과를 이용해왔다. 닥터 로스는 수다스러운 호주 사람으로, 경마를 좋아하여 그의 진료실은 승마 트로피와 말처럼 생긴 부인 사진으로 뒤덮여 있었다. 그는 루시가 열두 살이었을 때 교정기를 끼웠고, 이사벨이 열여덟 살이었을 때 네 번째 사랑 니를 뽑았다. 그는 로저스 씨의 치근관 작업을 했으며, 로저스 부인의 어금니 쪽 충치 여러 개를 메웠다. 하지만 그의 다른 활동에 대해서는 다른 식구들은 모르고 있었다.

"이상하게 들리겠지만, 그 사람은 나한테 어떤 일이든 하게 할 수 있는 그런 남자였어."

이사벨이 밝혔다. 이제 소파 베드에서 일어나 앉아 있었다.

"열두 살 때 남자애들은 항상 내가 뭔가 결정을 내려주기를 기대했어. 물론 나는 그러지 못했지. 나는 닥터 로스가 나한테 관심을 가지는 게 이상하다고 생각했어. 나는 아이에 불과하잖아. 닥터 로스는 나이가 아주 많고. 하지만 사실 그때 나한테는 아버지 콤플렉스 비슷한 게 있었어. 한번은 혼자서 치과에 들어갔어. 어머니가 늦은 오후에 나를 치과 앞에다 내려줬지. 닥터 로스가 내 이를 어떻게 했는지는 기억이 안 나. 어쨌든 언제부터인가 닥터 로스가 뒤에서 내 몸을 스치며 돌아다니고 있었어. 그냥 아무런 의미도 없는, 치과에서 흔히 벌어지는 친밀한 상황이었어. 닥터 로스는 '윗니가 예쁘구나, 응' 같은 중립적인 말만 하고 있었지.

그러다 목소리를 바꾸거나 다른 음악을 틀지도 않고—늘 베르디였어—갑자기 이러는 거였어. '안내원이 곧 퇴근할 거야. 그럼 우리 둘뿐이지. 아무도 알 필요 없어. 네가 하고 싶지 않으면 나는 바로 그만둘 거야.' 나는 그가 무슨 말을 하는지 이해하지 못했어. 그런데 닥터 로스가 아주 부드럽게, 거의 전문가처럼 나에게 키스를 하기 시작했어. 몇 분 동안 계속되었지. 그러다가 멈추더니 이랬어. '이제 어떻게 하는지 알았지?' 마치 그게 치료의 연장인 것처럼 말이야. 믿을 수 없는 일이었지만, 기분이 좋기도 했어. 솔직히 말해서 나는 닥터 로스를 좀 좋아하고 있었거든."

"그래서 어떻게 됐어?"

"어, 나는 치과 약속이 많지 않았어. 1년에 겨우 두 번쯤. 그래서 다음에 갔을 때는 모든 게 정상으로 돌아가 있었어. 닥터 로스는 부끄러워하지 않았어. 쭉 나한테 호의를 베풀어왔다고 생각하고 있었어. 우리는 다시 그 이야기는 하지 않았어. 그리고 심지어 내가 다른 남자한테 반한 이야기도 하게 되었어."

그렇게 하는 게 지혜로운 선택인 것 같아서 이사벨과 나는 바로 잠들 수 있을 거라는 희망은 버리고, 보통 호기심으로 가득한 사춘기 아이들이 진실 게임을 할 때 애용하는 상호 심문에 들어갔다.

"도저히 못하겠어."

그녀는 자기 차례가 되자 저항했다.

"하지만 약속했잖아."

"너무 창피해."

"나한테는 다 말하게 해놓고."

"미안해."

"왜 말하지 못하겠다는 거야?"

"그냥."

그녀는 그것으로 충분한 설명이 되었다는 듯이 거기서 말을
끊어버리고, 수줍은 듯 이불을 턱까지 끌어올렸다. 그녀가 잠시
시트 끝을 가볍게 씹다가 말했다.

"별로 많지 않아서."

"상관없어."

"나는 꽤 고지식해."

"그래서 뭐?"

"아니, 어쩌면 아닌지도 모르겠다. 어쩌면 너무 많은 건지도 모
르겠어. 나는 진짜 창녀인가봐. 아, 그래. 말해줄게."

이사벨은 눈을 감더니, 집중을 하느라 얼굴을 찌푸리고 숫자
를 웅얼거리기 시작했다. 잠시 후 선거 결과를 발표하는 엄숙한
관리처럼 그녀가 말했다.

"아, 키스만 한 사람은 열일곱 명쯤 되나봐. 끝까지 간 사람은,
그건 훨씬 적은 것 같은데, 아홉이나 열쯤."

나는 그녀가 어떻게 열다섯 살 때는 처녀성을 '잃은 셈'이었지
만 열여섯 살 때는 분명히 잃을 수 있었던 것인지 궁금했다. 그녀
가 설명했다.

이름	키스만 함	끝까지 감	그녀의 나이
루시 로저스	X		9
닥터 로스	X		12
찰리 브린트	X		13
자코모?	X		14
베르트랑 드니	X	그런 셈	15
스튜어트 윌슨	X	X	16-17
프랭크 휘트퍼드	X		17
로저 보이드	X		18
패트릭 암스트롱	X		18
톰 그레이그	X	X	18
앤드루 오설리번	X	X	18-19
가이 스트릭스	X	X	19-20
볼프강?	X		20
존 워터	X		20
앨프리드 뷰런	X	X	21
제러미 배글리		X*	20
아이잭 데이비드슨	X	X	22
마이클 캐튼	X	X	23-25

* 이시벨이 스키를 타러 가서 하루밤을 함께 보낸 남자로, 사랑은 나누면서도 키스는 하지 않으려 했다.

"내가 멍청했으니까. 교환학생으로 프랑스에 갔을 때였어. 나는 도르도뉴에 사는 어떤 가족에게로 갔어. 사실 우리 어머니가 대학 시절 마음이 있었던 그 남자의 딸과 교환학생을 하는 거였어."

"그 화가."

"맞아, 자크. 하지만 이제는 화가가 아니었어. 엘프라는 정유회사에 취직을 해서 내가 갔을 때는 그 회사의 거물이 되어 있었어. 파리에 아파트도 하나 사고, 도르도뉴에 있는 헛간도 하나 개조를 해서 살고 있었지. 자크는 미술상의 딸하고 결혼을 했는데, 여자는 아주 부자였지만 한쪽 눈을 뜨지 못했어. 자식은 베르트랑하고 마리-로르 둘이었고……."

"무슨 소리야, 한쪽 눈을 뜨지 못하다니?"

"왜 그런지는 몰라. 눈까풀 근육이 굳뜨거나 그런 거였나봐. 어쨌든 그 집 딸은 나하고 동갑이고, 베르트랑은 한 살 위였어. 나는 O 레벨 시험 때문에 프랑스어 실력을 늘리려고 그 집 딸과 교환학생을 하는 거였고. 마리-로르는 그 전해에 콘월에서 어머니, 아버지, 나하고 함께 여름을 보냈어. 골칫덩이였지. 늘 체더치즈가 자기 '마망'(어머니)이 사주는 고급 까망베르 치즈만큼 좋지 않다는 얘기만 했어. 나는 그 애와 또 여름을 보낸다는 게 겁났지만, 거기 가서 그 애 오빠를 만난 거야. 그러면서 모든 게 변했지."

"그 오빠가 어땠는데?"

"열여섯 살, 모터 달린 자전거를 몰았고, 담배를 피웠어. 바로 반해버릴 만했지. 나는 아직도 얼굴을 붉히던 시기였어. 성적인 것과 조금이라도 관계가 있는 이야기만 나오면 바로 얼굴이 붉어지기 시작했지. 농장 동물들의 짝짓기 의식에 관한 이야기만 나와도 말이야. 도르도뉴에서 지내던 어느 날 저녁 식탁에서 무슨 일 때문에 얼굴이 붉어졌어. 그런 뒤에 부엌 바깥의 돌계단으로 나가 귀뚜라미 소리에 귀를 기울이고 있었지. 베르트랑도 나오더라고. 나는 베르트랑과 이야기를 하려 했지만, 그는 이야기를 많이 하는 걸 전혀 좋아하지 않았어. 그래서 그냥 그렇게 앉아 있는데, 갑자기 그가 이렇게 말하는 거야. '너는 얼굴이 빨개질 때 아주 매력적이더라. 광대뼈가 불거져.' 그때까지 나를 묘사하면서 매력적이라는 말을 쓴 사람도 없었고, 내 얼굴이 붉어지는 걸 언급할 만큼 잔인한 사람도 없었어. 그래서 내 얼굴은 평소보다 더 붉어졌지. 나는 어리둥절했고, 창피했고, 사랑에 빠져 있었어. 그래서 바보같이 보일 거라는 걸 알면서도 울기 시작했어."

"그래서 베르트랑이 어떻게 했어?"

"그 순간에는 아무 짓도 안 했어. 내 기억으로는 새 담배에 불을 붙이려고 했던 것 같아. 하지만 바람 때문에 성냥에 불이 잘 붙지를 않았어. 그래서 포기하고 나한테 키스를 하기 시작했어."

나는 침을 삼켰다.

"자는 거야? 무지하게 지루한가보네."

나에게 이야기를 해주던 사람이 말했다.

"무슨 소리, 정반대인데."

"거짓말 하지 마."

"거짓말 아니야."

"너무 뻔한 이야기잖아."

그녀 말이 옳았다. 특별할 것은 없었다. 그럼에도 그 이야기는 사람을 사로잡았다. 육체적 욕망의 이야기는 외적인 드라마가 어떻게 전개되든 관심을 사로잡는 힘이 있었다. 일단 이야기가 궤도에 오르면 우리는 석기시대 사람들로 돌아가, 모닥불 옆에서 털이 부슬부슬한 매머드 갈빗대를 우적우적 씹으며, 교육받은 문학평론가라면 아주 천박하게 여길 질문, 즉 "그다음에는 어떻게 됐는데?"에 대한 답을 알아내려고 갈망하게 된다. 사실 서스펜스의 핵심은 트로일로스와 크레시다가 어울리게 된 정황과 이유에 대한 저열한 관심에 있을지도 모른다. 세상에는 오직 다섯 가지의 이야기만 존재할 뿐임에도, 우리는 그것이 되풀이되는 것을 행복하게 들으며 지엽적인 특수성을 음미한다. 이 이야기에서는 신데렐라가 무도회가 아니라 기차에서 구혼자를 만난다는 사실, 저 이야기에서는 왕자가 두꺼비가 아니라 귀마개로 변했다는 사실을 음미하는 것이다.

"꼭 듣고 싶어하는 것 같아서 하는 말이지만, 베르트랑의 부모가 나타났던가 해서 어쨌든 키스는 중단됐어. 나는 내 방으로 갔지. 하지만 한밤중에 베르트랑이 들어와 내 침대 위로 올라왔어. 곰 인형 말고 다른 사람이 내 침대에 들어온 것은 그때가 처음이라 나는 완전히 얼어붙었어. 그러면서도 한편으로는 이런 생각이 드는 거야. '맙소사, 새러한테 이 이야기를 할 때까지 어떻게 기다리지.'"

"그래서?"

"어, 어른 흉내를 냈지 뭐. 사춘기 애들의 전형적인 행동이었어. 사실은 아무도 뭐가 어떻게 되는 건지 모르는. 어쨌든 농장의 동물들 이야기만 나와도 얼굴을 붉히는 사람이 상황을 주도해 나갈 수는 없는 거 아냐."

"그래서 넌……?"

"그런 셈이지. 그러니까, 잠깐 그렇게 되었다는 거야. 그런 뒤에 베르트랑이 프랑스어로 뭐라고 중얼거렸고, 그렇게 끝나버렸어. 나는 이제 임신을 할 거란 생각부터 들었어. 하지만 결국 그 명예를 누린 건 내가 아니라 시트라는 게 드러났지."

"그럼 결국 누구하고 제대로……?"

나는 빙빙 돌려 물어보았다.

"아, 며칠 전에 이야기했던 스튜어트하고. 우리는 심지어 교본도 있었는걸. 지금도 집 어딘가에 있을 거야. 도표, 턱수염 난 놈들이 등장하고, 레이스가 잔뜩 나오고, 사진들이 70년대 느낌을 주는 거. 우리는 1년 동안 데이트를 했어. 좋았어. 아주 편했고. 하지만 그건 내가 그 시절에 얼마나 복잡하지 않았는지 말해주는 건지도 몰라. 풋사랑이었지. 진짜 러브스토리는 나중에 생겨. 그때는 꽤 지저분했지. 맙소사, 나 말하는 것 좀 봐. **러브스토리**라니. 꼭 아흔 살 먹은 사람이 말하는 것 같네. 겨우 한두 개밖에 없는 주제에."

잠깐 말이 끊겼다. 이사벨은 자세를 바꾸어 다른 쪽 손에 몸을 기대고는 말했다.

"있잖아, 이제 시간이 정말 늦었어. 게다가 네가 정말로 그 이야기를 듣고 싶어한다는 게 믿어지지가 않아."

나는 듣고 싶었다. 하지만 새벽으로 접어들고 있는 이 시간에 왜 그런 이야기가 듣고 싶은 것일까?

어떤 사람이 사랑했던 사람들에 대한 이야기를 들을 때 그 사람에 관하여 뭘 알기를 바라는가? 왜 이 문제가 우리가 사적이라고 여기는, 삶의 신비한 부분을 이해하는 데 중심을 이루는 것처럼 보이는가? 마지막으로, 우리가 선택한 연인은 우리 자신의 무엇을 드러내는가?

우리는 우리 자신이 소유하지 않은 것을 바라기 때문에, 우리가 해온 사랑은 우리 욕구의 진화 과정을 드러낸다. 이사벨의 경우에는 치과 의사의 편안한 키스에서부터 시작해서, 우리가 잠들지 않으면 이사벨이 이제 곧 밝힐지도 모르는 인물의 특질들에 이르기까지 그 과정을 추적해볼 수 있다. 하지만 감정적 공허와 연애의 후보가 완벽한 조화를 이루기 때문에 연인을 선택하는 것은 아니며, 이런 의미에서 내적 요구를 단순하게 그대로 보여주지는 않는다. 이사벨이 고른 많은 남자는 그녀가 적당하다고 판단했기 때문이 아니라, 자신이 누구의 손이라도 잡는 것이 적당하다고 느꼈기 때문에 선택한 것이다. 어쩌면 우리는 엄청나게 작은 선택의 공간에서 우리의 연인을 찾아내야만 하는 것인지도 모른다. 잘 설명이 되지 않는 러브스토리를 설명하려고 노력하는 과정에서 "왜 그들이었는가?" 하는 질문에 답을 하려다 보면, "다른 사람들을 보기는 했는가?" 하는 우울한 생각이 따라올 수밖에 없는 것인지도 모른다.

이런 행정적인 문제 외에도 잡다한 심리적 명령들이 있어, 겉으로는 이상적으로 보이는 사람의 사랑에 응답하지 못하고, 오히려 만족스럽지는 않지만 곤혹스러울 정도로 유혹적인 사람에게 끌리기도 한다. 이런 특이한 선택에서 애정을 주고받는 과정, 다들 직선적인 과정이라고 여기지만 사실은 곡절이 많은 이 과정에 우리가 부여하는 뉘앙스가 드러난다. 우리는 우연의 일치로 사랑에 빠질 수는 없기 때문에, 늘 기준들에 둘러싸여 있기 마련이다. 이 기준은 마음을 밝게 해주는 눈, 이마가 넓은 수학자, 발목이 가는 사교계 아가씨에 대한 선호처럼 온화한 것일 수도 있다. 아니면 그렇게 유쾌하지는 않은 것들, 예를 들어 귀족, 알코올중독자, 히스테리 환자, 어머니에게 버림받은 사람들과 결혼하려는 강박감이 될 수도 있다. 다른 사람들에게서 선택하는 아름다운 점들만 이야기하는 것은 우리가 역사적으로 결정된, 종종 무의식적인 심리적 요구를 채우느라, 사디즘-마조히즘 눈금판의 양 극단을 조화시키느라, 오페라나 겨울 스포츠에 대한 공통된 취향보다는 공통된 신경증을 처리하느라 보내는 시간이 얼마나 많은지 무시하는 것이다.

이사벨은 자신의 마음의 화살표가 가리키는 방향들을 이렇게 정리했다.

"내가 사랑하는 나쁜 놈들, 나를 사랑하지만 결국 나는 경멸하게 되는 좋은 남자들. 그리고 최근으로 올수록, 내가 어른이 되려고 노력하면서 함께 있고자 노력하는 괜찮은 남자들."

그녀는 런던 대학 첫 학기 때 글래스고의 박사과정 학생인 앤드루 오설리번을 만났는데, 그를 이 유형 가운데 두 번째 경향의 대표자로 지목했다. 이들의 관계는 이사벨이 자신의 솔 벨로 환상이라고 부르는 것에 기초하고 있었다.

"있잖아, 보통 나는 상황을 통제하고 책임을 지고 싶어해. 하지만 나한테는 안정되고 견실한 남자의 발치에 나 자신을 던지고 싶은 면도 있어. 솔 벨로의 소설에 나오는 여자들처럼 말이야. 내가 하고 싶은 대로 하는 응석받이가 되도록 나를 돌봐줄 사람을 원하기도 한단 말이야. 나도 이게 존경받을 만한 일이 아니란 건 알지만, 어떤 수준에서는 돈, 먹을 것, 살 곳을 알아서 처리해주는 사람이 필요해."

수동성의 환상을 품고 있는 사람에게 앤드루 오설리번보다 적합한 사람은 없었다. 그는 난파나 비행기 사고를 당할 때의 이상적인 동반자로, 막대기 두 개로 불을 피우고, 바닥깔개와 대나무로 천막을 세우고, 라이터로 구조대의 눈길을 끄는 법을 알았다. 재난이 아닌 상황에서 이런 능력은 보험 청구서, 집안 배선, 이사벨의 벽걸이 전화기에 딸려 온 성가신 나사 두 개를 능숙하게 처리하는 것으로 나타났다.

배가 난파되었을 때 어떤 남자가 힘을 발휘하는 것은 사실 상상력의 한 부분을 차단하는 능력과 관계가 있었다. 해적 무리가 승객들을 살육하거나, 태풍이 곤란한 상황을 장례식장으로 바꾸어버리는 장면을 떠올리는 그런 상상력 말이다. 이런 차단이 비상시에는 환영할 만한 것일 수 있지만, 상상력을 발휘하여 다른 사람의 소리 없는 드라마를 이해할 필요가 있는 고요한 봄날에는 문제가 될 수도 있다. 이사벨은 어머니가 자동차 판매상과 바람을 피우는 일을 앤드루한테 이야기했던 때를 되돌아보았다. 그는 눈을 크게 뜨고 이야기가 다 끝날 때까지 참을성 있게 기다리더니, 이윽고 생각에 잠긴 목소리로 이렇게 말했다. "그거 정말 섬뜩하네." 마치 사라진 부족의 입문 의식이라도 알게 되었다는 듯이 마지막 단어에 힘을 주어 그렇게 말했다.

변덕스러운 환멸이 힘을 쓰기 시작하면서, 이사벨은 어느 순간 앤드루가 소유한 시계만 보면 짜증이 난다는 것을 깨닫게 되었다. 그 시계는 다이버들을 위해 제작된 것으로, 두툼한 금속 끈이 달려 있었고, 널찍한 화면에는 기압을 측정하는 다이얼, 다섯 나라의 시간, 크로노미터가 달려 있었다. 앤드루는 대화가 소강 상태에 빠지면 그 시계를 보며 이렇게 말하는 습관이 있었다.

"어, 도쿄는 지금 새벽 4시 반이라는 거 알아?"

사귀고 나서 여덟 달이 지나자 그 시계는 단순히 시간을 알리는 도구가 아니라, 앤드루의 경직된 특질들을 암시하는 상징이라는 치명적인 지위에 오르게 되었다. 그렇다고 이사벨이 새로운 면을 보게 된 것은 아니었다. 그 시계와 그에 상응하는 앤드루의 여러 면을 전부터 잘 알고 있었지만, 사랑의 전선에서 어느 편에 서 있느냐에 따라 똑같은 점을 두 가지 서로 다른 방식으로 읽게 된 것이다.

감정생활에서만큼 사람을 터무니없이 오해하는 경우는 많지 않다. 이것은 사랑에 빠졌을 때만큼 상대의 성향에 몰두하는 경우가 없기 때문이며, 그때만큼 상대의 불편한 악습들을 그렇게 열심히 잊으려 하는 경우가 없기 때문이다. 사랑에 빠진 상태란 사람을 잘못 아는 것이 무엇인지, 엉터리 전기를 쓰는 것이 무엇인지 잘 보여주는 교묘한 상징이라고 할 수 있다.

감정적 곤궁도 이런 혼란스러운 심리적 노력에 상당한 책임이 있다고 말할 수 있다. 아이를 갖고 싶을 때, 또는 일요일을 한 번만 더 혼자 보냈다가는 돌아버릴 것 같을 때, 우리는 이래서는 안된다는 것을 알면서도 다른 사람들을 공정한 눈으로 보지 않게 된다. 뭔가에 속아 넘어간 듯 우리의 소망 가운데 몇 가지만을 인정한다. 이런 소망 가운데서도 키스를 할 입술을 얻고자 하는 소망이 단연 두드러진다. 그런 소망 때문에 야외 스포츠나 근대 초기 역사에 대한 열정은 잊고 만다. 물론 그런 것들도 우리가 다른 사람과 함께 나누고 싶은 것들 속에 들어갈 수는 있지만, 껴안고 뒹구는 것을 위해서라면 얼마든지 희생할 수 있다. 정부가 전쟁에 모든 노력을 경주하려고 발레 학교나 오락실을 폐쇄하는 것과 마찬가지다.

만일 이사벨이 다른 남자와 사랑에 빠졌을〔그래서 그 남자의 결함들을 보지 못했을〕 때 앤드루가 어떤 사람이냐고 물어보았다면, 그녀는 틀림없이 앤드루의 약점을 조목조목 설명했을 것이다. 그러나 대학 초기 몇 달 동안의 혼란 속에서 앤드루는 그녀의 원시적 욕구를 채워주었으며, 그랬기 때문에 그의 현학적인 특징들은 눈에 보이지 않았다.

그러나 앤드루는 자신의 파멸을 재촉할 수밖에 없는 도화선에 불을 붙였다. 이사벨은 자신의 욕구 때문에 그의 결함 몇 가지를 보지 못했지만, 역설적으로 그녀의 핵심적 욕구를 채워주는 그의 기술 때문에 점차 편안해지면서 그의 수많은 잘못된 점들이 눈에 들어오기 시작했다. 굶주렸던 운전자가 도로변 레스토랑에서 허기를 좀 채우고 나서야, 접시에 남은 야채가 한심할 정도로 과하게 익었고, 고기는 너무 짜고, 식당 장식은 밉살스럽기 짝이 없다는 사실이 눈에 들어오는 것과 마찬가지다. 우리는 아이러니하게도 결함이 많은 인물이 관대하게 우리에게 베풀어준 것 덕분에 안정된 상태에 이르지만, 바로 그 뒤부터 그 사람의 결함을 발견하게 되는 것이다.

이사벨은 성마른 그러나 생기가 넘치는 반응을 자극하고 싶어서 점점 까다롭게 굴었다. 그러나 안타깝게도 그런 전술은 정반대의 효과를 낳고 말았다. 그녀의 변덕스러움 때문에 앤드루는 상대를 더 잘 보살피는 안정된 인물이 되어갔던 것이다. 애초에 바로 그런 점 때문에 그녀가 까다롭게 굴었던 것인데, 앤드루는 불편한 점들을 설명해달라고 하면서, 그녀의 정교한 변명을 이해하려고 노력했다.

"그러니까, 내가 네 말을 정확하게 이해하는 거라면, 우리가 실제로는 더 가까워지지 않으면서도 더 가까워지는 것이 너의 바람이라는 거지?"

앤드루는 한자漢子를 발음하는 학생처럼 그런 식으로 되풀이해 묻곤 했다.

"아, 나도 내가 바라는 게 무엇인지 모르겠어. 그냥 혼자 있고 싶어."

이사벨은 많은 것을 투자해왔지만 불가사의하게도 점점 화가 치밀어오르는 그들의 관계에 앤드루만큼이나 혼란스러워하며 그렇게 대꾸하곤 했다.

그녀는 그들의 관계가 시들해지도록 내버려두기 시작했다. 연애 초기에는 적절하게 해법을 찾아나가던 말다툼도 이제는 그냥 어깨를 으쓱하거나 침대에서 함께 뒹구는 것으로 대충 마무리해버렸다.

이사벨은 그 당시를 회상하며 이렇게 말했다.

"앤드루가 한번은 나한테 그러더라고. '어쩌면 너는 그냥 네 감정을 두려워하는 건지도 몰라.' 그때 이렇게 대꾸했어야 하는 건데. '나는 내 감정 그 자체를 두려워하는 게 아니야. 너한테 어떤 감정도 갖고 싶지 않을 뿐이야.'"

이사벨이 그런 감정을 원치 않았던 것은 한편으로는 그녀의 달라진 환경과 성격의 결과이기도 했다. 대학 생활은 그녀에게 자신감을 불어넣었으며, 그녀가 사귀게 된 친구들의 삶을 들여다보면 앤드루는 짜증이 날 정도로 착실해 보였다. 그녀는 이제 밤이면 밖에 나가고 싶어한 반면, 앤드루는 그때까지 편안하게 그래왔던 것처럼 그냥 집 안에 있지 말아야 할 이유를 알 수가 없었다. 그녀는 음악을 들으러 클럽에 간다고 핑계를 대곤 했는데, 앤드루는 집에서 자기한테 그 음악을 더 틀어주면 되지 않느냐고 했다.

만일 이사벨이 새로운 친구들을 만나지 않았다면 문제는 생기지도 않았고, 앤드루는 그녀에게 계속 만족감을 주었을지도 모른다. 마치 고요한 휴양지에서 목가적인 로맨스가 생겼지만 그곳을 떠나자마자 관계가 엉클어지는 것과 같았다. 우리가 심리학을 동원하여 설명하곤 하는 두 사람의 화합 가능성은 결국 환경을 끌어들일 때 더 잘 이해될 수 있는 것인지도 모른다. 어떤 장소가 안정된 느낌을 준다는 것은 거기 있는 사람의 몇 가지 면만 드러난다는 뜻이다. 드러나는 면이 너무 적어 상대는 그에게 다른 면들은 없다는 그릇된 인상을 받을 수도 있다. 도시에서는 아주 친하여 일주일에 두 번씩 만나서 저녁을 먹던 두 친구가 휴가 때 캠핑을 갔다가 전에는 본 적이 없는 불쾌한 면들을 잔뜩 보게 되어, 결국 다시 만나 저녁을 먹는 것도 불가능해지는 것과 비슷하다. 서로 날 때부터 조화를 이룰 수 있는 사이인 것처럼 보였지만, 사실 그런 느낌은 특정한 환경에서만 가능했던 것이다. 논 넓은 사람이 모두 자기에게 미소 짓는 것에 익숙하여 마침내 미소와 돈 사이의 관련을 잊고 다른 사람들이 그의 존재 자체를 보고 미소 짓는다고 믿고 있다가, 파산을 하고 나서야 자신이 타인의 상대적인 반응을 자연스러운 반응으로 착각했다는 것을 깨닫고 혼란에 빠지는 것과 다름없다.

이사벨이 앤드루에게 솔직해지지 못했던 것은 혼자 남게 되는 것에 대한 수치스러운 공포 때문이었다. 이 공포 때문에 그녀는 그의 사랑스러운 면들에 매달리려고 열심히 노력했다. 앤드루가 그녀의 생각과는 다른 사람일 수도 있다는 사실을 깨닫기는 했지만 전기를 다 읽고 나서 "흠, 마운트배튼은 내가 상상하던 영웅이 아니었네" 하고 치워버리는 산뜻한 태도를 보여줄 수가 없었다. 이사벨은 그를 대신할 사람이 있다는 보장이 있어야만 자신의 마운트배튼을 포기할 수 있었다. 따라서 가이를 만나기 전까지는 용기를 낼 수가 없었던 것이다.

가이는 음악 저널리스트로, 어느 날 기자회견 뒤에 열린 파티에 그녀를 초대했으며, 집으로 가는 길에 소호의 판자를 덮은 상점 문간에서 그녀에게 키스를 했다. 그러나 전화를 하겠다는 약속을 지키지 않았고, 그녀가 전화를 할 때마다 사무실에 없었다. 그녀가 그와 연락하는 것을 포기하려 했을 때 가이는 그녀의 대학 기숙사 방문 앞에 장미 한 다발을 움켜쥐고 나타나 일 때문에 맨체스터에 붙들려 있었다고 변명을 했다. 매혹이 의심을 날려 보냈고, 그들은 그녀의 방에서 세 번 사랑을 나누었다.

"그 일이 있고 나서, 음, 어떻게 표현해야 할까. 앤드루와 끝내야 한다는 걸 알았어."

이사벨이 웃음을 지으며 말했다.

그러나 솔직해지는 것은 쉬운 일이 아니었기 때문에, 이사벨은 공부에 더 많은 시간을 쏟아야겠다는 이유를 댔다. 앤드루의 입장에서는 저널리스트 때문에 차이는 것보다는 수업 교재 때문에 차이는 쪽이 나을 것이라고, 그렇게 해야 그가 괴로움에 사로잡혀 그녀를 만족시키지 못한 이유를 찾아다니는 일이 안 생길 것이라고 생각한 것이다.

"앤드루는 심지어 자기가 침대에서 형편없다고 생각하느냐고까지 물어봤어."

"그래서 뭐라 그랬어?"

"멍청한 소리 말라고, 괜찮았다고 그랬지."

"그랬더니?"

"아, 내가 괜찮다는 말을 사용한 걸 가지고 엄청나게 비꼬아댔어. 아마 좀 강한 칭찬을 듣고 싶었던 모양이야."

이사벨의 죄책감은 앤드루와 좋은 친구 사이로 남고 싶다는 욕망으로 표현되었다. 그렇게 하면 앤드루가 그녀의 침대에 없고, 그녀의 침대 옆 탁자에 그의 다이버용 시계도 없는 상태에서 그들 관계의 그나마 가장 좋은 면, 즉 그와 나누는 대화는 계속 누릴 수 있고, 하나의 관계를 끝내는 모진 충격도 어느 정도 피해갈 수 있기 때문이었다. 사실 이사벨은 그가 따분하다고 생각했지만, 가능하기만 했다면 그를 계속 보았을 것이다. 사람들이 그녀의 인생에서 빠져나가는 것에 저항감을 느꼈기 때문이다. 그녀는 고등학교 시절의 마지막 날을 기억했다. 그녀는 학교에 다닐때는 피하려고 최선을 다했던 이본 다울러에게 전화번호를 물었다. 그녀를 다시 보고 싶어서가 아니라, 다시 볼 가능성을 끝낸다는 것이 왠지 뭔가를 마지막으로 결정지어버리는 듯해 섬뜩한 느낌이 들었기 때문이다. 그래서 이사벨과 앤드루는 계속 큐 가든스에 여행도 가고 블룸즈버리 둘레를 산책도 했다. 이것은 이사벨에게는 유쾌한 일이었는지 모르지만, 앤드루에게는 사태를 대충 수습하려는 혼란스러운 시도로밖에 안 보였다. 레스터 스퀘어역 플랫폼에서 그가 키스를 하려고 한 뒤에야 이사벨은 우정이 불가능하다는 것을 알게 되었다.

이사벨이 이야기를 마무리하는 동안, 내 머릿속 다른 곳에서는 스코틀랜드로 함께 기차 여행을 하면서 앤드루 오설리번에게 그 이야기를 들었다면 사건들이 얼마나 다르게 들렸을까 하는 생각을 하고 있었다. 피해자와 처형자를 가르는 선을 넘어가 건너편에서 들으면 이 이야기가 과연 같은 이야기인지 헷갈릴지도 모른다. 다이버용 시계를 차고 다니며 짜증이 날 정도로 다정한 어릿광대 대신, 자기가 뭘 원하는지도 모르고, 남자를 속이고 지조를 지키지도 않으며, 다이버용 시계에 해당하는 그녀 나름의 것을 가지고 있을지도 모르는 여자를 발견하게 될지도 모르는 것이다. 그 세세한 내용은 말을 하는 사람이 그녀이기 때문에 검열된 상태로 남아 있었다. 남들은 금방 찾아내 우리가 등을 돌리자마자 비난하는 결함도 우리 자신은 보지 못하는 경우가 허다하니까.

사실 한 사람이 다른 사람을 떠나는 데는 여러 가지 방식이 있기 때문에 아파트에서 쫓겨난 사람이 반드시 차인 사람이라고 생각할 수는 없다. 가끔 우리는 스스로 짐을 싸기를 바라면서도, 무의식적으로 우리 대신 상대에게 짐을 쌀 것을 요구하기도 한다.

이사벨은 앤드루에게 짜증이 나자 당황했다. 그런 짜증이 그녀의 은밀한 불만을 반영한다는 것을 느꼈기 때문에 당황한 것이다. 당뇨병에 걸린 손님이 설탕이 조금 들어간 수프를 어쩔 수 없이 사양하면서 그런 병이 있는 사람은 자기뿐이라고 생각하는 것과 비슷했다. 그러나 이것은 앤드루 자신도 이 이야기에서 중요한 역할을 하는 인물임을 간과한 것이다. 그가 이사벨에게 짜증스러운 존재가 된 이유는 그 자신도 완전히 의식하지 못했기 때문에 감출 수밖에 없었던, 그녀에 대한 좌절감에서 비롯된 것일지도 모른다. 그는 이사벨의 자신에 대한 반감을 이해하려고 애썼을지 모르지만, 그의 진짜 갈등은(외적인 갈등은 이 진짜 갈등의 흐릿한 반영이었다) **그 자신이** 그녀에게 반감을 가지는 면을 이해할 필요에서 생겼던 것일 수도 있다. 그들 사이에는 헤어짐을 처리하기 위한 복잡한 계약이 이루어진 것인지도 모른다. 즉, 둘 다 마음 깊은 곳에서는 사실이 아님을 알고 있지만, 다른 요구를 충족시키기 위해 꾸며낸 이야기를 고수할 수밖에 없다고 공모한 것이다. 앤드루는 이사벨에게. "내가 피해자가 되는 방식으로 너를 떠날게." 이사벨은 앤드루에게. "네가 떠나야 한다면, 내가 처형자라고 믿게 해줘."

앤드루가 이사벨의 수동성 환상에 대한 하나의 답이었다면, 가이는 다른 감정적 수수께끼에 대한 답이었다.

그들이 처음 만나기 시작하던 무렵의 어느 날 저녁 가이는 다 안다는 듯이 웃음을 지으며, 마치 그녀의 드레스 색깔이나 벽에 걸린 그림 이야기를 하는 것처럼 이렇게 말했다.

"너는 아주 이기적인 사람이야, 안 그래?"

한쪽 파트너가 상대를 이기적이라고 이야기한다는 것은 로맨틱한 저녁 식사의 일반적인 구성 요소는 아닐지도 모른다. 그러나 이사벨이 상대에게 이해를 받고 있다고 느끼려면 그녀의 눈이 아름다운 갈색이라거나 그녀의 욕망이 사심 없다고 이야기하는 것은 소용없었다. 아첨이 유쾌할지는 모르지만, 비판이 더 진실해 보였기 때문이다.

불안정한 열네 달이 이어졌다. 가이에게는 이사벨이 사랑에 빠질 만큼 좋은 점이 많았지만, 일단 사랑에 빠진 뒤에 그녀가 비참한 기분을 느끼지 않을 만큼 많지는 않았다.

이사벨은 당시를 회고하며 이렇게 말했다.

"극과 극을 오르내렸지. 어느 때는 너무 좋아서 결혼과 자식들 생각을 하다가, 곧이어 완전히 엉망이 되곤 했어. 아마 영원히 그런 식으로 계속되었을지도 몰라. 하지만 계획을 세운 것도 아닌데, 어느 날 저녁 갑자기 끝내버리고 말았어. 가이가 기사를 쓰던 잡지에서 계약을 취소한 뒤에 생긴 일이야. 가이는 내 방에 오더니 왔다 갔다 하면서 그 잡지사 욕을 했어. 나는 그게 꼭 그렇게 나쁜 일은 아니라는 말로 가이를 진정시키려고 했는데 그게 상황을 더 악화시키고 말았어. 가이는 내가 심각한 응석받이라고, 남들이 접시에 담아 갖다 바치는 걸 나는 받아먹기만 한다고 욕을 하더라고. 전에도 그런 말을 한 적이 있기는 했지만, 이번에는 나도 화가 났어. 그 말은 다시는 안 하기로 약속했었거든. 나는 가이한테 자기 연민은 참아달라고 말했어. 그게 뭘 건드렸나봐. 다음 순간 가이는 격분해서 나에게 다가오더니 허공에 주먹을 휘둘렀어. 아마 나를 때릴 생각은 없었겠지만, 각도를 잘못 잡는 바람에 그의 주먹이 가는 길에 내 눈이 있었지. 결국 상황이 엄청나게 지저분해졌어. 나는 울기 시작했고, 가이는 자기가 한 짓을 보더니 공황에 빠져 수건을 가지러 간다 어쩐다 난리가 났어. 내 방 맞은편에 독실한 기독교 여자애가 살았는데, 그 애가 소리를 듣더니 내 방으로 왔어. 그 애는 아주 작았고 가이는 몸집이 엄청나게 컸지만, 그 애가 가이한테 나가라고 소리를 질렀어. 가이는 재킷을 집어 들고 시키는 대로 했어. 여자애는 아주 착했어. 기숙사에서 복도 바로 건너편에 살면서도 두 학기 동안 한 번도 이야기를 한 적이 없었는데, 그 애는 나를 병원에까지 데려다주었어. 병원에서 기다리고 있는데 갑자기 내가 이런 상황에 처해 있다는 게 정상이 아닌 것으로 보이는 거야. 내가 참지 못하는 게 한 가지 있다면 그게 신체적 폭력이거든. 나는 가이한테서 여러 가지를 참았고, 또 여러 가지를 더 참을 수도 있었을 거야. 하지만 피가 흐르고 꿰매고 하는 게 한계였어. 마치 터널에서 빠져나온 것 같았어. 나는 바로 그날 밤에 가이한테 다시는 보고 싶지 않다고 말했어."

가이가 잡지에서 기사를 취소당하지 않았다면, 그가 이사벨의 눈의 위치를 잘못 계산하지 않았다면, 그래서 피도 나지 않고 병원에 갈 일도 없었다면 어땠을까 상상하자 이상한 느낌이 들었다. 가이는 물론 똑같은 사람이었을 테지만, 그가 여자친구를 때릴 수도 있다는 사실은 가능성의 영역 안에 안전하게 감추어져 있었을 것이다.

사람들은 전기 작가나 소설가가 특별한 이야기에 지나치게 관심을 기울인다고, 사실 우리 삶은 대체로 난투나 극적인 사건 없이 흘러간다고 비판하지만, 이 비판에 대해서는 그런 이야기들이 현실성이나 타당성이 없는 것이 아니라, 보통 표현의 기회가 주어지지 않는(아니면 느리게 또는 뚜렷하지 않은 방식으로만 표현되는) 갈등의 외적 표현일 뿐이라고 답할 수 있을 것이다. 정글의 빈터에서 사자가 포효하며 우리에게 달려들기 전에 우리에게 용기가 있는지 없는지 어떻게 알 수 있겠는가? 만일 오이디푸스가 다른 사람을 보았더라면, 안나 카레니나가 브론스키와 우연히 마주치지 않았더라면, 엠마 보바리의 남편이 복권에 당첨되었더라면, 물론 그들의 삶은 한결 조용했겠지만, 그들의 특질이 우리 눈앞에 쫙 펼쳐지는 일은 없었을 것이다.

이야기가 가득한 삶에 대한 우리의 사랑을 도피주의라고 설명하는 것은 너무 잔인한 듯하다. 그런 이야기가 우리 안에 잠들어 있는 어떤 조각을 반영하는 것이 아니라 우리와 아무런 관련이 없다고 암시하는 것이기 때문이다. 우리가 결혼을 잘 하여 녹음이 짙은 교외에 살고 있다고 해서 오이디푸스가 살아낸 드라마가 우리 자신의 삶이 되지 못하는 것은 아니다. 전기에 나타나는 삶의 극단적인 모습은 환경에 의해 위축된 우리 자신을 더 풍부하게 표현한 것이다. 노를 저어 하이드 파크의 서펜타인 호수를 가로지르는 것조차 겁내는 사람에게도 넬슨 제독의 삶은 매혹적일 수 있다. 거기에는 우리의 반쯤 표현된 환상들 가운데 아주 많은 것들이 완전히 발전된 형태로 담겨 있기 때문이다. 따라서 넬슨의 전기를 읽는 것은 자기를 알아가는 노력이 될 수 있다.

이사벨은 왜 애초에 자기가 가이와 데이트를 하게 되었는지 이해를 할 수가 없었다. 못마땅해하는 아버지의 눈앞에서 자신이 착하다는 것을 증명하고 싶은 마조히즘적 욕구 때문이었을까? 그렇다면 이 상징적인 아버지와 그녀를 매우 흡족하게 여기는 진짜 아버지 사이의 관계는 무엇이었을까? 혹시 가이는 아버지보다는 어머니와 비슷하지 않았을까? 가이가 아주 잘생겼기 때문에 그를 택한 것일까? 아니면 사회적 양심이나 중산층으로서의 죄책감 때문이었을까? 그가 그녀를 사랑해주지 않을 것이기 때문에 그를 사랑한 것일까? 그래서 그가 그녀를 사랑하기 시작했다는 느낌이 드는(주먹질에도 불구하고) 바로 그 시점에서 끝낸 것일까?

그러나 이사벨이 이런 질문들에 대한 답을 늘 가장 잘 찾아낼 것이라고 생각할 필요는 없다. 가이가 자신이 저지른 폭력을 사과한 뒤 그녀와 계속 친구로 남고 싶다는 이야기를 하지 않은 것이 그녀의 마음에 걸렸을까?

"아니, 진짜로 그렇지 않아. 일단 헤어지고 난 뒤에는 아니야. 가능하면 가이와 계속 친구로 지내는 것이 좋겠다는 생각을 했을지는 모르지. 가이는 늘 매혹적이고, 함께 지내기에 아주 좋은 사람이었으니까. 하지만 아니야, 진짜로 마음에 걸리지는 않았어. 내 말은, 누가 나를 보고 싶어하지 않으면, 나도 정말 그 사람을 보고 싶지 않다는 거야. 나는 가이를 좋아했지만, 관심 없는 사람과 우정을 유지하려고 쫓아다니면서 수모를 당할 생각은 없었어. 그런데 말이야, 가이가 정말로 그렇게 흥미로운 사람일까? 어쩌면 아닐지도 몰라. 설사 그렇다 해도, 자기를 보고 싶어하는 사람의 전화를 무시해버리는 그 냉담함 때문에 흥미로움은 싹 사라져버려. 마음에 걸린다는 게 아냐, 한 가지는 확실하니까, 나는 정말이지, 하지만 단지……."

"이 아가씨가 지금 너무 강하게 부인을 하는 게 아닐까?"

"왜? 무슨 소리를 하는 거야?"

이사벨이 대꾸했다. 그녀의 목소리에 찾아온 갑작스러운 분노는 부당하게 모욕을 당한 사람에게 더 어울릴 만한 것이었다. 그녀가 되풀이해 물었다.

"무슨 뜻이야?"

"아, 모르겠어. 그냥 네가 말이 많아졌다고."

"그래서?"

상대가 그 자신에게도 감추고 있는 특징에 대한 통찰을 얻었다는 생각[이런 생각이라는 것이 늘 얼마나 오만한 것인지, 또는 얼마나 쓸모가 없는 것인지]이 드는 순간이었다. 따라서 치명적인 주장으로 나아갈 수도 있었다.

'X에 대한 네 감정 말이야, 아마 네가 너 자신을 아는 것보다 내가 너를 더 잘 알 수도 있을 것 같은데……'

"미안해. 내가 틀렸어."

나는 대신 그렇게 대꾸했다. 다음에 일어난 일을 듣지 못하는 위기를 초래하고 싶지 않은 석기시대 사람의 마음이 간절했기 때문이다.

"이것 좀 더 먹을래?"

나는 자명종 시계가 2시 반을 가리켰을 때 열었던 초콜릿 건포도 봉지를 이사벨에게 내밀었다.

"고마워."

그녀는 내 침대로 다가와 하나 집더니, 방 한쪽 구석에 있는 의자에 책상다리를 하고 앉았다. 그녀가 말을 이었다.

"가이와는 어떻게 되었던 건지 나도 사실 모르겠어. 다른 덩치 큰 남자친구였던 마이클하고도 똑같은 문제가 있었어."

나는 그 이름을 알기 오래전에 이미 그 문제의 인물과 만난 적이 있었다. 이사벨과 함께 섀프츠베리에서 혼잡한 버스를 탔는데,

양복을 입은 남자가 그녀의 어깨를 두드렸고, 그녀는 몸을 돌려 그와 이야기를 나누었다. 그는 키가 아주 작아 손잡이에 손이 닿지 않았으며, 땀을 뻘뻘 흘리고 있었고, 학교 운동장에서 큰 아이들이 왕따를 당하는 아이를 괴롭히는 상황에 자주 등장하는 두툼한 안경을 자랑하고 있었다. 그들은 몇 마디 나누었고, 우리는 케임브리지 서커스에서 내렸다. 나는 그 남자가 누구냐고 물었다.

"그냥 한참 못 보던 친구야."

이사벨은 그렇게 대답하더니 비구름 이야기로 화제를 돌렸다.

얼마 후에 나는 이 유령 같은 인물을 마이클 캐튼이라는 사람과 연결시킬 수 있었는데, 이사벨은 지금 그 사람을 "내가 데이트했던 남자들 가운데 가장 관능적"이었다고 묘사하고 있었다.

나는 눈을 깜빡이며, 상상력이 다른 사람의 말을 해석하는 과정에서 정말 생각도 못했던 돌부리에 발이 걸려 넘어질 수 있다는 사실을 다시 한 번 인식했다. 나는 마이클을 이해할 때 이사벨의 묘사에 의지했는데, 이제 말로만 들었던 사람의 이미지가 그 입체적 재현물과 일치하지 않을 때 거쳐야 하는 교정 과정을 겪고 있었다. 전기 속에 포함된 사진을 보았을 때, 마치 전화 목소리의 음색으로만 상상하던 사람을 실제로 보았을 때처럼 당혹감을 느끼는 것은 흔히 있는 일이다. 클라리사 러프버러가 큰 키에 머리를 뒤로 둥글게 묶은 엄한 여교사의 모습으로 등장하는(독자의 부주의 때문이기도 하지만 저자의 무능 때문이기도 하다) 백 페이지를 읽은 뒤, 제1차 세계대전이 일어나기 2년 전 칸의 해변에서 찍은 그녀의 사진과 마주치면, 파라솔을 들고 있는 현대적인 분위기, 생기 있는 눈, 옆의 모래밭에서 놀고 있는 자식들을 바라보는 다정한 눈길에 깜짝 놀라게 된다.

따라서 이사벨의 감정을 이해하는 일은 더 까다로워진다. 더군다나 그녀가 "좀 추운데, 나도 여기 좀 끼어들면 안 될까?" 하고 말한 뒤이기 때문에.

그녀는 의자에서 일어나 침대 한쪽 구석에 앉더니 바로 이야기를 이어갔다. 그러나 안타깝게도 내 발가락에서 불과 몇 센티미터 떨어진 이불 밑에서 그녀의 발가락들이 작은 텐트를 치고 있었기 때문에 그녀의 이야기는 그런 근접성으로 인해 일어난 소용돌이에 휩쓸려 대부분 사라지고 말았다. 그 소용돌이가 워낙 강해서 한마디도 듣지 못하고 있다가 그녀가 "너도 그렇게 가슴 아프게 깨진 적 있어?" 하고 물었을 때에야 백일몽에서 깨어났다.

나는 모호하지만 동정 어린 표정으로 고개를 끄덕이고는 이타주의적으로 물었다.

"침대 머리받침에 좀 기댈래? 그 모서리에 있으니 정말 불편해 보이는데."

"아, 알았어."

그녀는 약간 놀란 표정으로 대꾸하더니 내 옆에 자리를 잡았다.

이런 상황 때문인지 관례적인 침실 전기는 그 침실에 들어가고 싶었던 사람들 또는 들어가주었으면 하는 사람들 가운데 극히 일부만 다룰 수밖에 없다는 생각이 떠올랐다. 우리가 소박하게 하나의 사건이라고 부르는 범주에 들어가는 다른 모든 것들과 마찬가지로, 위신을 얻고 노출이 되기도 하는 것은 완성에 이른 관계뿐이다. 그러나 어쩌면 일어나지 못한 이야기들, 욕망의 대상이 되었거나 욕망을 품었지만 소용이 없었던 사람들을 가능성의 영역으로부터 구해내는 데서 훨씬 더 많은 것을 배울 수 있을지도 모른다. 하지 못하는 키스가 하는 키스보다 더 흥미로울 수도 있는 것이다.

우리가 첫 번째로 선택하는 사람들은—그러나 알았다면 자신이 선택되는 것을 허용하지 않았을 사람들은—보통 집에 함께 살고 있다.

"내가 열 살 때쯤 일이었어. 우리 모두 식탁에 앉아 아버지 생일을 축하하고 있었지."

이사벨은 회상을 하며 한 손으로 다른 손의 굳은살을 어루만졌다.

"설마 지금……."

"잠깐. 어쨌든 어머니는 성대하게 저녁을 차렸고 친척들도 많이 왔어. 우리는 종이 장식을 오려 붙이고 선물을 샀지. 식사 뒤에 아버지는 일어서서 건배를 할 테니 잠깐 조용히 해달라고 했어. '이제 내 인생에서 아주, 아주 특별한 여인에게 감사를 표하고 싶습니다…….' 아버지는 그렇게 말을 시작했어. 그 말을 듣는 즉시 나는 아버지가 내 이야기를 할 거라고 생각했어. 나는 탁자 주위의 눈들이 모두 내 쪽으로 쏠릴 거라고 상상하며 내 접시를 내려다보고 있었지. 하지만 아버지는 말을 마무리하면서 이렇게 말했어. '그 특별한 여자는 물론 내 아내 라비니아입니다. 라비니아는 이런 멋진 저녁을 준비해주었고, 또……' 나는 갑자기 믿을 수 없을 정도로 큰 혼란에 빠졌어. 한편으로는 아버지한테 화가 났고, 한편으로는 그런 '국수'가 된 나 자신한테 화가 났어. 그런 식의 병적 애착을 갖기에는 걱정스러울 정도로 늦은 나이였지. 나는 열 살이었어. 그 정도 나이면 좀 더 억누르고 살았어야 되는거 아냐?"

이사벨이 견디어야 할 불운한 사랑의 시나리오는 이것이 유일한 것이 아니었다.

히스클리프도 있었다. 열두 살의 이사벨은 그가 요크셔 황무지의 고사리 사이에서 그녀의 혼란에 빠진 감정에 응답할지도 모른다는 꿈을 꾸었다. 그러나 히스클리프의 마음에 대한 수요는

이름	일방적으로 그녀를 원했다	일방적으로 그를 원했다	나이
아버지		X	10
히스클리프		X	12
팀 젠크스	X		13
찰리 브린트		X	13
헤스켓 선생님		X	15
오필리아 쾀프턴	X		18
니콜라스 하넬		X	23

많았다. 킹스턴 중학교의 다른 여덟 명의 소녀도 그해의 필독 교재의 주인공에게 반했기 때문이다. 하지만 이사벨은 이 경쟁에서 자신이 우위에 있다고 생각했다. 특히 시험 점수는 잘 받지만 사랑은 전혀 이해하지 못하는데다가 어차피 엉덩이에 살이 많아 볼품없고 오만한 발레리 시프턴보다는 낫다고 보았다. 이사벨은 그해 여름 요크셔로 휴가를 가자고 졸라, 그녀의 가족은 에밀리 브론테가 성장했던 하워스 목사관을 찾아가보았다. 그러나 빗줄기는 좀체 가늘어질 줄 몰랐고, 라비니아는 발목을 삐었으며, 이사벨은 자신이 관심 있었던 건 브론테의 부엌이 아니라 소설 속의 인물과 하룻밤을 보내고 싶은 비합리적인 소망이었다는 점을 일찌감치 깨달았다. 그런 진실을 깨닫게 되자, 새러와 이빨로 맥주병을 딴다는 그녀의 열다섯 살 난 사촌과 함께 운하로 놀러가는 쪽을 택하지 않은 것이 못내 아쉬워 점점 시무룩해졌다.

그러나 히스클리프가 이사벨의 구애에 귀를 닫았듯이, 그녀는 같은 반이었던 팀 젠크스의 구애에 귀를 닫았다. 그들은 크리스마스 무언극에 함께 출연했다. 팀은 암소의 뒷부분이었고, 그녀는 복수심에 불타는 해적들의 습격에 포로가 된 공주였다. 리허설과 그에 이은 몇 차례의 공연에서 이사벨은 기절을 하며 펠트 바지, 물결무늬 아마포 셔츠, 뱃사람 모자 차림을 한 해적의 몸 위로 쓰러졌다. 그 해적은 수업 시간에는 찰리 브린트였지만, 연극 속에서의 이름은 후크 선장이었다. 1장이 끝나면 공주와 암소는 무대에서 내려가 커튼콜 때까지 기다려야 했기 때문에 팀은 그

외할머니 무릎에 앉아 있는
이사벨의 어머니.
클레어 이모는 에식스에 있는 집의
정원 돌계단에 앉아 있다.

외조부모(왼쪽), 조부모(오른쪽)

지상에 나온 지 이틀 뒤의 이사벨

로저스 씨, 그의 부인

파리 뤽상부르 공원에서
조랑말을 탄 이사벨

학교 달리기 경주에서 2등으로 들어오다.

이사벨의 여동생 루시,
그리고 폴.

남동생 폴을 안고 있는 이사벨.

스파게티를 먹는 이사벨.

어린 시절 이사벨의 가장 친한 친구이자
이웃인 루크(왼쪽)와 포피(아래).

"트레이시가 왼쪽 끝에 있고, 나는 그 옆에 있고, 그다음에 있는 아이가 수전이야[벌써 이혼을 두 번 했어.]
그 옆에 있는 애는 누구인지 잊어버렸네. 하지만 맨 오른쪽에 있는 아이는 내키 도너이야.
커닝을 했다고 퇴학을 당했는데 지금은 헐에서 경찰관으로 일해."

로저스 가족의 두 애완동물인 고양이 커션드러와 개 처칠

이사벨이 다녔던 중학교의 정면.

프랭크 휘트퍼드 씨는 이사벨에게
영어 과외 교습을 해주었다.

십대의 우정. 로라 그린먼(왼쪽)과 리사벨 맥더모트.

가장 친한 친구 새러의 열여섯 살 때.

이사벨의 여동생이 열여덟 살 때

프랑스에서 반한 베르트랑 드니

첫사랑, 스튜어트 윌슨

남자친구들

앤드루 오설리번

가이 스트릭스

마이클 캐튼

아이작 데이비드슨

알가르베의 볼프강

'어딘가에서 섹스 후'의
아침 식사.

지역 레스토랑인 '데블즈 디너'에서 일하던 동료들. (왼쪽부터) 록새너, 루이스, 팀, 수.

해머스미스 그로브 근처 이사벨의 집.
그녀의 차 버그가 앞에 세워져 있다.
그녀의 아파트는 꼭대기 층이다.

시간에 이사벨을 유혹하려고 최선을 다했다. 자신이 결코 놀림을 당하는 동물의 엉덩이에 불과한 사람이 아니라고 주장했고, 나중에는 용기를 모아 영화관에 가자고 하기까지 했다. 그러나 슬프게도 약속 시간 10분 전에 찰리가 지나가는 말처럼 이사벨에게 자기하고 햄버거를 먹으러 가지 않겠느냐고 물었고, 찰리와 같이 가느니 차라리 이슬라마바드까지 걸어가는 것이 낫다고 생각한 팀은 혼자 〈레이더스〉를 보았다. 이사벨은 작은 오이와 겨자 냄새가 깃든 키스의 여운을 느끼며 집으로 돌아왔고, 나중에 손으로 건네받은 긴 편지를 보고 자신이 어떤 사람의 가슴을 아프게 한 것을 알았다. 그 무렵 해적이 그녀의 가슴을 아프게 했듯이.

이런 엉뚱한 희비극적 결합을 보면 우리가 다른 사람들에게 주는 영향의 잔혹한 불확실성이 떠오른다. 곤경에 처한 친구에게 성급하게 진부한 조언을 한마디 해주었는데, 그 친구는 그것을 평생 소중하게 간직하여 우리를 놀라게 한다든가 하는 일에서 그런 불확실성은 분명히 드러난다.

"네가 그 말을 하던 모습을 절대 잊을 수가 없어. '뭘 할 때는 늘 느긋하게 해라.'"

그런 식으로 20년 전에 별로 힘들이지 않고 내뱉은 진술, 지겨운 전화에서 풀려나기 위해 지껄인 뻔한 소리를 다시 듣게 되는 것이다. 이것만으로는 충분히 불행하지 않은 것인지, 우리가 그 친구에게 하는 유일하게 의미 있는 말, 우리가 딱 한 번 진지하게 확신을 품고 하는 말은 서푼도 그의 마음에 아무런 흔적을 남기지 못한다. 오히려 그는 어깨를 으쓱하며, 왜 다른 소리를 해서 혼란에 빠뜨리는지 모르겠다고 우리를 비난하는 것이다.

이사벨에 대한 팀 젠크스의 감정은 그녀의 감정이 찰리 브린트에게 의미가 없었던 것만큼이나 그녀에게 의미가 없는 것이었다. 그러다 3년 뒤 브린트가 이사벨에게 저녁을 먹자고 했지만 이번에는 그녀가 거절을 했다. 이것을 보면 우리 자신이나 우리의 생각이 받아들여지는 것은 그 자체의 특질보다는 그것을 받아들이는 쪽의 마음 상태와 더 깊은 관계가 있음을 알 수 있다. "뭘 할 때는 늘 느긋하게 해라"라는 말은 마침 그런 말을 듣고 싶었을 때는 의미심장하게 들릴 수 있다. 반대로 약혼자와 행복하게 지내는 남자는 매혹적인 미소도 하찮게 여기는 것이다.

이것이 이사벨의 정치 교사였던 헤스켓 선생님의 행동을 설명해줄 수 있다. 그는 한때 모택동주의자였으며, 유혹적인 힘찬 목소리의 소유자였고, 사회체제를 몹시 경멸했다. 그러나 그의 제자 이사벨에게는 불행한 일이었지만, 그것이 아내를 경멸하는 태도로 옮겨가지는 않았다. 이사벨이 하키 게임을 할 때 최대한 짧은 스커트를 입으려 하고, '1945년 노동당의 승리'라는 제목의 에세이에 어머니의 향수를 얇은 막처럼 뿌려도 소용없었다. 그녀는 사랑 때문에 헤스켓 선생님의 옷, 셔츠를 바꾸어 입는 주기, 희고 검은 점이 뒤섞인 재킷의 재단 방식, 재채기를 하기 전에 눈을 깜빡이는 습관 등에 관한 백과사전적인 지식을 갖추게 되었다. 이사벨은 어린 시절 자신의 가장 에로틱한 경험이 학교에서 〈킬

링 필드〉를 본 것이었다고 평가했다. 헤스켓 선생님 옆자리를 차지하여 선생님과 팔꿈치를 맞대고 앉아 화면에서 정치적 학살이 펼쳐지는 동안 선생님의 온기와 움직임을 느끼며 모호한 기쁨을 맛보았기 때문이다.

가장 최근의 짝사랑 대상은 체코의 대통령이자 극작가인 바츨라프 하벨이었다. 이사벨은 그의 희곡, 감옥에서 부인에게 보낸 편지, 에세이를 읽고, 그가 이제 어른이 된 그녀의 빛이 되어줄 것이라고 판단했다. 하벨 씨의 외모에 대한 평가를 강요하자, 그녀는 둘 사이의 언어 장벽과 더불어 그 면에서도 아쉬운 점이 있음을 인정했다.

결국 어른 이사벨은 아직 손에 넣지는 못했지만, 이상적인 남자의 새로운 공식을 정리하게 되었다.

바츨라프 하벨과 히스클리프를 섞어놓은 듯한 느낌이되, 목소리는 헤스켓 선생님 같은 남자.

나 자신과 그 삼위일체 사이에는 차이가 좀 있다는 사실을 너무나 잘 알고 있었음에도, 나는 그것이 넘을 수 없는 벽이라고 지레 가정하는 것은 어리석은 태도라고 판단했다. 그래서 나는 이렇게 물었다.

"발 좀 볼 수 있어?"

"왜?"

"그냥 보여줘."

이사벨은 이불 밑에서 다리를 내밀었고, 나는 허리를 굽히고 발을 살폈다.

"있잖아, 두 번째 발가락의 발톱을 꼭 깎아야 할 것 같아. 아프지 않아?"

"어, 응, 약간."

이사벨이 어리둥절한 표정으로 대답했다.

"그런데 내가 그 작업을 하는 과정을 참관할 자격이 있느냐 하는 문제에 관해서는 어떻게 생각해……?"

"아. 이제 그럴 만큼은 우리가 서로를 잘 아는 것 같아."

그녀가 웃음을 지으며 대답했다.

"딱 그럴 만큼만?"

"혹시 너 지금, 밤새도록 너를 지루하게 만든 그 작은 명단에 네 이름도 추가하려는 거야?"

"너는 예전부터 18이라는 숫자를 좋아했거든."

다른 사람의 눈을 통해 본 세상

공감의 핵심은 다른 사람의 눈으로 세상을 보는 능력이라고 한다. 이 행성을 바라보는 우리의 눈길은 비뚤어진 시각 때문에 대체로 왜곡되어 있지만, 그럼에도 운이 좋고 민첩하면 다른 사람의 눈으로 세상을 보는 특권을 누릴 수도 있다. 그리고 그런 과정에서, 적어도 잠시라도 우리의 상대성을 넘어설 수 있었다고 주장할 수도 있다.

그런 가능성은 추상적이거나 섬뜩하게 보일지 모르지만, 우리의 포옹이 더 고전적인 형태의 친밀성을 예고하고 나서 일주일 뒤, 이사벨과 내가 그녀의 아테네 출장 이야기를 하게 되면서 현실로 다가왔다. 그녀의 회사가 그리스에 처음으로 수출을 하게 되면서, 그녀와 그녀의 상사, 마케팅 책임자가 현지 책임자와 논의를 하러 출장을 갈 계획이었다. 이 출장으로 인해 이사벨의 행동에 금방 눈에 띄는 패턴이 나타나기 시작했는데, 그것은 출발 공포증이라는 말로 요약할 수 있었나. 그녀는 무엇을 가저갈지 마음을 정하지 못했다. 예컨대 스커트를 두 벌 가져가느냐 아니면 한 벌 가져가느냐, 또 주말에 입을 좀 비공식적인 옷, 예를 들어 청바지나 면 드레스가 필요할 것이냐 아니냐 하는 딜레마에 빠졌다. 여기에 비행기가 비행 중에 무시무시한 최후를 맞이할 것이라는 근심이 추가되었다. 이사벨은 자신이 이해하지 못하는 방식으로 작동하는 기계의 오작동 가능성을 지나치게 걱정하는 사람이었기 때문이다.

우리가 비행에서 일어날 수 있는 소름끼치는 사태에 관해 한참 이야기하고 있을 때 바다 이름이 처음으로 등장했다.

"대서양보다는 차라리 육지에 떨어졌으면 좋겠어. 육지에서 생존 가능성이 더 높잖아."

이사벨이 말했다.

나는 추상적인 문제에 초점을 맞추면서 그녀를 안심시키기 위해 온화하게 대꾸를 했다.

"멍청한 소리 하지 마. 비행기 여행이 A에서 B에 이르는 가장 안전한 방법이야. 이런 것들은 다 세심하게 확인을 한다고. 비행기가 하늘에서 떨어지는 건 정말이지 누구에게도 이익이 되지 않거든."

"알아. 하지만 물 위로 날아가는 건 싫어. 자연 다큐멘터리 프로그램에서 대서양의 상어들을 보여주던 게 기억나. 아주 굶주린 종이라고 하던데. 승객들로 배를 불리고 싶어 안달이래."

"이사벨, 네가 탄 비행기가 대서양에 추락할 가능성은 절대 없어."

"뭐 말하기는 쉽지. 너는 지하철을 타고 홀본의 사무실까지만 가면 되는 사람이니까."

"너는 바다에 떨어지지 않는다니까."

"어떻게 알아."

"알 수 있는 것도 있어."

"이건 아냐. 사고가 생기면 어쩔래?"

"이것 봐, 설사 비행기가 추락한다 해도, 한 가지 확실한 건 대서양으로 추락하지는 않는다는 거야."

"왜? 그렇게 자신하지 마."

"왜냐하면, 참 나, 비행기가 런던에서 아테네로 갈 때는 대서양 위를 아예 날아가지도 않거든."

비행기 공포증이 없는 사람이 공포증이 있는 사람에게 공감하기 위해 무엇이 필요하든, 완전히 다른 문제가 또 하나 자리 잡고 있다는 생각이 뒤늦게 떠올랐다. 심리학보다 지리학에 대한 이해가 더 필요하다는 것.

우리는 똑같은 물질세계에 살면서 공통의 정의로 묶인 언어를 사용하기 때문에, 다른 사람들도 우리의 이미지와 개념을 대체로 공유하고 있다고 가정하고 이야기를 한다. 당신과 내가 치약에 관한 대화를 나눈다면, 살 수 있는 상표가 다양하고 나오는 거품도 다양하기는 하지만, 치약이 무엇인지 서로 이해하고 있다고 믿기 때문에 굳이 나는 내 크레스트 치약을 들고 나가고 당신은 당신의 콜게이트 치약을 들고 나올 필요가 없는 것이다. 지리적 영역에서도 비슷한 관념이 작동한다. 런던에서 아테네까지 비행기를 타고 간다는 말이 나오면, 상대의 머릿속에서도 다음과 같은 지리적 이미지를 닮은 뭔가가 떠오를 것이라고 가정하는 것이다.

따라서 잠시 나 자신의 사고방식에서 빠져나와 이사벨의 내적인 지도는 매우 다르게 생겼을지도 모른다는 사실, 말 그대로, 그녀의 눈으로 보면 세상이 아주 다른 곳으로 보일 수도 있다는 사실을 받아들이려고 노력하며 당혹스러움을 맛보아야 했다.

그녀는 전에 이미 자신의 지리학적 결함을 암시한 적이 있었다. 방향 감각이 전혀 없어 영화관 근처에 세워둔 차를 잃어버리

기도 했다는 이야기도 했다. 심지어 지도를 보는 것을 둘러싼 말다툼이 앤드루와 관계를 끝내는 촉매가 되었다는 이야기도 했다. 하지만 나는 그 이야기를 들으면서도 그런 요소들의 중요성을 파악하지 못한 것이 분명했다. 이사벨이 지구에서 문제의 구역을 보는 방식이 기존의 일반적인 지리적 개념과 전혀 일치하지 않는다는 사실이 이제야 또렷하게 내 눈앞에 나타났기 때문이다.

이사벨의 유럽은 마치 최초의 조각 그림 수준으로 퇴행이라도 한 것처럼 돌연변이를 겪어 이 대륙에 대한 일반적 이해로부터 멀어졌다. 그리스가 이베리아 반도의 자리를 차지하고, 이베리아 반도를 이탈리아가 있던 곳으로 밀어낸 것이다. 그래서 장화 모

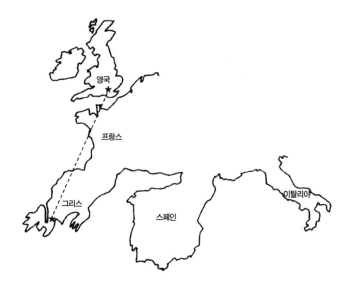

양의 이탈리아 반도는 동쪽으로 밀려나, 이제 로마는 바르셀로나에서 페리를 타면 금방 갈 수 있는 곳이 되어버렸다. 유럽 밖의 세상은 더 심한 왜곡을 겪은 것 같았다. 호주는 일본 근처 어딘가로 둥둥 떠내려갔고, 필리핀은 하와이가 있어야 할 곳에 있었으며, 늘 문제가 많은 중동은 사라졌고, 아프리카는 대담하게도 물구나무를 섰다.

"인도와 중앙아시아는 어디에 있는지 정말 모르겠어."

이사벨이 말했다.

"그래도 추측을 해야 한다면 어디에 갖다 놓을래?"

"모르겠어. 그냥 빼버릴 것 같아. 네 얼굴에서 그 표정 좀 지우려는 노력 좀 해줄 수 없을까?"

"그냥 놀랐을 뿐이야."

"나 같은 사람 많아. 이건 공간 감각과 관련된 문제야. 나 같은 사람이 도로 여행에 이상적인 사람은 될 수 없겠지."

이것은 사람이 필요할 경우 자기 내부의 지도를 얼마나 개인적인 색깔로 칠해버리는지 보여주는 교훈일 뿐 아니라, 이런 개인적인 색깔이 상대방과의 대화 속에 잠복하고 있을 수도 있다는 것을 보여주는 교훈이기도 했다. 이사벨과 나는 지도상에서 두 도시를 각자 완전히 다른 방식으로 찾으려 할 것이라는 사실을 깨닫지도 못한 채 밤새 아테네와 런던 이야기를 할 수도 있었던 것이다. 귀가 어두운 두 사람이 시끄럽게 흔들리는 기차에서 다정하게 이야기를 나눈 뒤, 한 사람은 그것이 프랑스의 위대한 역사가 미슐레에 관한 이야기였다고 생각하고, 다른 사람은 프랑스의 위대한 여행 안내자 미슐랭에 관한 이야기였다고 생각하는 것과 비슷하다. 두 사람 다 상대의 반응에서 어떤 모순되는 점을 보지 못했기 때문에 한 번도 회의적인 표정으로 질문을 던지지 않았던 것이다.

그러나 이사벨과 나는 단지 풍경을 다르게 인식할 뿐 아니라, 그것을 다른 방식으로 이용하는 경향이 있었다. 우리 둘 다 런던에서 태어난 사람들로, 우리는 러셀 스퀘어에서의 주차, 워털루까지 자전거 타기, 바비칸에서 연극 보기 등에 관해서 이야기를 할 수 있었다. 그러나 이런 장소와 관련된 연상과 기능은 우리의 대조적인 역사를 반영할 수밖에 없었다. 이사벨은 웨스트켄싱턴에 있는 새러의 집에서 스위스 코티지까지 가기 위해 일련의 지름길로 이어지는 경로를 개발했다. 브루크 게이트에서 파크 레인을 나와 그로스베너 스퀘어를 가로지르고, 하노버 스퀘어를 따라가다 북쪽 출구로 나와 캐번디시 스퀘어로 가서 포틀랜드 플레이스를 통과하여 레전츠 파크를 빙 돌아가는 방법이었다. 그녀는 또 A40 도로를 아주 좋아하여, 이것이 동부에서 서부로 건너갈 때 베이스워터 로드를 타는 것보다 나을 수 있다고 주장했다. 나 같으면 두 가지 선택 모두 거부하고, 전자의 경우에는 에지웨어 로드를 택하고, 후자의 경우에는 웨스트본 그로브 근처의 창의적인 꼬부랑길을 택했을 것이다. 이 이야기를 하는 것은 진부함과 심오함을 가르는 十분선 위에 위태롭게 웅크리고 있는 사실을 분명히 해두려는 것이다. 즉, 물질적으로 말해서 런던은 하나밖에 없지만, 동시에 런던 사람만큼이나 많은 런던이 존재한다는 것이다.

"그거 근사하네."

이사벨은 그런 반응을 보였지만, 이 문제가 위에 말한 구분선의 앞쪽에 속한다고 확신하고 있었다.

그럼에도 그녀가 차를 몰고 빅 벤(영국 런던에 있는 국회 의사당 하원 시계탑의 대형 시계—옮긴이)을 지날 때마다 오래전 의사당에 갈 때 통행증을 만들어주었던 아버지의 친구 프랭크 휘트퍼드가 생각난다는 이야기를 하자, 나는 8백만 거주자 각각에게 런던이 하나씩 있다는 관념, 개인적이고 색다른 런던이 풍부하게 넘쳐난다는 관념에도 어느 정도 타당성이 있음을 깨달았다. 이 나라의 국제적 상징이자, 인접한 정부 부처들에게 시간을 알려주는 존재이며, 뉴욕과 파리에서 엠파이어스테이트빌딩과 에펠탑이 하는 역할을 런던에서 하고 있는 음경의 환유물 빅 벤이 이사벨에게는 열일곱의 나이에 아버지의 친구와 나눈 키스의 개인적 상징물이었던 것이다.

프랭크 휘트퍼드는 퇴직한 교사로, 《오만과 편견》《미들마치》《허영의 시장》《황폐한 집》《이름 없는 주드》를 읽는 것을 포함하여 그녀의 영어 A급 시험을 도와주었다. 이사벨이 끌린 것은 그의 외모가 아니었다. 그의 이는 가장 부드러운 파란 사과를 한입 깨무는 것도 감당할 수 없을 정도로 약했고, 피부는 지하세계의 인물에게나 어울릴 듯이 잿빛으로 창백했기 때문이다. 그러나 그의 화법은 신랄할 정도로 재치가 있었고, 인간 본성에 대한 통찰은 이사벨의 동년배 아이들의 성장을 멈춘 자기 성찰과 비교가 안 되는 수준이었다. 그의 제안에 따라 영국 정부 답사에 나섰을 때 그녀는 뉴 팰리스 야드의 벽감 안에서 그의 구애에 굴복했다.

그녀의 휘트퍼드에 대한 감정은 그가 그녀와 문학에 대한 취향을 공유하고 있다는 생각에 바탕을 둔 것이기도 했다. 그녀는 《허영의 시장》을 사랑하는 두 사람이 새커리 스타일의 어울리지 않는 남녀보다 잘 지낼 것이라는 편견, 같은 대상에서 같은 감정을 경험하는 것이 심리적 조화의 증거라는 편견, 어떤 책을 이해하는 것이 그 책을 읽은 다른 독자를 이해하는 길이라는 편견 때문에 그의 문학적 반응에 중요성을 부여하고 있었다.

처음 만났으면서도 우리를 환대하는 주인이 읽는 책을 보면 그 사람을 알 수 있을 것이라고 생각하여, 파티 분위기가 가라앉았을 때 서재를 기웃거리고 싶은 유혹을 느끼는 것도 그런 식으로 설명이 가능하다. 그래서 우리는 화이트 와인을 홀짝이며 속으로 그들을 어두운 콘래드주의자, 퇴폐적인 피츠제럴드주의자, 삭막한 카버주의자라고 낙인찍곤 한다.

이런 식으로 상대의 특질을 발견하는 방법에도 분명 장점이 있겠지만, 아테네-런던 비행은 각자의 머릿속을 채우는 이미지들이 완전히 다른 상태에서도 두 사람이 똑같은 책을 사랑할 수 있다는 것을 보여주는 간접적인 계기가 뇌었나. 이것은 홀든 콜

필드가 좋은 남자냐, 이사벨 아처가 멍청한 여자냐 하는 식의, 문학 강의에서 거론하는 케케묵은 이야기와는 아무런 상관이 없다. 문제는 책의 의미가 아니라 대조적인 정신적 이미지, 책이 독자에게 펼쳐놓는 정신적 필름이다. 즉, 《호밀밭의 파수꾼》이나 《여인의 초상》을 읽을 때 실제로 무엇을 **보느냐?** 하고 묻는 것이 중요하다. "너의 내적인 지도에서 아테네가 정확히 **어디**에 있느냐?" 하고 묻는 것도 마찬가지다.

이사벨은 그 무렵 톨스토이의 《이반 일리치》를 다 읽었기 때문에, 우리는 그 걸작이 매우 감동적이라는 내용의 편지를 교환했다. 나는 어떤 책도 이 책만큼 죽음이라는 현실에 가까이 다가가게 해준 적이 없다는 그녀의 의견에 공감했지만, 그럼에도 나는 그녀가 이반 일리치를, 그리고 그가 살았던 집과 그의 부인이나 가족의 얼굴을 어떻게 **상상했느냐** 하는 괴상한 질문을 하고 싶은 생각이 들었다. 나는 일반적인 문학적 토론을 넘어, 단지 도덕성, 상징, 파국만을 이야기하는 것이 아니라, 풍경과 사람들, 또 방을 어떻게 **보았느냐**, 그런 무대용 소도구들이 너의 삶의 어디에서 유래했느냐 하는 지점으로 나아가고 싶었다.

이사벨은 19세기 러시아는 물론이고 러시아라는 나라에 아예 가본 적이 없었다. 따라서 이반 일리치의 아파트에 대한 그녀의 그림은 열다섯 살 때 부모와 함께 가본, 빈의 프로이트 박물관에 대한 기억을 기반으로 형성된 것임이 드러났다. 그곳은 별로 호감이 가지 않는 부르주아 아파트로, 거무스름한 나무문들이 달려 있고 낡은 페르시아 카펫이 깔려 있었다. 일리치의 아파트가 모두 프로이트의 아파트에서만 나온 것은 아니었다. 일리치의 서재는 이사벨의 할아버지의 서재를 기초로 꾸며졌다. 그녀의 할아버지의 서재는 군대 관련 책들로 꽉 채워져 있었으며, 한쪽 구석에는 지구본이 있었고, 창에는 묵직한 부르고뉴 커튼이 걸려 있었다. 또 벽에는 뚱뚱한 팔걸이의자가 두 개 놓여 있고, 책상의 단지에는 깃털이 한 묶음 꽂혀 있었다. 그녀는 러시아 문학에서 이런 장식을 종종 이용했다. 《죄와 벌》의 몇 대목도 그 서재에 의존했던 것을 기억해냈다. 일리치나 그의 부인은 꿈속의 인물들과 마찬가지로 하나 이상의 얼굴을 너끈히 소유할 수 있는 능력의 소유자였다. 일리치는 기본적으로 뻣뻣하고, 꼼꼼하고, 정확한 미국 사촌이었다. 그리고 톨스토이가 그의 인간성을 조금 드러낼 때면, 국립미술관에 걸려 있는 후기 자화상 속의 렘브란트로 변신했다. 그의 부인은 이사벨의 회사 문서실에 걸려 있는 사진 속 중년의 엘리자베스 2세와 이목구비가 똑같았다.

그러나 내 머릿속에서 일리치의 아파트는 프로이트의 집과는 아무런 상관이 없었다. 나에게 그곳은 책을 읽기 몇 주 전에 보았던 베르나르도 베르톨루치의 〈순응자〉의 주인공 부인의 아파트를 빼다 박았다. 영화의 흐름은 다 잊어버렸음에도 그 아파트는 일리치의 아파트에 가서 달라붙을 것이다. 또 투르게네프의 《아버지와 아들》은 이사벨에게는 퐁텐블로의 마구간 앞쪽과 잡지 〈하우스 앤드 가든〉에 나오는 스웨덴 호텔 내부의 사신이 합

쳐진 집을 무대로 벌어지지만, 내 상상 속에서는 지금은 브리스톨의 여행사에서 일하고 있는 옛 여자친구 부모 소유의 브라이턴 근처 두 가구 연립주택을 무대로 벌어진다.

그러나 내부의 눈을 채우는 서로 다른 이미지들이 늘 우연히 모이거나 가치에서 자유로운 것은 아니다. 그것은 소켓을 통해 서로 다른 감수성에 연결되어 있기 때문이다. 따라서 사람마다 받아들이는 주파수가 다르고, 주어진 환경에서 눈여겨보는 것도 다르다.

나는 꽃을 한 번도 눈여겨본 적이 없었다. 꽃은 정원에 색깔을 주는 데는 유용하다고 보았지만, 모두 그냥 '꽃'일 뿐이었다. 어떤 미지의 종족이 '독일인'으로 구성되든 '미국인'으로 구성되든 상관없는 것과 마찬가지였다. 그러나 이사벨에게 꽃은 내가 전에 영원한 질문들에 대한 명상에서 느꼈던 매혹을 불러일으킬 수 있는 대상이었다. 그녀에게 할아버지의 집을 묘사해보라고 하면, 그녀는 정원에서부터 시작을 했다. 그 이야기를 10분은 들어주어야 말을 끊고, 그 집이 에식스 어디에 있느냐고 물을 수 있었다. 이해할 만한 일이지만, 그녀는 내가 지베르니에 있는 모네의 정원을 아주 화려하다고 묘사하자 충격을 받았다. 그녀가 물었다.

"어떤 식으로?"

"아, 모르겠어, 분홍색과 빨간색과 파란색이 아주 많은 것 같던데."

"철쭉이 있었어?"

"있었을지도 모르지. 잘 모르겠는걸. 일본 관광객은 많던데. 그 관광객들 가운데 다수는 둘러볼 때 눈을 이용하지 않았어. 그냥 모든 걸 비디오로 찍더라고. 왜 그 있잖아, 뷰파인더가 컬러로 보이는 신제품."

이사벨과 내가 다른 사람들에게서 민감하게 반응하는 부분도 달랐다. 만일 그녀가 전기를 쓴다면 사람들 손바닥의 수분 함량 묘사가 많이 나올 텐데, 그것은 내가 전혀 주목하지 않는 부분이다. 그녀는 옛날 교장 선생님이 손바닥에 땀이 많이 나는 사람이었으며, 그녀의 아버지는 늘 손바닥이 튼다는 사실을 기억했다. 폴은 여름에 손바닥을 자주 비볐으며, 세인트아이브스 출신의 한 고객은 유머 감각이 그의 손만큼이나 거칠다고 묘사하기도 했다.

이런 차이들은 그냥 우연적인 것으로 치부해버릴 수도 있겠지만, 사람들이 상황을 다양하게 해석하고, 그런 뒤에 해석보다는 상황을 놓고 소리를 지르기 시작하는 방식을 증후적으로 보여주기도 한다. '이성적rational'이라는 말을 예로 들어보자. 이 말은 이사벨의 사전에서는 이런 뜻이고 내 사전에서는 저런 뜻이기 때문에, 내가 그녀를 매우 '이성적'이라고 칭찬하면 그녀는 그 말이 욕이 아닌가 의심한다. 그녀의 사전에는 다음과 같은 정의가 실려 있기 때문이다.

형용사

1. 따분하고 현학적인 사람이 될 수 있는 능력을 뜻한다.

2. 감정에 대립되며, 전통적인 가족의 이분법을 떠올리게 한다.

   그녀의 여동생은 감정적인 사람이고, 그녀는 이성적인 사람이다.

3. 가이가 그녀에게 한 적이 있는 욕이다.

그러나 내가 전달하고자 한 것은 내 사전에서 정의된 항목이다.

형용사

1. 고귀한 정신에게 바치는 찬사.

2. 조지 엘리엇, 마리 퀴리, 버지니아 울프는 이성적이다.

3. 감정과 양립하고, 감정을 고양할 수 있다.

이런 차이에서 발생한 작은 갈등은 하나의 사건이 서로 다른 설명을 낳는 방식을 보여주었다. 이것은 전기라는 관점에서 볼 때, 단일한 삶이 서로 경쟁하는 다양한 삶의 이야기들을 낳을 수 있다는 사실을 보여주는 놀라운 상징이라고 할 수 있었다.

이사벨의 아파트에서 점심을 먹을 때 로저스 부인은 식사를 마치면서 딸의 고집스러움을 보여주는 예라며 일화를 하나 이야기해주었는데, 그 일화는 덜 편파적인 관찰자에게는 다르게 읽힐 수도 있는 것이었다.

이사벨은 어렸을 때 목욕을 좋아하여, 목욕을 하게 해달라고 바쁜 어머니를 조르곤 했다. 로저스 부인은 어느 날 저녁 다섯 살 난 이사벨에게 6시에 목욕을 하게 해주겠다고 약속했지만, 6시가 되어도 로저스 부인은 여전히 할 일이 많았다. 다음 날에도 똑같 은 약속을 했지만 똑같은 이유로 약속을 어겼다. 사흘째 되는 날, 이사벨은 어머니의 허락 없이 행동하기로 마음먹고 그냥 혼자 목 욕을 해버렸다. 그러나 안타깝게도 온수 탱크가 막 고장 나서, 이 사벨이 발을 담갔을 때 욕조는 얼음처럼 차가웠다. 그럼에도 이 사벨은 오랫동안 기다려온 목욕을 하기로 결심했기 때문에, 얼어 붙을 듯이 차가운 물에 들어갔고, 어머니는 딸이 욕조에 들어간 것을 알고 도대체 정신이 있는 거냐고 야단을 쳤다.

어떤 수준에서 보자면 이것은 아이의 맹목적인 고집에 관한 이야기지만, 다른 〔그리고 로저스 부인 입장에서 본 훨씬 덜 유쾌 한〕 수준에서 보자면 아이가 자신의 소망을 직접 관장하고 그것 을 대담하게 실현해냄으로써 늘 실망을 주는 어머니에게 맞서는 이야기이기도 하다. 비록 어른의 눈에는 얼음장 같은 욕조 안에서 저녁 시간을 보내는 것이 논리적으로 보이지 않더라도 말이다.

안타깝게도 이 문제에는 아테네를 둘러싼 혼란의 경우와 같은 확실성이 ─ 그 경우에는 적어도 사실에 기초해 문제를 해결해주 는 지도가 있었다 ─ 전혀 없었다. 그래서 로저스 부인은 딸의 해 석을 "완전히 말도 안 되는 소리"로 치부하고 〔더불어 그녀에게 "그 무시무시한 귀걸이 좀 어떻게 해라"라는 조언도 남기고〕 아파 트를 떠났다.

그렇다고 이사벨이 자신의 삶에 일어난 사건들의 의미를 어머니보다 확실하게 알고 있었다고 가정해서는 안 된다. 그녀를 알면 알수록 그녀가 자신의 이야기를 수정하는 것이 눈에 들어오게 되었기 때문이다. 기분 좋은 하루를 보내면 어린 시절 이후 벌어진 모든 일들이 낙관적인 방향을 가리켰지만, 상사와 불화가 생긴 날이면 두 손으로 머리를 감싸고 잠시 운 다음에〔그녀는 빠르고 카타르시스적인 울음을 좋아했다〕이 땅에 태어난 이후로 발을 옳게 디뎌본 적이 한 번도 없다고 결론을 내렸다.

따라서 그녀에게는 적어도 두 가지 유년의 전기가 나란히 놓여 있는 셈이었다.

어느 전기를 선택하느냐 하는 것은 이사벨의 예측 불가능한 기분에 달려 있기 때문에, 이야기를 단번에 완전히 확정할 아르키메데스적인 지점은 찾을 수 없었다―적어도 죽음이 닥쳐오기 전에는.

주의 깊은 독자들이라면 〔음침한 의도가 있어서 하는 말은 아니지만〕이사벨이 아직 죽지 않았다는 사실에 착안하여 이 전기적인 모험과 이보다 형식적인 전기들 사이의 차이를 간파했을지도 모른다.

대부분의 전기는 죽은 사람을 대상으로 한다. 여기에는 많은 매력이 있다. 마지막 순간의 고백이 있다면 그 내용을 알 수 있다. 유언장에서 누가 무엇을 얻었는지도 알 수 있고, 이 노병이 폐 질환으로 죽었는지 날아온 골프공에 맞아 죽었는지도 알 수 있다.

행복한 유년의 전기	슬픈 유년의 전기
1968년 : 60년대를 놓쳤다는 것은 꽃의 힘*의 순진함을 피했다는 뜻이며, 정치가 아니라 남자아이들을 생각하며 사춘기를 보낼 수 있었다는 뜻이다. 70년대에 아버지가 자주색 재킷을 입고 주황색 타이를 묶는 것을 목격하게 된다.	1968년 : 너무 늦게 태어나는 바람에 60년대의 성적 자유와 낙관주의를 경험하지 못한다. 배금주의, 에이즈, LP레코드의 죽음이라는 그림자 속에서 사춘기를 보내는 운명을 맞이한다.
1970년 : 외로움을 피할 수 있는 이상적 동반자인 여동생 루시가 태어나다. 루시에게 장난감을 공유하는 법을 가르치고, 책임감이 강해지고, 사교적이 되며, 친절해진다.	1970년 : 부모로부터 받던 관심을 루시가 빼앗아가다. 루시 때문에 짜증이 늘고, 경쟁적이고 잔인한 성향이 강해진다. 결국 여자들과 친구가 되는 데 문제가 생긴다.
1974년 : 어서 철 좀 들라는 어머니의 강요로 분별력 있는 어른이 되다. 어머니의 엄격함 덕분에 삶의 가혹함에 맞설 능력을 갖추게 된다.	1974년 : 가장 아끼던 담요를 어머니가 버리다. 남자들과 좋은 관계를 이루어나갈 기회를 부수어버린 것이다.
1976년 : 지역에서 가장 좋은 초등학교에 갈 기회를 놓치지만, 다양한 배경의 아이들을 만나게 되어 원만한 인간으로 커 나가게 된다.	1976년 : 그녀가 들어가길 원했던 초등학교에 들어가지 못하다. 이것이 옥스퍼드나 케임브리지에 들어가지 못하는 간접적인 원인이 된다.
1977년 : 남동생이 태어나다. 남동생은 남자아이들과 함께 있어도 편안해지는 법을 가르쳐주는 동시에 가지고 놀기 좋은 장난감이 되어준다.	1977년 : 폴이 태어나다. 집안 평화의 종언. 이 개구쟁이가 부모의 관심을 더 빼앗아간다.
1978년 : 아버지의 생일을 축하하는 멋진 파티.	1978년 : 아버지가 자기보다 어머니를 더 좋아한다는 사실을 깨닫다.
1980년 : 거칠지만 보람 있는 사춘기의 시작. 닥터 로스는 그녀에게 자신감을 심어준다. 그녀를 거부한 남자아이들은 귀중한 교훈을 준다. 적당히 생겼다는 판정을 받고, 너무 예뻐서 생기는 문제들을 피한다.	1980년 : 악몽 같은 사춘기의 시작. 닥터 로스의 소름끼치는 키스 때문에 도착적인 남자들(앤드루, 가이, 마이클)에게 끌리는 운명에 빠져든다. 얼굴이 흉측해지다—아름다운 여자들에 대한 평생에 걸친 질투가 시작된다.
1981년 : 가장 친한 친구 새러를 만나서, 바쁘지만 즐거운 사교생활을 시작하다.	1981년 : 새러와 사귀면서, 타고난 학자적 경향에서 벗어나다. 여자들과 수다를 떨기 위해 출세를 포기하게 된다.

* 사랑과 평화, 반전을 주창하던 1960~1970년대의 청년 문화.

죽음은 인생에 감탄할 만한 완결성을 부여한다. 죽은 사람은 일어나서 분석에 반박하는 일이 없으며, 그들이 살아 있는 사람들의 땅으로부터 떠나는 것은 책을 마무리할 수 있는 편리한 종결점을 제공한다.

그러나 전기의 목적이 사람들이 삶을 어떻게 경험하는지 이해하는 것이라면, 죽은 이의 전기는 중요한 특징을 하나 놓치게 된다. 우리가 삶이 끝났을 때는 쉽게 찾아오는 듯이 보이는 확실성을 손에 쥐고 우리 자신의 이야기에 다가가는 경우가 거의 없다는 것이다.

무덤가에 서게 되면 우리는 루이 16세가 계속 단두대를 향해 다가갔다고, 모차르트는 젊어서 무일푼으로 죽을 운명이었고, 윌프레드 오언은 제1차 세계대전이 끝나기 전에 죽을 수밖에 없었고, 실비아 플라스는 오븐에 머리를 박고 끝을 낼 수밖에 없었다는 생각이 들지 않을 수 없다.

죽음은 잠재적인 대안들의 적이다. 죽음 앞에서는 밖에서 보는 삶의 목적성이 그 사람 내부에서부터 바라보는 상황과 배치된다는 사실, 가능한 플롯들은 늘 실제로 벌어진 일보다 많기 마련이라는 사실을 잊게 된다.

이사벨은 네 살 때 벽돌공이 되고 싶었다.

"그래?"

"응. 한편으로는 실용적인 이유였고, 한편으로는 미학적인 이유였지. 나는 집을 짓는 사람들이 우리나라에서 가장 잘 사는 줄 알았어. 집은 아주 크고 비싸잖아. 아이다운 논리가 있었던 거지. 또 나는 건물의 벽돌을 하나씩 조심스럽게 쌓는 것에 놀랐어. 벽을 보면서, 이걸 다 쌓는 데 얼마나 오래 걸렸을까 상상하곤 했지."

이사벨은 여덟 살이 되자 우유 배달부가 되고 싶었다.

"여성 우유 배달원이지. 나는 우유를 좋아했거든. 그리고 우유 배달부가 모는 그 전기 자동차를 아주 좋아했어. 그래서 그 둘을 결합하면 좋을 것 같았지. 나는 또 우리 우유 배달부와 친구가 되기도 했어. 이름이 트레버였는데, 트리니다드 출신이었지. 트레버는 자기가 배달하는 우유가 그의 목장에서 키우는 데이지라는 암소한테서 나오는 것이고, 그래서 다른 어느 곳의 우유보다 맛있다고 했어."

그러나 결국 이사벨은 벽돌공도 우유 배달부도 되지 않았다. 따라서 그녀가 파티에서 자신이 하는 일에 대해 이야기하기 싫어하는 것도 놀랄 일이 아니다. 우연의 망에 의해 페이퍼웨이트사에서 일하고 있는 것뿐인데, 자신의 정체성이 그곳의 직원으로 축소되어버리는 것이 영 마음에 들지 않는 것이다. 그녀는 대학을 졸업한 뒤 처음에는 라디오 방송국 일자리를 찾았지만, 일에 필요한 경험이 없다고 퇴짜를 맞았다. 그래서 방송 강좌에 등록을 하고 정부 지원금을 신청했지만 그 돈을 확보하려면 시간이 필요했고 당장 경제적으로 몹시 쪼들렸기 때문에 다른 일자리도 동시에 알아보아야 했다. 그래서 페이퍼웨이트사에 지원서를 냈으며, 바로 다음 날 지금의 상사가 전화를 해서 다음 주부터 괜찮은 자리에서 일할 수 있게 해주겠다고 말했고, 이사벨은 자신감 부족 때문에 그 제안을 거절할 수가 없었다.

"결국 나는 내가 사실 라디오에는 맞지 않는다고 생각하게 되었어. 지금 거기서 일하는 내 친구들이 있는데, 그 애들은 나한테는 없는 연줄이나 경험이 있었거든."

이사벨은 그렇게 정당화했지만, 그녀의 목소리에는 씁쓸함이 배어 있었다. 우연성이 늘 유쾌하지는 않을 수도 있다는 것, 개인적 책임이라는 무게를 싣고 올 수도 있음을 보여주는 증거였다. 어떤 일자리를 얻지 못한 것이 조금 더 끈기와 창의력을 발휘하지 못했기 때문이 아니라 신이 그 자리를 얻지 못할 것이라고 선포했기 때문이라고 생각할 수 있다면 얼마나 마음이 가벼워질까. 그녀는 이렇게 결론을 내렸다.

"라디오는 보호받고 자란 여자아이의 어리석고 지나치게 야심만만한 꿈에 불과했어. 많은 사람들이 대학을 졸업하면서 갖게 되지만 머지않아 그게 뭔지 깨닫게 되는 꿈 말이야."

자신의 어린 시절의 자아와 그 의견에 경멸을 퍼붓고, 현재의 그녀와 과거 사이에 선을 긋는 것이 이사벨의 타고난 성격이었다.

열다섯 살에 그녀는 밉살스러운 십대로서 다음과 같은 것들을 믿었다고 말했다.

— 스물다섯 살 생일이 오기 전에 죽을 것이다.
— 로라와 새러는 자정까지 밖에서 노는 것을 허락받았는데

나는 11시까지 집에 와야 했다. 절대 우리 부모를 용서하지
않을 것이다.

— 누군가를 사랑한다는 것은 그 사람과 늘 함께 살고 싶다는
것이다.

— 돈을 버는 사람들은 악하다.

— 남자가 데이트를 하자고 하면 처음에는 바쁜 척해야 한다.

— 결혼은 반동적이며, 자식은 불필요한 희생이다.

— 휴가의 목적은 일광욕이다.

— 마르그리트 뒤라스는 위대한 소설가다.

— 나는 결코 그레이스 마스덴만큼 예뻐질 수 없을 것이다.

"지금은 정말 우스꽝스러워 보이는 것들이지. 지금 열다섯 살
때의 얼간이 같은 나와 함께 저녁을 먹으라고 한다면 돈을 얼마
를 주고라도 피하겠어. 그 자리에서 그 애를 이런 식으로 설득해
야 한다고 생각해봐. '아니야, 애야, 자본주의가 늘 나쁜 건 아냐.'
또 '있잖아, 이사벨, 파르테논 신전이 호텔 수영장보다 조금 더 재
미있어⋯⋯.'"

어른이 십대를 대하는 잔인한 방식, 자신은 그때와 근본적으
로 결별했다는 느낌 때문에 가능한 잔인성을 보면, 하나의 몸을
계속 가지고 있다는 점 때문에 속기 쉽지만, 사실 한 사람 안에는
여러 사람이 줄을 서서 바글거리고 있다는 것을 알 수 있다. 이
사람에서 저 사람으로 옮겨가는 것은 계주에서 배턴을 넘겨주는

것과 비슷해 보인다. 똑같은 팀의 구성원들이지만 주로의 서로 다른 구간을 달리는 것이다. 이 비유는 차이와 연속성 양쪽을 다 보여준다. 선수 교체는 변화를 상징하며, 배턴이 변하지 않는다는 것은 연속성을 상징한다.

피카소 회고전을 본 기억이 났다. 이 전시회는 피카소의 한평생에 걸친 숨 막힐 듯한 다양성을 보여주었다. 이 경우에는 수척한 인물들을 파랗게 그리던 재능 있는 젊은이로부터 한결 부드러워진 분홍색 장면들을 그리는 사람에게로 배턴이 넘어가며, 그 사람은 배턴을 들고 조금 달려가다 원근법을 없앤 다음 그것을 큐비즘이라고 부르는 화가에게 넘겨준다. 그렇게 한 구간을 뛴 뒤, 배턴은 '게르니카'를 그리는 사람에게로 넘어가며, 그 과정이 계속 승승장구로 이어진다. 아니, 그렇다고 들었다. 그때 나는 이미 카페테리아로 빠져나온 뒤였기 때문이다.

머리만 하더라도 피카소는 1881년에서 1973년까지 급진적인 발전 과정을 보여준다. 우선 머리를 짧게 깎은 열다섯 살의 피카소를 보여주는 그림들이 있다. 그러나 열여덟 살의 자화상에서는 머리를 길게 기르고 정 가운데에 가르마를 탔으며 콧수염까지 기르고 있다. 스무 살에는 긴 턱수염을 자랑하며, 중년에는 머리를 길게 기르고 오른쪽에서 가르마를 타 머리카락 몇 올이 왼쪽 눈으로 떨어지곤 한다. 1944년 파리 해방 때 그의 머리는 숱이 준 데다가 상당히 세기까지 했으며, 1949년 평화 대회 때는 대머리가 되었다. 옷도 중요한 변화를 겪었다. 초기에는 재킷, 중년에는 양복, 끝으로 가면서 흰 바탕에 파란 줄무늬 티셔츠가 된다.

그렇다면 이 이사벨과 저 이사벨 사이의 결정적인 차이는 어디에 있을까?

"과장하고 싶지는 않지만, 최근에는 다른 사람들 앞에서 자신감이 많이 생긴 것 같아."

그녀가 한 가지 예를 들었다.

"사람들한테 화장실 테스트를 한 뒤로 말이야."

"화장실 테스트가 뭐야?"

"수줍음과 싸우는 최고의 방법이지."

이사벨은 잘 모르는 사람을 너무 진지하게 받아들이는 경향이 있었다. 어린 시절에 친구들과 함께 있을 때는 조숙한 자신감을 보이다가도 낯선 사람들이 가득한 방에 들어가면 몸이 마비될 정도로 수줍어하는 일이 반복되었다. 그녀는 유치원에 들어갔을 때 처음 두 주 동안 한마디도 하지 않았다. 결국 선생님들이 나서서 다른 아이들한테 소개를 해주어야 했다. 그러나 일단 소개를 하고 나자 그녀는 반에 활기를 불어넣는 존재로 변신을 하여, 어리벙벙해진 후견인들을 괴롭히는 반항적인 책략을 꾸며내곤 했다.

이런 어린 시절의 수줍음은 어른이 되어서까지 어느 정도 계속되었지만, 직장에 다니기 시작한 직후 한 회의에서 화장실 테스트를 발견하게 되었다. 그녀와 상사는 한 은행의 관리자와 새로운 창고 부지를 구하기 위한 대출 문제를 논의하고 있었다. 이사벨은 머리 위에서 비추는 프로젝터를 이용하여 회사의 전략을 설명하는 일을 맡기로 했다. 그녀는 악명이 높을 정도로 숫자에 자신이 없었지만, 프로젝터를 이용하여 관련 대차대조표를 설명해야 했다. 그녀는 그 일이 두려웠다. 그러나 이야기를 할 차례가 다가오기 직전, 뚱뚱한 은행 관리자가 잠시 자리를 비웠다. 그가 화장실에서 돌아올 때까지 회의는 중단되었다. 그러나 돌아와서 10분이 안 지나 어젯밤에 먹은 조개가 안 좋았다면서 다시 자리를 비웠다. 이사벨은 그의 곤경 때문에 프레젠테이션에 대한 집중력이 흐트러지기는커녕, 오히려 묘한 자신감을 얻었다. 갑자기 은행 관리자가 약점 많은 인간, 예민한 위와 창자가 있는 인간으로 바뀐 것이다. 그의 가는 세로 줄무늬 양복도 전처럼 그녀의 기를 죽이지 않았다. 회사 화장실 칸의 타일을 바른 감방 같은 곳에서 발목까지 바지를 내리는 바람에 줄무늬가 혼란스러운 물결무늬로 흩어지고, 내장이 비틀리는 바람에 이마에 땀방울이 송골송골 맺히는 모습을 상상할 수 있었기 때문이다.

"그래서 나는 겁이 나는 사람한테는 이 화장실 테스트를 하기 시작했어. 알잖아, 경찰관, 웨이터, 학자, 택시 기사, 가스 검침원…… 그렇게 하면 그 사람들도 나와 같은 행성 출신인 것처럼 보이는 거야. 그게 내 인생을 바꾸어놓았지."

그러나 이사벨이 아무리 열심히 자신의 다양한 자아와 다양한 삶을 구분하려고 노력해도, 그 경계선은 무력하게 붕괴하는 경향이 있었다. 직장에서 바쁜 하루를 마친 뒤 그녀는 앞으로는 회사의 운명에 감정적으로 관여하지 않겠다고 선언했다. 그녀는 템스

강변의 풀밭에 누워 제트기가 하늘을 가로질러 깃털 구름을 남기며 날아가는 모습을 지켜보다가 이렇게 말했다.

"오늘 아주 유쾌한 생각을 했어. 모두들 소리를 지르고 납품은 이루어지지 않고 전화는 울려대는 상황이었지. 나는 모든 것에 결국은 '그래서 어쨌다는 거야?' 하고 물어볼 수 있는 면이 약간씩은 있다는 생각을 했어. 나는 오늘 해야 할 일을 끝내지 않았어. 그래서 어쨌다는 거야? 내 차가 제대로 굴러가지 않아. 그래서 어쨌다는 거야? 나는 돈이 충분하지 않아. 그래서 어쨌다는 거야? 우리 부모는 나를 사랑하는 마음이 부족해. 그래서 어쨌다는 거야? 무슨 말인지 알겠지? 마음이 아주 편해져. 이게 내가 세상을 보는 새로운 방법이 될 거야."

그러나 그런 선언을 하자마자 다시 회사에 커다란 위기가 찾아왔고, 그 불교적인 지혜는 찾아올 때처럼 빠르게 사라졌다. 세상을 바라보는 방식은 늘 유동적이며, 이전 자아의 유물이 나중에 온 자아의 질서정연한 가정들을 방해한다. 자기 연민을 버리겠다는 이사벨의 결정은 침대에서 "시칠리아의 과부처럼 흐느끼게" 만드는 말다툼 뒤에 무너질 수도 있다. 그녀는 주위 사람들이 모두 오래전에 유아용 놀이 울을 벗어난 것처럼 보이는 상황에 너무 어울리지 않아서 못하는 것뿐이지, 사실 성마른 아기처럼 비명을 지르고 싶은 욕망이 자주 생긴다고 고백했다. 그녀는 구애하는 사람을 거부할 때는 자신의 입장을 설명하기로 결심했지만, 소티리스라는 이름의 그리스 회계사가 쫓아다니기 시작했을 때는 과거의 술책으로 돌아가 전화가 와도 절대 전화를 해주지 않고 편지도 받지 못한 척했다.

이사벨이 "감정적으로 억눌린 남자하고는 다시 얽히지 않겠다"거나, 앞으로는 "나 자신의 잘못 때문에 남을 탓하지 않겠다"거나, "점심때는 건강에 좋은 것만 먹고 저녁 식사 때는 절대 화이트 와인을 마시지 않겠다"는 취지의 대담한 선언을 할 때는 절대 인정하고 싶지 않겠지만, 성격의 변화는 사실 점진적이다.

지금 그녀가 부모와 더 어른스러운 관계를 누릴 수 있는 것처럼 보이는 이유는 그녀가 더 지혜로워졌다는 것과는 거의 상관이 없고, 독립해서 자신의 아파트에서 산다는 점이 더 중요하게 작용한다. 같은 지붕 아래 사는 사람들이 즐기는 내전과 같은 말다툼을 벌이기보다는 찾아온 손님을 대하는 듯한 공손한 행동을 하기 때문이다. 실제로 크리스마스 주말에 이사벨은 깊은 곳에서는 변한 것이 전혀 없다는 사실을 깨달으며 정신이 번쩍 들게 되었다. 고전적인 사춘기의 대화에서나 볼 수 있는 사나운 태도로 어머니와 말다툼을 벌이고, 마치 초등학생처럼 남동생과 셀로테이프를 놓고 언쟁을 하고, 아버지는 자기가 아니었으면 그녀가 집으로 돌아가는 기차표를 사는 데 어려움을 겪었을 것이라며 생색을 내는 태도로 설교를 했던 것이다.

역사가들이 이런 것의 쇠퇴나 저런 것의 발흥을 1850년, 1500년, 1066년이라는 연도에서 찾아내는 것처럼, 나에게도 어떤 날짜를 전환점으로 선언하고 싶은 유혹이 있었다. 그러나 사실상 후퇴나 진전은 훨씬 혼란스럽다. 늘 이른바 근대까지 살아남은 산업화 이전의 마을이 있고, 50년 전에 다른 제국에게 길을 내주고 결정적으로 죽었다고 말하면 편리할 것 같은 상황에서도 주목할 만한 탄력을 보여주는 제국이 있는 것이다.

남자와 여자

아무리 다른 사람의 눈으로 세상을 보려고 세심한 노력을 기울인다 해도, 아무리 해도 보지 못하는 상태에서 벗어날 수가 없기 때문에 위험을 초래하는 몇 가지 점들이 있기 마련이라는 사실이 점차 분명해지고 있었다. 특히 남자로 태어났다는 (특이하지는 않지만) 불행한 입장에 있을 때는.

어느 토요일 아침, 코벤트가든 역 바깥에서 이사벨과 만나기로 했다. 그녀는 몇 분 늦게 도착하여 사과를 하고 지하철 욕을 하더니 내게 물었다.

"그래, 어떻게 생각해?"

"모르겠는걸."

나는 무엇에 대한 의견을 물은 것인지 잘 알 수가 없어 그렇게 대꾸했다.

"멋지지 않아?"

"오늘은 밖에 나오니 좋네."

열이틀 만에 처음으로 비가 그쳤기 때문에 나는 그렇게 대답했다.

"**아니,** 그게 아니고."

"그럼 뭔데?"

이사벨은 웃음을 짓더니 한숨을 쉬었다. 그녀의 뺨에 유머가 담긴 보조개가 팼다.

"아, 됐어. 가자, 뭐 좀 마시자."

하지만 앉아서 시간이 얼마 흐르지도 않아 그녀는 뭔지도 알 수 없는 주제에 관하여 나의 의견을 다시 구했다.

"정말 아무것도 모르겠어?"

"모르겠는데. 잘 모르겠어."

나는 혹시 옆자리에 루이 암스트롱이라도 앉아 있나 보려고 머뭇머뭇 주위를 두리번거렸다.

"그러니까 아무것도 변한 게 없다고 생각한다는 거야?"

"변해? 어, 글쎄, 아니, 없는 것 같은데. 그러니까, 주말이고 해서, 다들 약간 더 느긋해진 것 같기는 해. 또 유엔 결의안이 결국에는 좋은 소식이 될 것 같기는 해, 하지만……."

"맙소사!"

이사벨이 소리치며 두 손에 얼굴을 묻고, "남자들이란"처럼 들리는 작은 소리를 냈다. 하지만 그냥 "으흐흠" 하는 의미 없는 소리 같기도 했다. 그 슬픔의 행동은 웨이터가 오는 바람에 중단되었다. 웨이터가 큰 소리로 물었다.

"어느 분이 카푸치노시죠?"

"내 겁니다."

내가 대답했다.

"그럼 드 오랑주가 마담 거겠군요."

그는 내가 아직 보여주지 못한 고급스러운 연역 능력을 과시했다.

"맛있게 드세요Bon appetit."

그가 덧붙이며 시름에 잠긴 한 쌍을 향해 비꼬는 웃음을 던졌다.

"왜 그래, 이사벨? 삐치지 마. 내가 뭘 봐야 하는데? 나는 사람의 마음을 읽는 데는 늘 문제가 있단 말이야."

"뇌 세포가 반 개만 있어도, 눈이 반쪽만 있어도, 내가 어제와는 좀 달라 보인다는 사실을 금세 눈치 챌 거라고 생각했어. 방금 미용실에서 두 시간하고 25파운드를 써서 머리카락이 6센티미터 짧아졌거든. 이게 세계를 흔들 만한 소식은 아니고, 물론 유엔이 더 가치 있는 화제이겠지만, 그래도 **무언가** 바뀌었다는 걸 네가 알아볼 거라는 기대는 해볼 수 있는 거잖아."

이사벨은 다시 한숨을 쉬고 포장지에서 자주색 빨대를 빠르게 잡아떼더니 결론을 내렸다.

"하지만 너는 뭐 남자니까. 따라서 사실 놀랄 일은 아니지."

그 말을 듣고 이사벨을 제대로 보니, 그러니까 달라졌을 가능성을 의식하고 보니, 모든 것이 바뀌었다. 전에는 편안하게 어깨

아래까지 내려오던 밤색 머리카락이 이제는 어깨뼈 위까지밖에 안 내려왔다. 그러자 얼굴 형태도 바뀐 것처럼 보였다. 광대뼈가 강조되어 더 성숙해 보였다.

"어려 보이지? 그렇게 생각하지 않아?"

이사벨이 물었다.

"음."

"지금 유행하는 소녀다운 모습이야. 이건 데이브의 아이디어 야. 한참 이야기를 했어. 있잖아, 뭘 좀 바꾸고 싶었거든. 데이브 는 처음에는 줄무늬를 좀 넣을까 하는 생각도 했어. 하지만 결국 에는 데이브가 제대로 해낸 것 같아."

그 말을 들으면서 나는 우리가 미용업에 종사하여 특별한 유 인을 제공받지 않는 한, 타인의 외모에 대한 감수성은 우리 자신 의 외모에 대한 감수성에 비하여 늘 열등할 수밖에 없다는 사실 을 깨달으며 우울해지지 않을 수 없었다. 우리는 머리카락이 우 리 이마를 덮은 모습이 매혹적이라고 생각하기도 하고, 또 어느 때는 똑같은 이마를 덮었음에도 불가사의하게 눈물을 흘리기도 한다. 그러나 다른 사람들이 그들의 외적 자아와 맺는 관계를 관 장하는, 비슷하게 복잡하면서도 저마다 다른 감수성의 경로는 따 라가지 못한다. 우리 입장에서 다른 사람들은 그냥 핵심적인 것 들만 유지하고 있으면 그만이다. 따라서 그 불행한 사람들을 강 렬한 자기혐오로 몰아갈 수도 있는, 부어오른 뺨, 주름진 이마, 튀 어나온 배 같은 문제들은 부차적인 것으로 간과해버린다

"아, 미안해, 나 아직 준비가 안 됐어."

이사벨은 화요일 저녁 7시 45분에 그렇게 말했다. 그녀의 아파트에서 연례 아마추어 정원사 협회 시상식이 열리는 킬번으로 출발하기로 약속한 시간이었다. 이 시상식에서 이사벨은 그녀가 발코니에 심은 어떤 녹색 식물 덕분에 상을 탈 예정이었다. 그녀가 물었다.

"너무 맵시를 부린 것 같아?"

"아냐, 괜찮아. 어서 가자. 지금 안 가면 늦을 거야."

"잠깐. 이것 봐, 내가 정말 빨리 옷을 갈아입을 테니까 어때 보이는지 좀 말해주면 안 될까?"

그녀는 침실로 들어가 느릿느릿 옷을 갈아입더니 거의 달라진 것이 없는 모습으로 나왔다.

"짧은 치마가 나아, 아니면 긴 치마가 나아?"

"음."

"나는 긴 치마가 나은 것 같아, 안 그래?"

"다 괜찮아."

나는 면바지에 데님 셔츠 차림으로 여가 시간을 보내기 때문에 이 검은 치마와 저 검은 치마를 구별하는 뉘앙스를 이해하는 능력이 현격히 떨어지는 남자의 관점에서 말했다.

"이 블라우스가 맞는 것 같아?"

"맞냐고?"

"치마하고."

"물론이지."

"다갈색하고 옅은 파란색 사이에서 망설이는 중이야. 한번 볼래?"

"빨리 해."

"알았어."

나는 이사벨을 따라 침실로 들어갔다. 서랍들이 튀어나와 있고 벽장문은 활짝 열려 있었다. 부주의한 강도가 금괴나 권총을 찾으려고 미친 듯이 뒤진 것 같았다.

나는 옷장에 내포된 자의식, 그것이 뒷받침해주는 신체적 자각에 흥미를 느꼈다. 옷장은 이사벨이 캐주얼-캐주얼과 캐주얼-시크를 구별하게 해주었다. 이 차이는 청바지의 색깔이나 스웨터의 헐렁함 같은 언뜻 보기에 피상적인 세부사항에 의존하고 있었다. 그곳에는 치마, 재킷, 블라우스, 바지, 점퍼가 있었으며, 그 모두가 주어진 행사의 요구에 부응하는 데 구체적인 역할을 했다. 정원사 협회는 이런 것을 요구했고, 친구의 생일잔치는 또 완전히 다른 것을 요구했다.

"지금 입고 있는 블라우스가 괜찮아."

나는 거짓말을 했다. 색맹인 사람이 마티스의 붉은색 사용에 관하여 이러쿵저러쿵 헛소리를 하는 꼴이었다.

결정을 내리는 과정이 결말에 이른 듯하여 우리는 문으로 향했다. 그러나 안타깝게도 현관의 한쪽 벽에 거울이 걸려 있었고, 이사벨은 거기에서 뭔가를 보았는지 서실로 다시 달려가며 설명했다.

"관자놀이에 염병할 화산이 있어."

나는 베수비오 산의 증거를 찾아보았으나, 자세히 살펴본 결과 왼쪽 관자놀이에 아주 작은 여드름, 피부의학사에서 보자면 작은 축에 속할 여드름이 숨어 있었다. 나는 그녀를 안심시켰다.

"아무것도 아니야."

"네 편의를 위해 거짓말을 하지 않았으면 좋겠어."

그녀는 그렇게 대꾸하더니 욕실로 향했다.

"이사벨, 멍청한 짓 하지 마."

"내가 멍청하다고 말하는 건 참 쉽지."

그녀가 갑자기 신랄한 목소리로 대꾸했다.

이사벨이 멍청하게 구는 것이 아니었을까? 하지만 그녀가 속으로 그 여드름이 거대한 화산이라고 여기고 있는 상황에서 내가 어떻게 생각하느냐 하는 것이 뭐가 중요할까? 그런 엄격한 자기 인식 앞에서 다른 사람의 판단이 무슨 역할을 할 수 있을까?

이런 불일치는 전기적 객관성이라는 개념에 대한 또 하나의 도전이었다. 만일 이사벨을 이해하고자 한다면, 잔뜩 모인 화산 학자들이 무슨 말을 하건, 그 여드름이 베수비오 산만 하다는 그녀 자신의 느낌을 정말로 당치 않은 것으로 치부해버릴 수 있을까? 객관적으로는 우스꽝스럽지만, 그럼에도 주관적으로는 진정성이 있는 믿음이라고 받아들여주어야 하는 것은 아닐까?

자기 인식과 외부의 판단 사이의 긴장 가운데 다수는 그런 불일치가 요구하는 교정이 우호적인 방향에서 이루어진다는 의미에서 유쾌하다. 예를 들어 라자냐는 요리사 자신은 끔찍하다고 생각해도 훌륭할 수 있고, 식후 연설은 연설한 사람 자신은 물에 젖은 불발탄이라고 판단하더라도 익살스러운 성공작이 될 수 있다. 그러나 그릇된 인식 가운데는 그렇게 무해하지 않은 것들도 있다. 전기 작가들이 전기 주인공의 자기 이미지를 부정적인 방향으로 조정하는 바람에 친척이나 숭배자들을 불쾌하게 만드는 일이 잦은 것도 놀랄 일은 아니다. 이사벨한테 그녀가 스스로 상상하는 것만큼 춤을 잘 추지는 못한다거나, 그녀의 프랑스어 억양이 그녀가 말한 것만큼 유창하지는 않다거나, 컴퓨터 사용 능력에 관해 조금 더 겸손했으면 좋겠다고 말한다면, 그녀는 당연히 얼굴을 찌푸릴 것 아닌가.

*

"이걸 바로잡으려면 욕실에 좀 있어야 돼. 1, 2분밖에 안 걸릴 기야. 냉장고에 와인하고 맥주가 있으니까 좀 마시고 있어."

이사벨이 소리쳤다.

"그냥 지금 가는 게 어때? 괜찮아 보이는데."

"나한테 시간 좀 줄래? 부탁인데?"

"알았어. 행사가 끝나는 시간에 딱 맞춰 도착할 수 있을 거야."

내가 퉁명스럽게 대꾸했다.

나는 게임 쇼를 보여주는 거실의 텔레비전 앞에 서서 기다리며 이따금씩 손목시계와 닫힌 욕실 문을 흘끔거렸다. 나는 8:03에 8:02에 왔어야 할 기차를 기다리는 스위스 국민처럼 독선적인 분노를 느끼고 있었다. 나는 몇 주 전에 이사벨이 그랬던 것처럼 한숨을 쉬었다. "여자들이란." 내 입에서 조용하지만 강렬하게 그 말이 새어나왔지만, 게임 쇼 관객의 큰 웃음 속에 파묻혀버렸다. 참가자 한 명이 단지 가득 든 벌레를 다 먹고 하와이 휴가권을 상으로 탄 것이다.

전기는 전통적으로 나이, 계급, 직업, 성性의 경계선을 망설임 없이 가로지른다. 도시의 귀족이 시골 빈민의 삶을 포착하기도 하고, 쉰 살 먹은 사람이 젊은 랭보의 경험을 따라가기도 하고, 소심한 학자가 아라비아의 로렌스와 제휴하기도 한다. 이런 기획 뒤에는 부러운 믿음이 자리 잡고 있다. 사람들은 표면적인 차이라는 잔물결에도 불구하고 기본적으로 서로 이해할 수 있다는 것이다.

존슨 박사도 그렇게 생각했다.

"우리 모두 똑같은 동기에 자극을 받고, 똑같은 오류에 속고, 희망에 힘을 얻고, 위험에 막히고, 욕망에 휩쓸리고, 쾌락의 유혹을 받는다."

존슨은 사람들이 서로 다르지만 그럼에도 똑같은 단일한 가족에 속해 있으며, 따라서 인간 공동체로 가는 여권을 기초로 서로 이해할 수 있다고 주장한다. 나는 당신의 동기를 이해할 수 있다. 내가 내 베개 밑에서 비슷한 동기를 발견할 수 있기 때문이다. 나는 나 자신 안에서 똑같은 경험을 발견하여 당신의 경험의 일부를 이해할 수 있다. 나는 당신이 사랑 때문에 얼마나 괴로웠는지 안다. 나 또한 전화벨이 울리지 않는 저녁을 견딘 경험이 있기 때문이다. 나는 당신의 질투를 인정한다. 나 또한 나의 부족한 면으로 인해 겪은 고통을 알고 있기 때문이다.

그러나 이런 베개를 이용한 이해 방식에는 더 어두운 암시가 깔려 있다. 베개 밑에 아무것도 없으면 어쩔 것인가? 애덤 스미스는《도덕 감정론》에서 자기도 모르는 새에 이런 고민을 표현했다.

"우리는 다른 사람들이 느끼는 것을 직접 경험하지 않기 때문에, 우리 자신이 비슷한 상황에서 느낄 만한 것을 생각하여 그들이 영향을 받는 방식을 생각할 수밖에 없다. 우리 형제가 고문을 받고 있다 해도, 우리 자신이 편안하다면 우리는 그가 겪는 고통을 절대 알지 못할 것이다. 오직 **상상**에 의해서만 그가 느끼는 고통에 대한 개념을 형성할 수 있을 뿐이다. 우리는 상상에 의해 우리 자신을 그의 상황에 집어넣고 우리 자신이 똑같은 고통을 당한다고 생각한다."

상상으로 남들과 함께 고통을 겪는 것의 미덕에도 불구하고, 베개 이론의 우울한 전제는 남들의 경험을 진정으로 상상하려면 충분한 경험이 축적될 필요가 있다는 것이다. 우리에게 축적된 경험만으로는 절대 우리 자신을 넘어선 곳에서 만나는 감정들에 적절히 대응할 수 없기 때문에 그 전제는 우울할 수밖에 없다.

내가 전에 한 번도 고문을 당해보지 않았다면 어쩔 것인가? 그런 경험도 없으면서 상상도 할 수 없는 괴로운 운명에 처한 형제를 어떻게 동정한단 말인가? 지난번에 혼잡한 지하철을 탔을 때를 상상하며, 그 경험을 백 배 확대해볼까? 거기에 이를 뽑던 고통스러운 경험이나 종기를 째던 경험의 기억을 섞으면 될까? 다시 말해서, 우리가 전혀 경험한 적이 없는 경험을 어떻게 이해한단 말인가?

비교가 불가능할 정도로 독특한 경험은 없다고 생각할지도 모른다. 늘 원래의 경험을 유추해볼 만한 근접 경험이 있으며, 이미지가 바닥나버리면 비유로 가면 된다. 나는 상어를 한 번도 먹어본 적이 없지만, 이사벨이 반은 대구 맛이고 반은 참치 맛이라고 알려주었고, 나는 그 두 가지는 종종 사먹기 때문에 상어에 대한 신비가 많이 사라졌다. 어떤 책이 우리를 한 번도 가본 적이 없는 낯선 땅으로 데려다준다고 말할 때, 우리는 역설적으로 그 책이 우리가 알고는 있었지만 아직 한 번도 서로 연결시켜본 적이 없는 곳들을 연결시켜보도록 자극하는 데 성공했다고 말하고 있는 것이기도 하다.

그러나 대구도 참치도 얻지 못하는 상황이 있다. 사람들은 자신이 일일이 설명하지 않고도 우리가 그들의 경험이 어떤 것인지 알아야 한다는 가정 때문에 자기 경험의 본질에 관해 입도 뻥긋하지 않을 수도 있다. 삐치기 잘하는 사람은 말을 하거나 비유를 들거나 설명을 하지 않아도 자신이 남들에게 이해받을 수 있다는 환상에 빠지기 쉽다. 말을 한다는 것은 말 이전의 더 친밀한 수준의 소통이 좌절되었다는 증거일 뿐이라는 것이다. 직관이 고장이 날 때 우리는 어쩔 수 없이 목청을 가다듬어야 하며, 따라서 우리의 목소리는 우리의 외로움을 일깨울 위험이 있다. 우리가 어떤 것을 연구하는 것은 그것을 직접 느끼지 못했기 때문이다.

"도대체 저 안에서 그 여드름을 갖고 뭘 하는지 이해할 수가 없네."

나는 혼잣말을 하며 8:02에 와야 할 기차를 16:45에도 여전히 기다리고 있는 스위스 국민처럼 독선적인 분노를 품고 다시 욕실 문과 내 시계를 보았다.

"저 안에 두 시간쯤 있었군."

나는 계속 손가락으로 낮은 유리 탁자를 두드렸다. 텔레비전의 게임 쇼는 끝이 나고 제비가 둥지를 트는 패턴에 관한 차분한 관찰을 보여주고 있었다. 나는 이사벨이 욕실에서 늦어지는 것을 이해하지 못하는 나의 고약한 태도에 관해 곰곰이 생각해보았다. 애덤 스미스의 이름을 걸고 말하거니와, 여자들은 정말 욕실에서 무엇을 하는 걸까? 왜 나는 화장을 하지 않는 사람이 화장을 하는 사람을 이해할 수 있다고 가정하는 것일까? 나흘간 눈 밑에 그늘을 드리우고 다녀도 아무런 가책을 느끼지 않는 사람이 다른 사람의 관자놀이의 여드름의 의미를 어떻게 파악할 수 있을까? 아직 치마를 입어본 적도 없는 남자가 벽장에 치마가 대여섯 벌 걸려 있는 여자에게 어떻게 공감할 수 있을까?

"정말로 그 안에서 뭘 하고 있는 건데?"

그래서 나는 앞서 물었던 질문에서 짜증을 덜어낸 목소리로 이사벨에게 물었다.

"그냥 좀 기다려줄래? 귀찮게 좀 하지 말고. 그럴수록 더 오래 걸리니까. 말했잖아. 가능한 한 빨리 나가겠다고."

그녀의 대답을 들으니, 나의 말투가 괴롭힘에서 철학적 연구로 바뀌었다는 것을 탐지하지 못한 것이 분명했다.

"서두르라고 다그치려는 게 아니야. 정원사들은 잊어버려. 그냥 화장 같은 걸 할 때 네가 욕실에서 뭘 하는지 관심이 생겨서 그래."

"아, 비꼬지 좀 마. 금방 준비된다고 했잖아."

"비꼬는 거 아니야. 그냥 알고 싶어."

"뭘 알고 싶어?"

"어, 거울 앞에서 뭘 하면서 그렇게 오랜 시간을 보내는지."

"그렇게 오랜 시간이 걸리는 건 아니야."

"나도 알아. 그래도 이해를 하고 싶어."

"농담이지?"

"아니야."

"정말 설명을 듣고 싶어?"

이사벨은 그렇게 묻더니 돈키호테 같은 웃음을 지으며 욕실 문을 열었다.

"응."

그래서 이사벨은 설명을 했다. 우리는 정원사들의 행사는 완전히 놓쳤다. 하지만 나는 그 대가로 애덤 스미스적인 상상력으로는 도저히 연역해낼 수 없을 만큼 나의 삶과는 다른 이사벨의 삶의 영역으로 안내를 받아 들어갈 수 있었다. 나는 그 전에도 다른 여자들의 욕실을 알기는 했지만, 얼굴의 준비라는 문제는 간과해왔다. 그 욕실의 소유자들이 세면도구 주머니에 서로 다른 로션을 갖고 있고, 세상에는 마스카라, 아이라이너, 모이스처라이저라고 불리는 것들이 있다는 것을 당연하게 여겼다. 하지만 얼굴 화장 순서가 어떻게 되는지, 그것이 남녀의 경험에 어떤 차이를 가져올 수 있는지는 전혀 몰랐다.

이사벨의 하루는 클렌저로 시작했다. 이 클렌저는 클라란스사에서 제조한 하얀 액체로 파란 병에 담겨 있었다. 그녀는 이 클렌저를 솜으로 닦아냈는데, 솜을 뜨거운 물이 나오는 수도꼭지 밑에 댔다가 꼭 짜낸 뒤에 사용했다. 그래야 솜으로 비벼도 얼굴에 섬유가 남지 않고, 열이 피부의 구멍을 열어주기 때문이다. 그다음에는 클렌저를 비롯해 남아 있는 화장의 찌꺼기를 제거해주는 맑은 액체인 토너의 차례였다. 이것은 피부의 구멍을 닫아주는 추가적인 이점이 있었다. 모이스처라이저는 니베아 터브에 든 것을 발랐다. 이사벨은 이것을 목에 바르는 것을 잊지 않았는데, 어머니가 나중에 까마귀 목이 될 위험을 막으려면 그렇게 하라고 가르쳐주었기 때문이다. 일주일에 한 번 목욕 뒤에는 다른 모이스처라이저(더 큰 분홍색 병에 담겨 있었다)를 다리에 발랐고, 또 다른 종류(빈한 녹색 튜브에 들어 있었다)는 손에 발랐다.

"이제 붉은 부스럼이나 여드름을 가려주는 콘실러 차례야. 그 다음엔 파운데이션 크림인데, 이건 피부 색깔이고…… 정말 계속 하기를 바라?"

"그럼, 물론이지."

"그래서 자연스러운 피부색보다는 약간 어두운 브론징 파우더를 발라. 이건 번들거리는 걸 없애주는데, 커다란 붓으로 바르지. 먼저 손등에 발라 많이 묻은 걸 덜어내고 말이야. 귀찮지 않으면, 광대뼈를 돋보이게 하려고 블러셔를 바를 수도 있어."

그다음은 눈의 차례였다. 눈썹에 마스카라를 문질러주고, 솔을 이용해 위쪽 눈까풀에 〔그녀의 눈 색깔에 맞추어서 갈색으로〕 아이섀도를 바르고, 대칭이 되도록 눈썹을 살살 빗어준다. 삐져나온 눈썹은 이 때 뽑아준다. 여전히 이해할 수 없을 정도로 고통스러운 과정이었다.

여성이라는 종 누구에게나 이런 의식儀式은 진부하지만, 그렇다고 그 의미가 희미해지지는 않는다. 어떤 사람에게는 가장 진부한 것이 다른 사람에게는 바로 그런 진부함 때문에 이국적으로 느껴질 수도 있다. 관심을 받을 만하지 않다고 생각하던 것에 우연히 놀라게 되면 예외적으로 강렬한 호기심이 일어날 수도 있는 것이다.

이 의식은 우리의 차이의 교차로들 위에 놓여 있었다. 이 때문에 이사벨은 할리우드 신파극의 여주인공이 잠자리에 들기 전에도 화장을 지우지 않는다는 사실이나, 장례식에서 여자들의 짙은 마스카라가 전혀 흘러내리지 않는다는 사실에 민감하게 반응한다. 나도 똑같이 그 영화의 현실성에 아주 낮은 점수를 주기는 했지만, 남자로서 눈이 먼 데가 있어 그런 세부사항들은 보지 못한다.

따라서 유능한 남성 전기 작가가 여성의 경험을 제대로 평가하려면 작가의 내부에 이성의 옷을 입는 성도착자적인 면이 있어야 한다고 결론을 내릴 수도 있다. 가발을 쓰고 옷을 차려 입는 헨리 제임스의 이야기들은 이제 정신병리학의 한 분야에 속하는 어떤 것이 아니라 대구와 참치 연구의 한 요소로서 더 쉽게 설명이 될 것 같았다. 버지니아 울프의 전기를 쓰는 남성에게는 에드워드 시대의 스타킹을 신고 베드퍼드 스퀘어를 일주하며 하루를 보내는 것이 그녀의 편지를 샅샅이 추적하는 것만큼이나 중요한 일일지도 모른다.

심리

　누구나 감추는 것이 있다. 누구나 다른 사람들이 자신의 어떤 면을 알면 그 후에는 자신을 사랑하지 않을 것이라고 생각하기 때문이다. 우리의 프라이버시에 대한 욕구 뒤에는 우리에 관한 모든 것이 알려지면 우리가 받아들여지지 않을 것이라는 두려움이 놓여 있다. 그래서 속임수를 쓰는 바람에 이따금씩 비밀이 드러날 것이라는 두려움이 생기게 된다. 또 거리에서 벌거벗고 있거나, 혼잡한 공항의 짐 찾는 컨베이어벨트에서 옷가방이 열려버리는 꿈을 꾸게 되는 것이다.

　이런 밤의 공포 가운데 어떤 면 때문에 우리는 어린 시절 벌거벗은 느낌으로 돌아간다. 아이들은 비밀을 감추는 능력이 부족하고 어른은 비밀을 캐내는 데 능숙하다. 따라서 어떤 사람이 자신의 비밀을 드러내게 되면 부모 앞에 선 아이처럼 열등한 위치에 있다는 느낌에 사로잡히게 된다. 그러나 투명성에 대한 공포, 다른 사람이 선택의 여지를 주지 않고 우리의 비밀을 알아낼 것이라는 공포는 우리가 우리 자신의 공개를 좌우하는 주인이라는 생각, 우리가 남들보다 우리 자신을 잘 안다는 생각 때문에 점차 줄어들게 된다.

그럼에도 심리학자 앞에서는 그런 가정이 무너질 수 있고, 내가 투명하게 드러난다는 느낌이 되살아날 수도 있다. 우리는 물론 심리학자가 우리에게 물어보지 않고도 (우리의 사랑받을 가능성을 위태롭게 하는) 가장 위험한 비밀을 알아낼 수 있을 것이라고 상상한다. 이때 우리가 두려워하는 것은 심리학자가 아는 것 자체라기보다는 그 뒤에 따라올 판단인데, 우리 모두 어딘가에서 원죄라는 관념에 물들어 있기 때문에 그 판단은 좋은 것일 리가 없다고 생각한다. 이런 식으로 우리는 몰래 좋아하는 과자를 훔쳤다가 복도에서 어머니와 마주치는 순간 어머니는 내가 저지른 잘못을 이미 모두 알고 있다는 사실을 깨닫게 되는 아이의 시나리오를 다시 체험하게 되는 것이다.

아마 그래서 이사벨이 일기를 쓰는 것을 보는 순간 내가 불편했던 것인지도 모른다. 일기를 쓰는 사람은 심리학자와 상징적 지위를 공유하기 때문이다. 즉, 자신이 말하는 것보다 많이 아는 사람이며, 그들이 아는 것은 비밀이라고 분류해도 좋을 만큼 위험한 것이다.

"내가 이걸 쓸 때마다 네 기분이 나빠지다니 놀라운 일이야."

그녀의 집 근처 커피숍에서 펜과 적포도주색 표지의 일기장을 꺼내며 이사벨이 한마디 했다.

"기분 나쁘지 않은데."

"그런데 왜 나더러 쓰지 말라고 하는 거야?"

"예의상 그러면 안 되니까."

"하지만 네가 신문을 읽는 건 괜찮고?"

"그런데 왜 네가 뭘 쓰고 있는지 이야기해줄 수 없다는 거야?"

"이건 개인적인 거니까. 그리고 네 이야기는 아니야."

"나도 아니라고 믿어. 사실 상관없어. 그냥 쓰고 싶은 거 써."

나는 부러움을 살 만한 성숙한 태도로 대꾸하고 나서 전 세계에서 일어난 파렴치한 일들로 다시 고개를 돌렸다.

일기는 다른 사람의 가장 밉살맞은 생각들이 담겨 있을 수도 있기 때문에 두려움을 불러일으키는 물건이다. 버지니아 울프가 포틀랜드 플레이스에 있는 우아한 집으로 에셀 스미스의 리허설을 들으러 갔을 때, 우리는 그녀가 주인들에게 아주 공손한 태도를 보였을 것이며, 그들이 내온 차를 마시고 건포도 케이크를 먹었을 것이라고 상상할 수 있다. 그러나 만일 에셀 스미스, 레이디 L.과 그녀의 친구 헌터 부인이 운이 없어 1931년 2월 4일에 그들을 방문한 일을 기록한 버지니아의 그날 치 일기를 우연히 보게 되었다면 얼마나 놀랐을지 상상해보라.

차가운 웨딩케이크 같은 애덤스 석고를 바른 포틀랜드 플레이스의 거대한 집. 닳아 해진 빨간 양탄자. 칙칙한 녹색을 엷게 칠한 단조로운 벽…… 애덤스 벽난로 안에는 불이 타오르고 있었다. 이제 볼품없는 소시지가 되어버린 레이디 L.과 새틴으로 감싼 소시지가 되어버린 헌터 부인이 소파에 나란히 앉아 있었다. 에셀은 닳아빠진 펠트, 스웨터와 짧은 치마 차림으로 연필로 지휘를 하며 창가의 피아노 옆에 서 있었다. 그녀의 코끝에는 콧물이 한 방울 대롱거리고 있었다.

비유적이든 사실적이든 우리 코끝에 대롱거리는 콧물을 누군가가 눈여겨볼 것이라는 두려운 느낌은 불행하게도 다른 사람들을 꼼꼼히 살펴보는 버릇이 있는 사람들에 대한 끝없는 의심의 연료가 된다.

그러나 일기가 아무리 두렵다 해도, 그 걱정은 그러한 판단이 일기장을 넘어 퍼져나갈 것이라는 더 큰 공포, 선량한 이웃들이 대화를 나누는 도중에도 우리를 평가하는 일이 많으며, 그 평가는 그들이 우리에게 지금 하고 있는 말의 안락한 테두리 안에 머물지 않는다는 공포에 비하면 아무것도 아니다. 우리가 우리 자신에게 있다고 알고 있는 것이 남들에게도 있다고 믿는 한 그런 생각은 피할 수가 없다(이 생각 때문에 엄청나게 열 받을 수도 있다).

"데릭, 브레서틴에 연락을 했어. 상자는 화요일에 여기 도착할 거야."

"잘됐네, 맬컴. 요크에서도 다음 주에 2천을 보낼 거라는 통지를 받았어."

"그럼 예상보다 많은 거네."

"아냐, 늘 2천이었어."

"아, 그렇군. 마감 전에 제니한테 알려줄래?"

"물론이지."

내가 칸막이 없이 트인 사무실에서 듣게 된 근무시간 대화의 한 토막이다. 복사기 옆에 서 있는 내 동료 맬컴의 구부정한 몸에는 지방이 겹겹이 쌓여 있으며, 뺨 안에 침이 너무 많아 빨리 한 말이 답답하게 들리고, 입에서는 창문을 열어놓지 않은 가을의 욕실 냄새가 난다. 데릭은 두 손이 부서질 듯 약하고, 코는 터무니없이 크고, 삐걱거리는 소리를 내는 구두는 거대하고, 남은 머리는 최대한 길러서 거의 광적으로 조심을 하여 뒤로 빗어 넘겨놓았다. 인간 희극의 또 다른 두 인물이지만, 그들의 기이한 면들은 이루 다 말할 수 없을 정도다. 데릭과 맬컴은 서로의 어릿광대 같은 면을 인식했을지 모르지만, 그런 것들이 상대의 내적인 뒷공론의 소재가 되고 있을 수도 있다는 생각은 둘 다 해보지도 않았고, 또 그런 생각 자체를 불쾌하게 생각할 것이 틀림없다.

자의식이 섞이지 않은 대화는 상대가 대화의 여백에 메모를 하는 것이 아니라 우리말을 액면 그대로 받아들이고 있다는 가정 위에서 이루어진다. 따라서 누가 우리를 헐뜯는 이야기를 들으면 무척 속이 상하는 것도 당연하다. 진짜 화가 나는 것은 실제로 한 이야기가 아니라(그래, 알아, 우리는 머리숱이 없고, 성질이 더럽고, 너무 밀어붙이고, 너무 수줍고, 너무 부유하고, 너무 가난하고……), 그저 사무실 소식을 주고받는 것으로 알고 있던 사람이 그 과정에서 나중에 다른 사람과 공유할 판단들을 쟁여두고 있었다는 생각이다.

그래서 어떤 사람들은 심리학이라는 말을 들으면 등골이 오싹할 수도 있고, 결혼 피로연에서 럼 펀치를 마시려고 줄을 서서 온화하게 이야기를 하는 심리학자가 사실은 다락방 단열에 관한 우리의 정중한 수다에 관심이 있는 것이 아니라, 보타이를 매만지는 척하면서 눈에 띄지 않게 우리의 심리에 엑스레이를 쏘고 있다는 불안에 시달리기도 하는 것이다.

그러나 멜로드라마를 제거하고 본다면, 심리학은 그저 인간 정신의 기묘한 면들에 관한 서로 양립할 수 없는 무수한 이론들을 가리키는 이름일 뿐이다. 남들의 행동을 해석하고, 무엇이 일상적으로 나타나는 그들의 비정상적인 면을 설명할 수 있을지 판단을 한다는 점에서 우리는 모두 심리학자다.

이사벨에게는 제롬이라는 친구가 있는데, 그는 법률가 일을 그만두고 이혼을 한 다음, 요크셔의 한 마을로 가서 빵집에 취직을 했다. 대화중에 그의 이름이 나오면 모두들 그의 행동을 설명하는 말을 한마디씩 한다. 어떤 사람들은 그가 친밀함을 두려워한다고 생각하며, 어떤 사람들은 그가 실패에 대한 두려움에 시달린다고 생각한다. 또 어떤 사람들은 반대로 성공에 대한 두려움이라고 말하기도 한다. 또 어떤 사람들은 그에게 아버지 콤플렉스가 있다고 생각하며, 이사벨은 동성애가 감벽히고 있다고,

새러는 조울증이 있는 것이라고 의심한다.

어떤 분석에서나 심리학의 상투적 용어가 튀어나왔으며, 다들 임상적인 정확성이나 명예훼손의 위험은 아랑곳하지 않고 그런 말을 휘둘러댔다. 뚱뚱한 것과 웃기는 것, 아버지가 없는 것과 야망이 큰 것, 영리한 것과 불행한 것, 신경이 예민한 것과 암이 생기는 것을 연결시키는 느슨한 이론들이 제시되기도 했다.

그런 말을 하면서도 이사벨과 친구들은 자신들은 비록 제롬에게 무슨 일이 일어난 것인지 정확하게 알지 못하지만, 그의 문제에 대한 더 세련된 설명이 있을 것이라고 생각하고 있었다. 현대 심리 과학 시대가 전에는 다들 한마디씩 하던 영역에 위계를 세워, 정신적 과정에 관한 지식에도 전문가용이 있고 비전문가용이 있다고 못을 박아놓았기 때문이다.

전기도 이런 차이로 인해 생기는 문제를 어느 정도 안고 있다. 구식의 직관에 따라 어떤 사람의 삶을 이해하려고 하는데, 저쪽 건물에 더 강력한 도구를 휘두르는 전문가들이 있다는 사실을 의식하게 된다면, 자신 있게 알렉산드로스 대제나 단테 알리기에리의 완전한 삶을 쓰고 있다는 주장을 할 수가 없다. 인간 본성의 복잡성을 탐사하는 영역이 되고자 한다면, 전기도 과학의 발달을 따라잡아야 하는 것이 아닐까?

심리학의 근본적 통찰 때문에 문제는 더 복잡해진다. 우리의 친구나 동료를 이해하는 일에서 우리가 아무리 부족한 면을 보이더라도, 운명적으로 우리가 가장 이해를 못할 수밖에 없는 사람은 우리 자신이라는 것이다. 어린 시절 가운데 기억에 남아 있는 것들은 의미 있는 부분이 아니라, 우리를 곤란한 진실로부터 보호해주려는 의도를 가진 기억들이다. 우리는 방 안의 노란 소파는 기억하지만, 우리 눈에 언뜻 스쳤던, 그 위에서 사랑을 나누던 사람들은 기억하지 못한다. 가족 내의 경쟁이 잠 속에서는 우리를 괴롭히지만, 다음 날 아침에 우리가 기억하는 플롯에는 우리가 실제로 걱정하는 것이 보이지 않도록 위장되어 있다. 그것은 우리가 보아서는 안 되는 것이기 때문이다. 우리 자신이 우리에게 낯선 존재이기 때문에, 우리는 신뢰할 만한 자서전 작가가 될 수 없다. 하물며 전기 작가가 우리의 전기를 쓰는 것은 거의 불가능한 일이 된다. 그들은 전기의 주인공이 주장하는 것을 믿고 그대로 전함으로써 그들의 환상에 좌우되느냐, 아니면 의심하고 해석함으로써 그렇지 않아도 흐릿한 그림에 그들 자신의 환상을 덧붙이는 모험을 하느냐 하는 선택의 기로에 서 있다.

어느 날 아침 이사벨이 흐린 눈빛으로 말했다.

"어젯밤에 이상한 꿈을 꾸었어."

"무슨 꿈이었는데?"

나는 커피에 설탕을 넣고 저으며, 답이 짧기를 아니면 내가 포함되어 있기를 바라며 물었다. 남들의 한밤중의 환상에서 어떤 역할을 맡으면 기분이 좋기 때문이다. 이사벨이 물었다.

"정말 알고 싶어?"

"물론이지."

"어, 괴상했어. 한 10년은 보지 못한 동창 남자애하고 숲에 있었어. 애덤 폰타나라는 아주 묘한 애였어. 아버지도 거기 있었는데, 아버지는 애덤하고 아주 친한 친구가 되었다면서 이제부터 애덤은 우리 가족이라고 말했어. 거기서 우리는 고무보트를 탔어. 정확히 말하자면 소시지 모양의 호버크라프트 같은 거였어. 보트는 거대한 프로펠러에 끌려서 영국해협을 건너고 있었어. 우리는 엎드려서 바람에 날려 밖으로 떨어지지 않으려고 애를 썼지. 바다에는 상어가 있었거든. 나는 뭔가를 죽어라 붙들고 있었는데, 애덤 폰타나는 보트 한쪽에서 바이올린을 켜기 시작했어. 그래도 밖으로 떨어지지 않는 거야. 마침내 우리는 어떤 무인도에 도착했어. 거기에는 내 상사 팀 젠킨스가 있었어. 알고 보니 젠킨스가 거기 있는 걸 다 소유하고, 원주민 수백 명을 고용해서 석탄까지 캐고 있었어. 우리가 갔을 때는 망고를 너무 많이 먹어 죽은 노동자의 장례식이 진행되고 있었어. 팀은 그게 자기가 사람들한테 얼마나 잘 대해주는지 보여주는 증거라고 말했어. 내 말 듣고 있어?"

"그럼."

"그 순간 나는 그 노동자가 너라는 걸 깨달았어."

"나?"

"그래. 하지만 그건 중요한 게 아니었어. 팀이 우리를 긴 지하 터널로 데려갔거든. 가보니 사실은 거기에 탄광이 있는 것이 아니라 옛 거장의 그림들로 가득한 미술관이 있었어. 중요한 건 그

248

게 진짜 그림이 아니라 신문에서 오려놓은 거였다는 사실이야. 모두 숭배하는 표정으로 그림을 보기 시작했지. 나는 왜 아무도 불평을 안 하는지 이해할 수가 없었어. 나는 진짜 그림들은 섬 값을 치르느라고 우리 어머니한테 팔았다는 걸 알고 있었거든. 그 순간 머리가 깨질 듯이 아파 잠에서 깼어. 어떻게 생각해?"

이 꿈이 이사벨의 성격을 이해하는 데 핵심이 된다는 느낌은 있었지만, 내가 부차적인 역할을 맡아 죽었다는 사실이 기분 나쁠 뿐, 무슨 의미인지는 도통 알 수가 없었다. 아마 그래서 정신분석이 필요한 것인지도 몰랐다.

"글쎄, 그건 분명히 우리 얘기 같은데. 내가 회사에서 만나는 여자들에 대한 너의 질투심을 말해주는 것 같아."

이사벨이 믿을 수 없다는 표정으로 "뭐?" 하고 소리쳤다.

"나한테 네 꿈의 의미가 뭐냐고 물었으면, 적어도 정중하게 대답을 들어주어야 하는 거 아냐?"

"그렇게 황당한 대답만 아니라면 당연히 그랬겠지."

"네가 생각할 수 있는 어떤 것보다도 덜 황당해."

"네가 어떻게 알아? 나한테는 물어보지도 않았잖아."

"안 물어봤지. 그건 내가 아침을 먹는 동안 내내 네 이야기만 들었기 때문이야."

"맙소사, 꿈 얘기 하나 가지고 너처럼 법석을 떠는 사람은 처음 봤어."

여러 장애가 있었지만, 일상생활에 심리하이 통찰을 적용하려는 시도를 피하지는 말았어야 했다. 그것을 피한 것은 꿈이 우리의 관계나 자기 이해를 흔들지 못하는 것인 양 계속 써나가는 전기 작가들이 보여주는 것과 똑같은 겁쟁이 같은 태도 때문이었다. 과학 이론을 비과학적으로 적용하는 경솔함은 아침 식사 시간이라 나 자신도 피로하지만 그럼에도 상대에게서 알아낼 수 있는 것을 발견해보겠다는 도전 정신으로 눌러버릴 수도 있었다. 평소와 마찬가지로 문제는 '도대체 우리가 어떤 사람에 관해 무엇을 알 수 있을까?'가 아니라, '이야기를 나누기 전에 우리는 무엇을 파악하고 있는가?'였다.

위대한 전기 작가들은 늘 심리학적 개념들을 이용했다. 한때는 히포크라테스가 정리한 체액 이론에 의지하기도 했다. 그는 네 가지 요소가 상대적인 역관계에 따라 성격에 영향을 준다고 주장했다. 피는 다혈질을 의미하고, 검은 담즙은 우울, 노란 담즙은 성마름, 점액은 냉담을 의미했다. 17세기의 전기 작가 존 오브리는 홉스의 전기를 쓸 때, 홉스가 "다혈질성 우울" 유형이라고 전하면서, "생리학자들은 이것이 가장 독창적인 결합이라고 말한다"고 덧붙였다. 점성학의 지혜도 존중했던 오브리는 불행한 윌리엄 마샬이 "수성과 사자자리의 합☌ 때문에 말을 더듬었다"고 판단했다.

그런 선례를 피할 이유는 없는 것처럼 보였다. 마침 내가 나 자신에게만 몰두한다고 비난한 적이 있던 디비나가 우리 집에 쌓아놓은 그녀의 책 두 상자를 내가 계속 갖고 있겠느냐고 묻기도 했기 때문이다. 그것은 정통적인, 그와 더불어 약간 덜 정통적인 심리학 이론들을 수집해놓은 보물 상자였다.

내 눈을 사로잡은 책은 자주색 장정에《필체를 보고 어떤 사람에 관해 알 수 있는 것》이라는 제목이 붙어 있었다.

나는 이사벨이 보낸 엽서를 보고 그녀가 친구들과 함께 도싯에 놀러 갔다는 것, 민박집 창문에 제라늄 화분이 있다는 것, 날씨가 따뜻하다는 것, 자전거를 빌렸다는 것, 돌아와서 다이어트를 하고 싶어한다는 것을 알 수 있었다. 엽서는 "사랑하는"이라는 말과 곧 다시 보기를 바란다는 말로 끝이 났다. 내용이 풍부한 서신은 아니었다. 더군다나 이사벨은 나중에 어처구니없게도 "모든 사람에게 똑같은 내용의 엽서를 썼다"고 인정했다. 그러나 메시지가 아무리 진부하다 해도,《필체를 보고 어떤 사람에 관해 알 수 있는 것》의 저자에 따르면 이 엽서에는 다름 아닌 인간 개성의 실마리가 담겨 있었다.

필상학은 t에서 가로줄을 긋는 방식, r에서 끝을 구부리는 방식 또는 구부리지 않는 방식—이것이 더 의미심장하다—에 한 사람의 특질이 표현된다고 주장한다. 앞으로 기우는 글씨는 다른 사람들에 대한 관심을 드러내며, 꼿꼿한 글씨는 은자隱者들이 사용하는 것이며, 글이 위쪽으로 올라가는 것은 낙관성의 신호이고, 아래로 내려가는 것은 우울이나 신체적 허약을 암시한다. 글자를 빽빽하게 쓰는 것은 실용주의와 논리적 사고의 표시이며, 글자를 장식하는 것은 허영과 극적인 변을 암시한다.

내가 그 책과 이사벨이 도싯에서 보낸 엽서와 함께 일요일 아침을 보내는 동안, 이 과학은 그 진면목을 서서히 드러내기 시작했다. 이 학문은 이사벨이 l을 고리 모양으로 쓴다는 점에 주목하라고 가르쳐주었다. 위로 올라가는 획과 아래로 내려오는 획 사이에 구멍을 남기는 l은 그녀의 감정 온도 조절장치가 어디에 맞추어져 있는지 드러낸다는 것이다. 얼굴을 찌푸리는 사람이 있을지 모르지만,《필체를 보고 어떤 사람에 관해 알 수 있는 것》은 신기하게도 딱 맞았다. 이사벨은 실제로 아주 따뜻한 사람이었던 것이다.

얼마 전에 우리가 샐러드 두 개를 주문했을 때에도 그 점을 확인할 수 있었다. 샐러드는 앵글로색슨 스타일로, 즉 드레싱이 매우 부족한 상태로 나왔다. 그나마 이사벨의 드레싱이 내 것보다 많았는데, 그녀는 함께 식사를 하는 나의 애처로운 표정에 반응하여 이렇게 제안했다.

"바꾸어 먹을까? 나는 드레싱이 적은 걸 먹어도 괜찮아. 어차피 하루 종일 먹기만 했는걸."

"아냐, 아냐, 괜찮아."

나는 타이타닉 호의 마지막 구명정의 남은 자리를 거부하듯이 완강하게 대답했다.

"먹어, 나는 정말 상관없어. 가져가."

"아냐, 아냐."

"멍청하게 굴지 마. 네가 먹어야 돼. 너한테 좋아. 너는 신선한 야채를 충분히 안 먹잖아."

이 마지막 말, 나에게 필요한 음식에 대한 관심과 야채를 통해 드러난 자기희생을 향한 충동은 이사벨 특유의 보살피는 힘을 보여주었다. 어떤 사람들은 여기에 모성 본능이라는 딱지를 붙일 수도 있을 것인데, 이것은 그녀가 친구들과 작별을 하는 모습이나 텔레비전 앞에 있는 아버지한테 더 편안하게 있을 수 있도록 쿠션을 하나 더 갖다드릴지 묻는 말투에서도 탐지될 수 있다.

"어리석기는. 나는 그냥 너한테 내 샐러드를 먹겠느냐고 묻는 것일 뿐이야. 너를 내 아기로 착각하는 게 아니라고. 맙소사, 남자들은 조금만이라도 기회를 주면 바로 퇴행적 결론으로 비약한다니까!"

그녀는 나의 암시에 그런 대꾸를 했다. 그럼에도 나는 모든 추측들과 더불어 원래의 분석을 고수했다.

더 증거가 필요하다면 알파벳의 그다음 글자를 보기만 하면 된다. 그녀의 m은 냉정한 정신을 드러내는, 모양 좋은 산을 이루는 m이 아니었다. 다시 말해서 곡선이 날카롭게 위로 올라갔다가 좁은 계곡을 이루며 떨어지고, 거기서 다시 가파르게 올라가지 않는다는 것이다. 그녀의 m은 따뜻한 마음을 지닌 사람의 물결 같은 파동이었다. 그것은 우편배달부에게 크리스마스 선물을 주는 사람, 아들을 기숙학교에 보내는 친척들의 냉담함을 비난한 적이 있는 사람, 영화에 특히 감동을 잘 받아(그녀를 울게 만드는 영화에는 보통 예전의 원수들이 화해하는 장면이 남겨 있었디)

영화관에서 나올 때 눈물을 펑펑 쏟으며 말도 제대로 하지 못하는 사람의 m이었다.

그러나 그녀의 r에는 그녀가 이런 따뜻함을 공개적으로 인정하지 않는 이유가 담겨 있었다. 사실 그녀의 r과 m은 갈등을 일으킨다고 이야기할 수도 있었다. 즉, r의 꼿꼿함과 구조는 물결이 이는 듯한 m에 외적으로 강요되어온 억제의 역사를 보여준다는 것이다. 신이 괴롭히려고 정해놓은 특정한 시간에 특정한 남자에게서 이사벨을 가지게 된 사실에 대한 그녀의 어머니의 뿌리 깊은 원한은 어린 이사벨의 응석을 받아주지 않는 단호한 태도로 나타났다. 어머니는 응석받이로 자라 많은 것을 기대하다가 자신의 삶이 안 좋은 쪽으로 방향을 트는 것을 보게 된 사람, 그래서 버림받은 자신에 대한 연민 때문에 남들(심지어 다섯 살짜리 아이라 해도)의 상처받은 감정에 외려 골을 내는 사람들에게 공통된 특정한 형태의 가혹함을 보여주었다.

알파벳을 몇 개 건너뛰어 이사벨의 g는 유머의 표시였는데(뒤로 굽은 모양이었다), 그녀는 이것을 예상 밖의 진단으로 여겼다. 그녀는 늘 자기가 삶을 너무 진지하게 받아들인다고 자책하는 사람이었기 때문이다. 우선 그녀는 기억나는 재미있는 얘기가 세 개밖에 안 된다고 주장했다.

"세 개밖에?"

어느 날 밤 그녀가 뇌에 좋다며 물구나무를 서고 있을 때 내가 그녀에게 물었다.

"그것도 많은 거야. 나는 재미있는 얘기를 듣자마자 잊어버리거든. 메모를 해서 외워야 한다는 생각을 해보기도 했지만, 그래가지고는 의미가 없는 거잖아."

"왜 더 기억을 못하는 거야?"

"모르겠어. 왜 하필이면 그 세 개만 머리에 남았는지도 잘 모르겠어. 그냥 기억에 남을 만한 상황에서 그걸 들었기 때문에 머리에 달라붙은 것 같아. 아니면 내가 그 얘기를 했을 때 사람들이 좋아했거나. 완전한 나르시시즘이지 뭐."

"그래, 그 재미있는 얘기가 뭐야?"

"아, 말하게 하지 마."

"해봐."

"기억이 잘 안 나."

"한번 해봐."

"좋아. 왜 아일랜드 사람들이 침대 옆에 잔 두 개를 놓고 자게? 하나는 물이 가득 차고, 하나는 빈 걸로."

"모르겠는데."

"하나는 목마를 때 쓰려고, 그리고 또 하나는 목 안 마를 때 쓰려고. 봐, 나는 이런 데는 한심하다니까. 그리고 또 하나 있어. 한 천문학자가 별에 관한 강연 끝에 해가 4~5십억 년 뒤면 꺼져버릴 거라고 말했어. 한 여자가 강연장 뒤쪽에서 일어서서 질문을 했어. '**몇 년**이라고요?' 과학자가 대답했어. '4~5십억 년이요.' 여자가 말했어. '휴. 난 또 4~5**백만** 년이라는 줄 알고.'"

"웃기네."

"좀 믿어지게 말 좀 하지 그래. 그리고 지저분한 얘기도 하나 있어. 이건 기억을 하려고 노력을 좀 해야 돼. 됐어. 충격 받지 마. 정말 야한 거니까. 한 사람이 길을 걷다가 정액 1파인트에 50파운드 한다는 간판을 봤어. 그 사람은 생각했지. '아, 저거 괜찮은데.' 그래서 들어가서 정액 1파인트를 주었어. 그런 다음에 길을 또 걸어가는데 다른 간판이 보였어. 이번에는 정액 1파인트에 100파운드라는 거야. 그래서 거기도 들어가기로 했고, 100파운드를 받아서 나왔어. 거기서 또 걸어가는데 이번에는 정액 1파인트에 1만 파운드라는 간판이 보이는 거야. 그래서 그 사람은 생각했어. 맙소사, 그다음에 어떻게 되는지 잊어버렸네. 이런 얘기는 제대로 기억이 나는 법이 없다니까. 곧 생각날 거야. 잠시 다른 이야기를 하고 있자고."

유머 감각 이야기를 할 때의 문제는 모두가 쉽게 자기도 유머 감각이 있다고 말한다는 것이다. 따라서 재미있는 얘기의 범주 안에 놓인 것을 들을 때만 웃는 사람과 겉으로는 근엄해 보이는 상황에서 희극적인 면을 발굴해내는 재주를 가진 사람을 구별할 필요가 있다. 이사벨이 캐나다 이민국 관리들과 벌인 일 이야기를 하는 동안 내 머릿속에는 그런 구별이 떠올랐다. 몇 년 전 휴가를 보내러 캐나다로 날아갔던 이사벨은 여권 심사대에서 걸려 관광객이 아니라 노동자로 불법 입국을 하려 한다는 혐의로 심문을 받았다. 그녀는 텅 빈 방에 한 시간 동안 갇힌 채 무의미한 질문을 받았다. 그녀는 이런 대접에 절망한 나머지 마침내 반 농담으로 이렇게 말했다.

"나도 댁들이 자기 일을 할 뿐이라는 건 알아요. 하지만 잠깐 질문을 멈추고 분명한 점 한 가지를 자문해보는 게 어떨까요? 그러니까 누가 도대체 캐나다 같은 나라에 와서 살기를 **원하겠느냐**는 거예요?"

말할 필요도 없는 얘기지만, 상대는 유머를 알아듣지 못했고 그녀는 텅 빈 방에 한 시간 더 갇혀 있어야 했다.

"아, 그 나머지 부분이 기억났어. 잠깐 깜빡했던 거야. 좋아, 그래서 그 남자는 정액 2파인트를 내놓은 뒤에 정액 1파인트에 1만 파운드라고 광고하는 간판을 본 거야. 남자는 아주 피곤했지. 그래도 그냥 들어가기로 했어. 그 블록을 삥 둘러쌀 만큼 엄청난 줄이 뻗어 있었지만 말이야. 남자는 참을성 있게 기다렸어. 그렇게 기다리는데 앞에 여자가 한 명 보였어. 그런 줄에 여자가 보이니까 깜짝 놀랐지 뭐야. 그래서 그 여자가 잘못 찾아온 거라고 생각하고 어깨를 두드리며 물었지. '실례합니다만, 줄을 잘못 서신 거 아닌가요?' 그러니까 여자가 이러더래. (이사벨은 볼을 잔뜩 부풀린 채 고개를 젓는 흉내를 냈다) '오뇨.' ……내가 역겹다고 했잖아. 더 심각한 건, 내가 이 얘기를 열네 살 때쯤인가 외워야 했다는 거야."

《필체를 보고 어떤 사람에 관해 알 수 있는 것》은 지금까지 펼친 주장만으로는 필체의 중요성을 충분히 강조하지 못했다고 생각했는지, 사람들이 사기 이름을 서명하는 방식에두 한 잠을 할애했다. 서명이 자아상을 드러낸다는 이야기였다. 대담하고 널찍한 서명은 자신감 및 사람들과의 교제를 좋아하는 성격을 보여주고, 페이지 왼쪽에 치우친 작은 서명은 은둔과 내향성을 암시한다는 이야기였다.

이런 독법에 의하면 이사벨은 정체성에 문제가 있는 사람이었다. 그녀의 서명은 계속 변했기 때문이다. 그런 변화 때문에 레스토랑이나 주유소에서 수표의 서명이 카드의 서명과 닮은 데가 거의 없다면서 질문을 받는 일이 잦았다. 퀸스타운 로드의 한 주유소에서는 무연 휘발유 몇 리터를 사려다가 인도인 직원과 말싸움을 벌이고 말았다. 그녀가 목소리를 높였다.

"정말 내가 이걸 위조했다고 생각해요?"

"왜 아니겠습니까? 모양과 크기가 다 다른데."

아울라크 씨가 말했다. 플라스틱 명찰에 그런 이름이 새겨져 있었다.

"그럼 내가 왜 그걸 이렇게 엉망으로 위조하겠어요?"

"위조 실력이 엉망인가보죠."

"보세요, 내가 진짜로 위조를 할 거라면, 나는 이렇게 엉성한 가짜는 절대 만들지 않을 거라고요. 나도 여기 있는 게 카드에 있는 거랑 전혀 같아 보이지 않는다는 건 인정해요. 하지만 그건 내 서명이 계속 바뀌기 때문이라고요."

"여기 다시 한 번 해보세요."

아울라크 씨가 관대하게 제안했다.

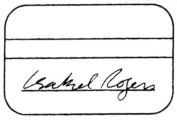

카드의 서명   수표의 서명

"내가 흉내를 내는 동안 다른 데 좀 보고 있을래요? 쑥스러워서 그래요."

"흉내를 낸다고요? 내가 경찰을 부르기를 바라세요? 그냥 현금으로 내세요. 나 시간 낭비 좀 안 하게."

이사벨의 서명 문제는 사춘기 초기에 그때까지 글로 이루어진 그녀의 존재를 알리는 데 사용하던 유치한 글자들이 마리화나를 피우고 지하철에 무임승차하는 사람에게는 어울리지 않는다고 판단했을 때부터 시작되었다. 그녀의 어머니의 서명은 어른이 뭔지 보여주는 핵심적 요소였다. 그것은 어른이 살아가는 환경을 어머니가 통제하고 있다는 눈에 보이는 증거였다. 그 서명은 조급하면서 퉁명스럽게 느껴졌다. 로저스라는 이름의 흔적은 첫 자와 마지막 자에서만 찾아볼 수 있었다. 《필체를 보고 어떤 사람에 관해 알 수 있는 것》이라면 결혼 생활에 대한 불만을 남편이 준 성姓의 모양을 일그러뜨리는 것으로 표현하고 있다고 주장했을 것이다. 라비니아가 백화점에 가서 새 기즈 레인지를 사고 수표

책을 휘두를 때면 마치 마법의 지팡이를 마지막으로 화려하게 휘
두르듯이 서명을 하여 대여섯 명의 직원의 에너지를 기적적으로
가동시켰다. 밀랍 봉인을 준비하는 서기처럼 공을 들여 정확하게
자기 이름을 쓰던 소녀가 보기에 무관심에 가까운 자신감으로 서
명을 하면서도, 그 행동 하나로 가스 레인지에서 코츠월즈 호텔
에서의 며칠 밤에 이르기까지 멋진 것들을 단번에 끌어내던 어머
니에게는 뭔가 그녀의 기를 죽이는 것이 있었다.

　그래서 이사벨은 토요일에 아르바이트를 해서 벌은 첫 수입을
은행 계좌로 옮길 때 그런 서명의 분위기를 자기 것으로 만들었
지만, 어른의 정체성의 증거를 자유자재로 재생해내는 힘은 확보
하지 못했다. 이로 인한 혼란 때문에 어색한 사건들이 생겼다. 십
대 중반에 식사를 하고 자기 몫을 내려다가 이웃에게 돈을 빌리
기도 했고, 포르투갈에 갔다가 귀중한 에스쿠두(포르투갈의 화폐 ―
옮긴이)를 인출하는 데 필요한 두 서명 사이의 연관성을 파악할 수
없었던 은행이 여행자 수표를 거부하는 바람에 일주일 동안 친구
들 신세를 지기도 했다. 성숙한 서명이 따로 필요 없을 만큼 성숙
하여 카드에 서명을 하게 되었을 때에는 도저히 은행으로 찾아가
그녀 자신을 재발명해야 하니 처음 제출한 서류에 자신이 어떻게
서명했는지 보여달라고 말할 기운을 낼 수가 없었다.

　이사벨의 자의식 때문에 문제는 악화되었다. 누가 그녀를 범죄
자로 상상하면, 그녀는 그런 가정에 따라 행동하기 시작했기 때문
이다. 주유소 직원의 의심하는 눈초리 때문에 자신은 차에 넣을 휘

발유를 도둑질하는 데는 아무런 관심이 없는 사람이라는 믿음을 굳게 유지하지 못하고, 서명이 원래의 모양에서 엉뚱하게 벗어나 버리곤 했다. 그녀는 학교 다닐 때 겪었던 일들을 기억했다. 교사 들이 어떤 비행의 고백을 끌어내려고 반 아이들을 줄 세웠을 때, 모두 아무 죄가 없다는 무표정한 얼굴로 맞은편 벽을 바라보고 있 었던 반면, 이사벨은 마치 분젠 버너를 훔치거나 여자 교장 선생님 의 얼굴에 콧수염을 그린 음모의 주역이라도 되는 것처럼 혼자 얼 굴을 붉혔다. 그런 일이 자주 일어나자 이사벨은 결국 교사들이 주 장하는 범죄자가 되고 말았다. 죄도 짓지 않고 계속 벌을 받을 바 에야, 그냥 그 행위를 즐기고 벌을 받는 것이 나았기 때문이다.

*

《필체를 보고 어떤 사람에 관해 알 수 있는 것》은 많은 통찰 을 제공했지만, 어휘에 관심이 많은 관찰자에게 곧 인상 깊게 다 가올 이사벨의 글의 한 측면을 설명하는 데는 무력한 것 같았 다. 이사벨은 어떤 단어의 철자에 창의적으로 접근했다. 이사벨 이 도싯에서 친구들과 함께 빌린, 체인과 페달로 작동되는 바퀴 두 개가 달린 강철 기계 장치는 독창적인 bycicle로 바뀌었으 며, 방을 함께 쓰지 않기로 결정하는 방식은 seperate 방을 배정 받는 것을 의미했다. 그녀는 깊이 생각할 것이 있을 때마다 앉아 서 wondering하는 쪽을 택하는 대신, 수세를 둘리싸고 wander

하곤 했다. 그녀가 늘 문제 있는 관계를 맺어온 단어들이 있었다. definetely, dilemna, succeful(또 가끔은 successfull이나 심지어 sucessfull), concurrently, bizzare, dissapointed 등에는 모두 그 말을 쓰는 그녀의 특정한 관점이 배어 있었다. 이사벨은 이에 대해 적절한 심리학적 설명을 준비해놓고 있었다.

"내 뇌의 일부가 사라진 것 같아. 그래서 수학이나 카드놀이 같은 것을 못하나봐."

"그게 뇌의 어떤 부분인데?"

"왜, 여자들은 바느질과 요리에 아주 능숙하기 때문에 가끔 기계나 컴퓨터 쪽은 아예 없다고도 하잖아. 어쩌면 아버지와 관계가 있는지도 몰라. 아버지는 대단한 철자 학자인 척하거든. 늘 왜 미국 사람들은 theatre를 그런 식으로 쓰고 영국 사람들은 이렇게 쓰느냐, 그리고 프랑스어와의 관계는 무엇이냐 등등을 갖고 이론을 만들어. 아마 내가 철자를 엉터리로 쓰는 건 아버지에 대한 반항인가봐. 어렸을 때 휴가를 가서 아버지한테 카드를 쓴 기억이 나. 아버지는 답장에 카드를 보내줘서 고맙다고 하더니, 최대한 사려 깊은 태도로, 내가 맨 끝에 많은 'kises'를 보낸다고 썼다는 점을 지적했어. 왜 그랬는지 몰라도 그 실수 때문에 나는 무척 창피했지. 아마 은근히 아버지에게 키스하고 싶어했던 거라고 말할 수 있을지도 모르겠어."

"진짜 그랬어?"

"어떤 여자애가 안 그러겠어?"

이사벨이 숫자에 접근하는 방식 또한 위험했다. 7×4와 6×8만으로도 그녀는 궁지에 몰렸으며, 긴 나눗셈이나 곱셈은 계산기에 맡기는 것이 최선이었다. 그녀는 역사의 날짜를 이야기하는 데에도 문제가 있다고 고백했다. 1836년이 어느 세기에 속했느냐고 물으면 그녀는 18세기라고 대답하고 싶은 충동을 느꼈던 것이다.

《필체를 보고 어떤 사람에 관해 알 수 있는 것》이 풍부한 내용을 담고 있기는 하지만, 인간 정신이 매우 복잡하다고 믿는 사람들은 그 책이 너무 쉽게 결론을 내리는 것을 보고 놀랄 수도 있다. 그녀의 갈겨쓴 글자에서 많은 것을 읽어내려 하기보다는 이사벨의 의견을 직접 들어보는 것이 더 중요하지 않을까?

일단 찾아보겠다고 마음만 먹으면, 주전자, 유람선, 남편을 고르는 우리의 동기를 남들과 공유해보자고 권하는 심리학적 검사나 설문이 사방에서 눈에 띈다. 그 솔직함은 환영할 만한 일일지도 모른다. 만일 독신녀가 결혼 상대로 적당하다는 말을 믿고 나갔다가 엉뚱한 남자와 식사를 해야 하는 고역을 여러 번 견딘 경험이 있다면, 데이트라인의 설문지에 고마워할 수도 있다. 남편 후보자는 새우를 뒤적거리고 그녀는 시저가 절대 자신의 샐러드라고 부르지 않았을 샐러드를 물끄러미 바라보며 우울하게 서로에 관해 느릿느릿 알아가는 과정을 거치지 않고도, 설문지는 예를 들어 남자의 레코드 수집품의 모든 것을 드러내줄 수 있다.

1. 고전음악

2. 오페라

3. 팝

4. 재즈

5. 포크

6. 컨트리 앤드 웨스턴

7. 록

또는 그가 집에 있을 때 무엇을 하기 좋아하는지도 드러내줄
수 있다.

1. 음악 듣기

2. 책 읽기

3. 텔레비전 보기

4. 스포츠 중계 보기

5. 라디오 듣기

6. 아이들과 함께 있기

7. 요리하기/대접하기

8. DIY/공예

9. 정원 일

〔'텔레비전 보기'와 그것의 약간 불길한 느낌을 주는 대응물인 '스포츠 중계 보기'를 구별했을 때 어떤 미묘한 심리적 차이가 드러날지 궁금해진다.〕

안나 카레니나와 브론스키가 '당신의 관계'라는 제목이 붙은 설문에 답했다면 피할 수 있었을 마음의 상처를 생각해보라.

1. 하나의 특별한 관계를 찾고 있습니까?

2. 로맨틱한 사랑이 성공적인 결혼에 필수적입니까?

3. 이혼을 더 어렵게 만들어야 한다고 봅니까?

4. 막 진지한 관계가 끝이 난 뒤라 새로운 사람을 만나고 싶습니까?

5. 섹스는 특별한 관계에서만 이루어져야 한다고 봅니까?

6. 당신은 관계에서 일차적으로 감정적 지원을 바랍니까?

7. 결혼 전에 동거하는 것이 권할 만하다고 봅니까?

설문지의 가치를 인정할 마음은 있지만 설문지의 혈통을 걱정하는 속물적인 사람들에게는 마르셀 프루스트도 설문지를 작성한 적이 있다고 말해줄 수 있다.

프루스트는 스물한 살 때 파리의 사교계 살롱을 돌아다니던 설문지에 다음과 같이 작성했다〔이 대가의 답변 뒤에는 같은 질문에 대한 이사벨의 답변을 적어놓았다).

나의 주요한 성격적 특징

프루스트 : 사랑받고 싶은 욕구. 더 정확하게 말하자면 존경받고 싶은 욕구보다는 귀여움을 받고 응석을 부리고 싶은 욕구.

이사벨 : 젠장, 모르겠어. 결정을 내려도 그걸 고수하지 못하는 것 아닐까. 또는 속으로는 그러고 싶지도 않은데 사람들한테 너무 잘해주려 하는 거.

남자에게서 보고자 하는 특징

프루스트 : 여성적인 매력.

이사벨 : 흔한 거. 알잖아, 똑똑하고, 재미있고, 섹시하고. 하지만 자신에게 그런 게 있다는 걸 모르는 사람이어야 해. 공작처럼 뻐기는 남자들한테는 질렸거든.

여자에게서 가장 좋아하는 특징

프루스트 : 남자의 미덕들 그리고 우정에 대한 개방성.

이사벨 : 자신감. 정말이지 오늘은 약국에 좀 들러야겠어.

내 친구들에게 가장 감사하는 것

프루스트 : 나를 향한 애정 어린 감정들. 그들이 그런 감정을 높이 평가할 만큼 아름다운 사람들일 경우에.

이사벨 : 나는 친구들과 공유하는 과거가 있는 게 좋아. 좋은 시절과 나쁜 시절을 함께 돌아볼 수 있는 거. 그리고 전화로 얘기를 하는 게

좋아. 프루스트도 전화가 있었나?

나의 가장 큰 결함은

프루스트 : 알지 못하면 '원할' 수 없다는 것.

이사벨 : 나도 마찬가지야. 희망이 있네.

내가 가장 좋아하는 일은

프루스트 : 사랑하기.

이사벨 : 욕조에 누워 있는 게 사랑하는 걸 훨씬 앞서─어김없이 좋아.

나의 행복의 꿈은

프루스트 : 고상하지 못하다고 할까봐 두렵다. 감히 표현할 수가 없다. 표현하면 부서질까 두렵다.

이사벨 : 어머나, 난 아니야. 날씨가 화창한 곳, 프랑스 남서부쯤에 집을 하나 갖고 싶어. 거기에 내 친구들을 다 살 수 있게 하고, 재미있는 사람들이 찾아오게 하면 좋겠어. 집은 아주 커야 돼. 그래야 사람들과 함께 있다가도 혼자 있고 싶을 때면 별도의 숙소에 가 있을 수 있으니까. 경제적인 걱정은 없을 거고, 나는 정원을 돌볼 거야. 아주 놀라운 정원을 만들겠지만, 지금 옆에 있는 사람을 고려하여 자세하게 이야기하지는 않겠어. 하지만 약간만 이야기를 한다면, 적어도 2에이커는 될 거고, 지중해 식물들이 많을 거고, 1년 내내 뭔가가 자라고 있을 거야. 그리고 나와 함께 있는 사람 모두가 작할 뿐 아니라 징긱할 기사. 아무

도 못된 장난을 치거나 시무룩하거나 무디지 않을 거야. 자는 거야?

나의 가장 큰 불행이 되었을 만한 일은
프루스트 : 어머니나 할머니를 몰랐다면.

이사벨 : 아이가 있는데 죽었다면.

내가 되고 싶은 것은
프루스트 : 나 자신, 내가 존경하는 사람들이 바라는 내 모습.

이사벨 : 기분 좋을 때의 나.

내가 살고 싶은 나라는
프루스트 : 내가 원하는 일들이 일어나고, 애정 어린 감정이 늘 공유되는 곳.

이사벨 : 이 나라. 하지만 수백만 척의 배가 이 나라를 날씨가 좋은 곳으로 기적적으로 끌어다 놓은 뒤에.

내가 가장 좋아하는 색깔은
프루스트 : 아름다움은 색깔이 아니라 색깔들의 조화에 있다.

이사벨 : 말도 안 되는 소리. 녹색.

내가 가장 좋아하는 꽃은
프루스트 : 자아의 꽃─그것 말고도 모든 꽃.

이사벨 : 이건 어려운데. 시달세아 또는 참제비고깔. 아니면 초롱꽃이
나 디기탈리스일 수도.

내가 가장 좋아하는 새는

프루스트 : 제비.

이사벨 : 나는 사실 새는 별로야. 아마 앵무새. 하지만 별로 좋아하진
않아. 사실 비둘기면 어때?

내가 가장 좋아하는 산문작가는

프루스트 : 오늘은 아나톨 프랑스와 피에르 로티.

이사벨 : 나는 이런 질문 싫어. 내가 최근에 가장 좋아한 두 작가는 조
지 엘리엇하고 A. S. 바이어트지만, 그 외에도 많아.

내가 가장 좋아하는 시인은

프루스트 : 보들레르와 알프레드 드 비니.

이사벨 : E. E. 커밍스와 에밀리 디킨슨.

내가 가장 좋아하는 소설 속 주인공은

프루스트 : 햄릿.

이사벨 : 히스클리프.

내가 가장 좋아하는 소설 속 여주인공은

프루스트 : 베레니스 (페드르는 썼다가 지웠다).

이사벨 : 레이디 맥베스. 하지만 누군지만 알면 베레니스도 아주 좋아할 것 같아.

내가 가장 좋아하는 이름은

프루스트 : 한 번에 하나밖에 없다.

이사벨 : 레이철, 앨리스, 솔. 더 생각 안 나는데.

어떻게 죽고 싶은가

프루스트 : 지금보다 나은 상태로—또 많은 사랑을 받으면서.

이사벨 : 자다가 갑자기. 너무 신경을 많이 쓰는 사람이 주위에 없을 때.

현재 내 마음의 상태는

프루스트 : 이 모든 질문에 답을 하려고 나 자신에 관해 생각하는 것이 지겹다.

이사벨 : 치즈 샌드위치가 먹고 싶어 죽겠어.

프루스트 설문지의 절충적인 범위 때문에, 어떤 사람을 알려면 무엇이 필요한가에 관해 호기심과 동시에 혼란을 느끼게 된다. 왜 가장 좋아하는 새가 중요한가? 여주인공이나 이름이 왜 중

요한가? 글 쓰는 수단이나 감기 치료법으로는 무엇을 선택하는
지 밝힐 공간도 있어야 하는 것 아닐까? 가능한 질문은 무한하다.
여기 포함된 질문들이 답변하는 사람의 성격을 간접적으로 드러
낸다면, 그것은 계획보다는 우연에 의해 그렇게 된 것이다. 저녁
파티에서 처음 만난 카밀라에게 온갖 질문을 퍼부어댔는데, 그녀
가 신, 문학, 야망과 관련된 질문에는 영양가 없는 대답만 하더니,
손님들의 자리 배치에 관한 질문에는 아주 의미심장한 대답을 하
는 바람에 놀라는 꼴이다.

이사벨은 시장 조사 설문에 응답하는 것을 좋아했다. 그녀는
설문지를 보면 반드시 펜을 집어 들었는데, 이것은 소매업 분야
에서 일을 하다 생긴 습관이었다. 아테네 출장을 다녀온 직후에
는 올림픽 항공의 서비스에 대한 설문지를 앞에 두고 집중하기도
했다.

이런 설문지는 경제적으로 가치 있는 역할을 하겠지만, 이사
벨이 무엇이라고 답을 하든 거기에서 구체적으로 이사벨다운 것
을 찾아내기는 불가능할 것이다. 헨리 8세가 짬을 내어 올림픽
항공 설문지에 답을 했다 해도, 기내 식사, 잡지 선택, 상용 고객
우대 프로그램에 관한 그의 취향을 통해서 그를 에드워드 7세나
찰스 2세나 도리스 데이가 아닌 헨리 8세로 만들어주는 것이 무
엇인지 알아내기는 힘들다.

그렇다면 비즈니스 클래스의 기내 승무원이나 뜨거운 타월이
아닌 어떤 질문이 답변사의 중요한 심리적 특징을 파악하게 채

비행기를 탈 때 다음과 같은 기준들을 각각 어떻게 평가하는지 표시해주시기 바랍니다.	매우 중요	중요	중요하지 않음
1. 클래스를 선택할 수 있다	X		
2. 기내에서 국제전화를 걸 기회가 있다			X
3. 지정된 라운지에서 비행기를 기다릴 수 있다			X
4. 상용 고객 우대 프로그램에 참가하여 비행기를 탈 때마다 마일리지를 적립할 수 있다	X		
5. 금연 비행기를 타고 해외여행을 할 수 있다			X
6. 자리에 다리를 뻗을 공간이 넓다	X		
7. 자리에 팔꿈치를 놓을 공간이 넓다	X		
8. 기내 식사를 선택할 수 있다	X		
9. 기내에서 따뜻한 식사를 할 수 있다		X	
10. 여러 잡지 가운데 선택을 할 수 있다		X	
11. 승무원이 나의 개인적 요구에 응해준다			X
12. 승무원이 나의 모국어를 사용한다	X		
13. 비즈니스 클래스 승객들에게 별도의 탑승 수속 창구가 있다			X
14. 도착하자마자 공항에서 이동 전화나 이동 텔리팩스를 빌릴 수 있다			X
15. 항공권과 함께 호텔이나 렌터카를 예약할 수 있다			X
16. 비즈니스 클래스 승객을 위한 별도의 입국 및 세관 수속 통로가 있다			X
17. 공항 도착이나 출발을 도와주는 리무진 서비스를 예약할 수 있다			X
18. 공항에 주차 대행 서비스가 있다			X

줄까? 이것이 디너파티에서의 대화와 정치적 인터뷰, 경찰의 프로파일과 데이트라인 설문지의 핵심에 자리 잡은 딜레마다. 어떤 질문은 다른 질문보다 효과가 있다. "곧 세상이 망한다면 당신은 어떻게 하겠는가?" 하는 질문이 "버튼식 전화기를 갖고 있는가?" 하는 질문보다 나아 보인다. "범퍼카를 탈 때 충돌을 피하는가 일으키는가?" 하는 질문이 "당신의 핸드백 속엔 무엇이 들어 있는가?" 하는 질문보다 효과가 있다. 프루스트의 설문지는 우연히 비옥한 땅과 만났을 뿐, 베레니스를 사랑하는 사람이 레이디 맥베스의 팬과 어떻게 다른지 설명해줄 수 있는, 인간 개성에 대한 일관된 관점이 보이지 않는다. 이런 관점이 나오려면 현대 심리학자들의 작업을 기다려야 했다. 오직 그들만이 그냥 기벽奇癖이라고 판단해버릴 수 있는 것에서 개성적 특질을 해석해내는 엄격한 방법을 제공할 수 있기 때문이다.

"당신은 언어 표현의 기회를 즐기는, 말이 많은 사람입니까?"

디너파티에서 카밀라에게 그렇게 물어볼 수도 있다.

"아, 네. 주빈에게 건배를 제안하고 싶어 죽을 지경이에요."

카밀라는 그렇게 대답할 수도 있다. 그러나 심리학자 R. B. 캐텔의 책을 읽어보지 않았다면 나는 그런 소망을 이해할 수 없었을 것이다.

그 질문은 캐텔 박사가 마련한 설문지에 있는 것으로, 이 설문지는 어떤 사람이 사람들을 서로 구별해주는 16가지의 요인과 어떤 관계를 맺고 있는지 찾아내는 것을 목표로 삼는다. A 요인은 어떤 사람이 내향적인지 외향적인지 판단하며, B 요인은 어리석은지 똑똑한지, C 요인은 신경증적인지 아닌지, D 요인은 불안정한지 아닌지를 판단한다. 다른 요인들은 애정, 의심, 질투, 아량—다시 말해서 친구, 동료, 지하철 끝에서 우산 막대를 물어뜯고 있는 모들뜨기 통근자를 분석할 때 이렇게 저렇게 떠오르기 쉬운 말들이다—을 측정한다.

카밀라에게 던진 질문은 사교성을 가리키는 H 요인을 조사하는 부분에서 나온 것으로, 캐텔이라면 카밀라의 건배를 제안하기 좋아하는 면이 H+를 드러냈다고 판단했을 것이다. 그렇다면 이사벨은 어떨까? 나는 캐텔의 다양한 질문을 우연히 발견하고 나서, 어느 일요일 저녁 연어로 맛있는 식사를 한 뒤 그녀에게 질문을 해보기로 했다. 그녀가 말했다.

"잠깐, 설거지 먼저 하고."

"금방 끝날 거야."

"좋아, 서둘러. 아니면 먹다 남은 게 다 굳을 거야."

"알았어. '새로운 장소에서 새로 친구를 사귀는 과정이 고통스러울 정도로 느립니까?'"

"약간 느리지만, 고통스러울 정도로 느리지는 않아. 이 접시 좀 쌓아놓아도 될까?"

"그래, 고마워. '자의식으로 인한 수줍음에서 비교적 자유롭습니까?'"

"내가 안 그렇다는 걸 잘 알잖아."

"당신은 언어 표현의 기회를 즐기는, 말이 많은 사람입니까?"

"너의 네덜란드인 친구들을 만났을 때 내가 어땠는지 기억해 봐."

"예, 아니오로만 대답할 수 있어."

"웃기네."

"그럴지도 모르지. '사람들이 많은 데서 일어나 연설이나 암송 하는 것을 어려워합니까?'"

"그런 셈이지. 그러니까 '예'라는 거야."

"대화를 할 때 어떤 사람들처럼 이 화제에서 저 화제로 옮겨 가는 것을 어려워합니까?'"

"무슨 말인지 모르겠어."

"나도 몰라. '거리의 사람들이 당신을 지켜보고 있다는 불편한 느낌을 받을 때가 있습니까?'"

"그건 확실히 그래. 실제로, 너한테 말은 안 했지만, 금요일에 지하철을 타고 집에 갈 때 어떤 남자가 다가와서 말을 걸었어. 그 사람이 하는 말이 나를 보니 자살한 자기 여동생이 생각난다는 거야. 소름이 좀 돋더라고. 그래서 다음 역에서 내려서 다음 열차 를 탔어."

나는 캐텔 박사 같은 경험이 없었기 때문에 이사벨의 H 특질 을 과학적으로 측정할 수는 없었지만, 그래도 일반적으로 H- 정 도인 것 같았으며, 대중교통에서 남자들이 다가온다는 점에서만 평균 이상인 것 같았다. 바로 일주일 전에도 한 승객이 다가오더니 자기가 폴럼의 스튜디오에서 얼음 조각을 하는 사람이라면서 그녀를 모델로 얼음 조각을 했으면 좋겠다고 말했다는 것이다. 이사벨은 바쁜 일이 있고 감기도 걸렸다면서 정중하게 거절을 했다.

캐텔 박사가 조사한 다른 특질의 목록을 읽어주자 이사벨은 연어 구이가 놓였던 접시를 물에 담그기 시작했음에도 M 요인에 흥미를 느꼈다. 이것은 어떤 사람이 보헤미안인지 아니면 관습에 물든 실용적인 사람인지 보여주는 것이었다.

1. 화창한 오후에 어느 쪽을 선택하겠습니까? *(b)*
   (a) 미술관이나 멋진 풍경의 아름다움을 즐긴다.
   (b) 사교적인 모임이나 카드 게임을 한다.

2. 어떤 종류든 자신의 감정을 통제하는 데 대체로 성공하는 편입니까? *아니오*

3. 사적인 일에서 사적인 하인의 도움을 받는 것을 싫어하는 경향입니까? *그러면 사적이지 않은 하인은 뭐야?*

4. 인종적 특징이 개인과 나라에게 대부분의 사람들이 믿는 것 이상으로 실질적인 영향을 미친다고 생각합니까? *아니오*

5. 확인할 수 없는 이유로 발작 같은 두려움이나 불안을 느낀 적이

있습니까? *아니오*

6. 허세를 부려 경비원이나 문지기를 통과하려고 한 적이 있습니까?

이사벨이 중단을 시켰다.

"맙소사, 이건 의미 없어. 이걸로는 짐 모리슨과 회계사의 차이를 절대 알아낼 수 없을 거야."

이사벨은 어떤 사람이 보헤미안이냐 아니냐 하는 문제에는 관심을 느꼈지만, 그것을 알아내는 데 캐텔 박사의 설문지가 도움이 될 수 있다는 믿음은 잃어버렸다.

"그럼 너 같으면 뭘 물어볼 건데?"

"모르겠어. 난 심리학자가 아니잖아."

그녀는 내 질문에 대답하며 식기의 물기를 닦으라고 내게 행주를 건네주었다.

캐텔 박사는 중요한 심리적 특질들의 집합을 분리해냈지만, 그것을 연구하는 데 필수적인 섬세함이 없기 때문에 곤란을 겪는 것 같았다. 그는 어떤 사람이 사교적인지 아닌지 알고 싶으면 사람들 앞에서 말하기를 좋아하느냐고 묻지만, 수줍은 사람이 가끔 자신만만해질 수도 있고 자신만만한 사람이 수줍어할 수도 있는 미묘한 면은 고려하지 않는다. 그는 어머니의 죽음에 슬픔을 느끼는 인물을 보여주기 위해 바람이 휘몰아치는 장례식장에서 눈물을 펑펑 *쏟는* 창백한 청년을 묘사하는 수준 낮은 소설가와 비숫하다. 무덤가에서는 물론이고 그 후로도 몇 주일 동안 아무런 감정을 느끼지 못하다가, 어느 날 저녁 영화관에서 나오는 길에 거리에서 어머니의 우산과 비슷한 우산을 쓴 여자를 보고 그제야 너무 커서 오히려 실감이 나지 않았던 슬픔을 느끼고, 어머니를 잃고도 무감각했던 시간에 죄책감을 느끼며 혼잡한 길 한가운데서 울고 마는 인물을 그릴 생각은 하지 못하는 것이다.

보수적인 사람과 보헤미안의 차이에 대한 이사벨의 인식은 R. B. 캐텔의 그 용어에 대한 이해를 넘어섰다. 그녀가 말했다.

"나는 아주 관습적인 사람인 것 같아. 하지만 나도 한때는 채트라인에 전화를 걸어서, 헐에 있는 남자와 새벽 1시까지 이런저런 대화를 나눌 정도로 괴상한 사람이었어."

"그래서 뭘 알아냈어?"

"아, 그 사람은 아주 착했어. 또 좀 슬픈 사람이기도 했어. 서른세 살인데 아직 동정이었어. 기독교인이 될까 생각하고 있었는데, 신을 믿어서가 아니라 그렇게 하면 동정이 더 대접을 받을 수 있을 것 같아서였어. 그래서 걱정 말라고 말해줬어. 어떤 여자들은 아주 늦게까지 처녀 상태를 유지한다고."

이사벨의 관습에 대한 무시는 캐텔 박사의 검사를 관장하는 규칙들을 따르려 하지 않는 데서 가장 분명하게 나타나는 것 같았다. 그녀는 M 요인에서 의미 있는 설문을 이미 대충 넘어가버렸다. 설문지가 "사적인 일에서 사적인 하인의 도움을 받는 것"이라고 부른 것에 대한 질문이었다.

존슨 박사는 캐텔 박사보다 한참 전에 이 항목의 가치를 깨달아, "혈통에서 시작하여 장례식에서 끝나는 공식적인 이야기보다 그의 하인 한 사람과 짧은 대화를 나누는 것에서 어떤 사람의 진정한 성격에 관한 지식을 더 많이 얻을 수 있다"고 말했다. 그 뒤에 전기 작가들도 이 점에 주목한 것으로 보이는데, 이것은 리처드 엘먼이 "트리에스테에서 조이스의 하녀로 일했던 마리아 에켈 부인과 인터뷰를 해준 토머스 스테일리 교수"에게 감사한다는 표현에서 분명하게 드러난다.

이사벨은 청소부는커녕 제대로 된 진공청소기 하나 살 여유가 없었던 만큼, 이 질문은 약간 낡아 보이기도 한다. 그럼에도 그녀는 호텔에 묵을 때면 언제나 청소부가 오기 전에 먼저 청소를 했다고 고백을 했는데, 이것은 그녀의 어린 시절 사적인 일에서 그녀의 시중을 들어주었던 한 사람과의 밀접한 관계에서 생겨난 태도일지도 모른다.

플로 영맨은 20년 동안 로저스 가족의 집 청소를 도와주었다. 그녀는 이제 여든세 살로, 손자가 다섯 명이며, 하운슬로에 아파트가 있고, 얼마 전에 남편을 잃었다. 지금도 그녀가 로저스 가족의 집안일을 도우러 오는 형식은 유지되고 있었지만, 그녀의 주 1회 방문은 사교적인 것에 불과했다. 이사벨의 부모가 휴가를 떠나면서 이사벨에게 집에 들러 문제가 없는지 확인을 좀 해달라고 부탁했을 때, 우리는 함께 이사벨 부모의 집에 갔다가 부엌에서 담배에 불을 붙이는 플로와 마주쳤다. 이사벨은 다락에서 옷을 정리해야 했기 때문에, 그녀가 위층을 뒤지는 동안 나는 플로와 함께 부엌에 남아 존슨 박사가 한 이야기를 생각하며, 나의 이사벨 초상화를 풍부하게 해줄 이야기들이 샘솟는 광경을 상상했다.

"예쁜 아이지, 정말이지, 예쁜 아이야. 요만할 때부터 알았어. 인형처럼 귀여웠지. 지금은 내 손녀딸아이, 자네도 그 애가 태어났을 때 한번 봤어야 하는데, 그때는 머리카락이 해 같은 금발이었지, 지금은 갈색이야. 전쟁 전에 빌하고 나는 레이턴스톤에 살았어. 작은 집이었는데, 우리는 그곳을 낙원이라고 불렀지. 이웃에는 취미로 새를 그리는 남자가 있었어. 알겠지, 취미로 말이야. 그 남자는 날씨가 좋으면 정원에 앉아 하루 종일 새를 그렸어. 부인은 신문 판매소에서 일했지. 예쁜 여자였어. 아들이 하나 있었는데 해군에 입대했어. 요즘에는 군대에 잘 안 가지. 내 손자, 그러니까 큰아이 지미는 자동차 수리공이 되고 싶어해. 차를 좋아하거든. 그러느라고 온몸이 더러워져도 전혀 상관도 안 해. 앞에 여자만 없으면 말이야. 그 애는 여자애들한테 돈을 받고 차를 태워줘. 사랑하고 버리고. 나는 늘 그렇게 말하지."

이사벨이 집으로 가면서 나에게 말했다.

"아, 심술부리지 마. 플로는 수다쟁이인지는 몰라도 우리가 만날 수 있는 가장 착한 여자야. 정말 좋은 사람이라고. 너한테 담배를 사오라고 심부름을 보내긴 했지만 말이야. 그리고 쓰레기봉투를 내가는 일을 한 것도 너한테 도움이 되었을 거야. 플로는 어떤 위기에도 네 곁에 꼭 붙어 있어줄 사람이야. 예를 들어 돈이나 일자리나 가족을 잃었을 때도 말이야. 플로는 어떤 사람에 대해서도 나쁜 걸 상상하지 못하는 좋은 사람이야. 의심이 가면 일단 좋은 쪽으로 생각해. 아마 슈퍼마켓에서 자기 핸드백을 날치기한 놈한테도 자기보다 돈이 더 필요했을 거라고 말하고, 요크셔 리퍼*한테도 일진이 사나워서 그랬을 거라고 말할 거야."

이사벨이 플로의 사교성이나 지능, 보헤미안적 태도나 아량보다도 그녀가 착하다는 사실에 그렇게 관심을 쏟는다는 것은 서부 영화에서만이 아니라 일상생활에서도 낯선 사람을 만났을 때 무엇보다도 먼저 그가 나쁜 사람인지 좋은 사람인지 파악해야 한다는 말이 일반적 진실임을 보여준다. 도덕적 지향에 대한 우리의 단순화된 요구는 다른 어떤 요구보다 우선하는데, 이것은 적과 친구를 구별하려는 원시 사냥꾼의 요구의 유물이다. 따라서 캐텔 박사가 착한 면에 대한 검사를 빠뜨린 것은 아쉬운 일이었다.

이사벨이 착할까? 이 질문은 진부하게 들린다. 그녀는 그렇다고 생각하지 않았다.

"그냥 겉만 그럴 뿐이야. 험한 데를 보려면 더 파고들어야 돼."

그녀는 마치 도전이라도 하듯이 선언했다.

그녀는 착한 사람과 착하게 행동하는 사람을 구별할 필요가 있다고 하면서, 그녀의 유쾌한 친구들이 '메두사의 뗏목'에서 어떻게 버틸지 궁금하다고 덧붙였다.

---

* 1970년대 영국에서 악명 높았던 연쇄살인범.

"무슨 뗏목?"

"있잖아, 다비드의 그림. 바다에서 뗏목을 탄 뱃사람들 가운데 일부가 다른 사람들을 잡아먹는 거."

"그래서?"

"어, 네가 어떤 사람과 그 뗏목에 있다고 상상해봐. 이건 상황이 아주 급박해질 때 사람들이 어떻게 나올지 알아보는 방법이야. 누가 먹는 사람이 되고 누가 먹히는 사람이 될 것인가? 내 친구 크리스를 예로 들면, 그 애는 틀림없이 먹는 사람이 될 거야."

"어떻게 알 수 있는데?"

"아, 그냥 우리가 레스토랑에 갔을 때 야채를 향해 손을 뻗는 모습을 보고 알았어. 추락하는 비행기에서 마지막 낙하산을 차지하려고 죽어라 싸울 인간이야."

"친구를 잘 고르네. 그리고 비유도 잘 고르고."

"잘 들어. 만일 내가 그 속까지 보면서 친구들을 선택한다면, 아마 나 혼자서 먹히는 사람들을 잔뜩 먹게 될 거야."

그녀는 그렇게 쏘아붙여, 우리가 방금 함께 먹은 유쾌한 식사를 불길하게 더럽혔다.

"하지만 나는 비위를 맞추기 쉬운 사람이야. 누가 나한테 잘 대해주면, 그 사람 속이 어떻든 간에 나도 아마 잘 대해줄 거야."

그녀는 안심을 시키려는 것인지 그렇게 덧붙이고는 이렇게 말했다.

"생각해보니, 그 뗏목 그림은 제리코가 그린 거네. 그렇다고 내

얘기의 요지가 달라지는 않지. 화가만 달라질 뿐이야."

인류의 미덕에 얼마나 애착을 갖고 있느냐에 따라서 이사벨의 관점을 냉소적이라고 부를 수도 있겠지만, 워낙 명랑하게 또 예술적으로 제시를 해놓았기 때문에 눈치를 채기가 쉽지 않았다. 그녀는 냉소주의를 경쾌하게 실행에 옮긴다. 누가 그녀가 입고 있는 예쁜 드레스를 칭찬하면 그녀는 웃음을 지으며 이렇게 대꾸할 것이다.

"좋아, 어디 한번 해보자고. 이번에는 나한테서 뭘 원하는데?"

또 이사벨은 남들에게만 가혹한 평결을 내리는 것이 아니다. 그녀는 자신이 열 살 때부터 열다섯 살 때까지 "지독하게 나쁜 년"이었으며, 열다섯 살 때부터 열여덟 살 때까지는 "때때로 나쁜 년"이었다고 심판했다. 그녀는 열두 살 난 루이즈 스톱스의 치열 교정 장치를 놀려 울음을 터뜨리게 했으며, 제인 맥도널드가 남자친구에게 따귀를 맞는 것을 좋아한다는 소문을 퍼뜨려서 그녀에게 '페인 제인'(Pain Jane, 고통을 좋아하는 제인─옮긴이)이라는 별명을 붙였고, 로라의 집에서 마치 키스를 할 것처럼 한 남자아이를 욕실로 유인한 다음 혼자 빠져나온 뒤 아이를 안에 가두었고, 하루도 빠짐없이 줄리 깁슨에게 그녀의 코 크기를 일깨워주었고, 루시를 쫓아다니는 남자아이들 가운데 한 명에게 그래 봐야 시간 낭비라고 거짓말을 했고, 할머니가 돈을 줄 것 같을 때만 잘 대해주었고, 여덟 살 난 남동생에게 그의 음경이─사실 다른 것은 본 적도 없으면서─자기가 본 것 가운데 가장 작다고 말했다.

"하지만 지금도 못됐다는 건 무슨 이야기야?"

내가 계속 버텼다.

"어, 거짓말을 자주 해."

"뭐에 관해서?"

"며칠 전에 엘리자베스의 집으로 저녁을 먹으러 가려고 하는데 그 애가 전화를 해서 의자를 몇 개 가져올 수 있느냐고 물어봤어. 나는 귀찮아서 우리 부엌 의자는 접히지 않아 차에 안 들어간다고 거짓말을 해버렸어. 또 여기 식탁 위의 이 자몽을 봐. 네가 오기 직전에 나는 병을 입에 대고 꿀꺽꿀꺽 마셨어. 만일 다른 사람이 그렇게 마시던 병을 나한테 주면 나는 싫었을 거야. 하지만 나는 너무 이기적이어서 잔을 가져오지도 않았고, 너무 부정직해서 너한테 미리 알려주지도 않았어."

"그게 무슨 범죄도 아닌데 뭐."

나는 그렇게 대꾸했다(하지만 그것을 더 마시지는 않았다).

"아니지, 하지만 그런 식으로 시작되는 거야. 나는 겁쟁이라서 은행 강도는 못하지만, 할 수 있다면 할 거야. 특히 내가 거래하는 지점은. 내 담당자를 싫어하거든. 그 작자를 묶어놓고 은행 명세서를 강제로 먹이고 싶어."

이사벨은 또 질투에 관해서도 고백했다. 그녀의 질투심은 현재의 상태와 이상 사이의 커다란 격차가 아니라, 얻을 수 있는, 따라서 종종 사소하다고 여길 수 있는 것들에 의해 촉발되었다. 새러가 문이 달린 자신만의 사무실을 얻게 되자 이사벨은 부루퉁해졌다. 그녀는 여전히 칸막이 없이 트인 공간에서 일을 하여 프라이버시도 없고 늘 방해를 받았기 때문이다. 질투는 그녀가 얻을 자격이 있다고 생각함에도 얻지 못한 것으로 인한 그녀 자신에 대한 짜증의 한 형태였다. 또 생산적인 차원에서 보자면, 그녀의 무의식적 야심을 보여주는 안내자이기도 했다.

심리학자들은 착하다는 문제를 다룰 때는 어떤 사람이 얼마나 공격적인지 연구하는 데 집중했다. 나는 '지배-복종'이라는 서정적인 제목이 붙은 연구를 발견했는데, 이 연구의 목적은 위압적인 옆 사람에게, 안됐지만 당신이 내 발을 밟고 있다, 하는 이야기를 강하게 할 수 있느냐, 아니면 문제를 일으키는 것이 두려워 그냥 눈감아버리느냐 하는 문제를 둘러싼 태도를 파악하려는 것이다.

질문은 이런 식이다.

1. 누가 새치기를 하려고 한다. 당신은 꽤 오래 기다렸고, 더 오래 기다릴 수가 없다. 새치기하는 사람이 당신과 같은 성性일 경우, 당신은 보통

   a) 새치기하는 사람에게 항의한다.

   b) 새치기하는 사람을 노려보거나, 그 사람 귀에 들리도록 옆 사람에게 새치기당한 이야기를 한다.

   c) 기다리지 않고 가버린다.

   d) 아무런 행동도 하지 않는다.

2. 학계나 업계에서 자신보다 높은 사람이 있을 때 자의식을 느끼는가?

   a) 많이 느낀다.

   b) 약간 느낀다.

   c) 전혀 느끼지 않는다.

3. 수리점에서 당신의 물건을 수리하고 있다. 약속한 시간에 찾으러
   갔는데, 수리점 주인은 "이제 막 일을 시작했다"고 말한다. 이런 경
   우 당신의 일반적인 반응은

   a) 질책을 한다.

   b) 부드럽게 불만을 표시한다.

   c) 당신의 감정을 완전히 눌러버린다.

이사벨은 웃음을 터뜨리더니, 자신은 전형적인 b형 인물로서,
공격성을 효과적으로 표현하지도 못하고 억누르지도 못하면서,
특유의 수동적 적대감을 발산하는 유독한 사례라고 인정했다. 그
녀는 적을 표정으로 공격하는 방법을 애용했으며, 런던의 교통체
증에 대해서도 그런 방법으로 욕을 했다. 만일 택시 기사가 앞으
로 끼어들고 싶어하면 세상만사 귀찮다는 표정으로 그 음모를 조
롱한다. 그녀는 집에 걸어올 때도 그런 표정으로 노상강도를 따
돌릴 수 있다고 믿고 있었다. 가장 잔인한 부적격자의 울분과 맞
먹을 수 있고, 따라서 그 울분을 무력하게 만들 만한 무관심의 울
분을 보여주자는 것이었다.

그녀의 또 하나의 반응은 지나치게 정중한 태도를 보이는 것이었는데, 문화적 상투형에 예민한 관찰자라면 여기에서 민족적 특질을 탐지할 수도 있었을 것이다. 크리스는 포르투갈을 찾아갔을 때의 일화를 이야기해주었다. 그들은 작은 마을에 갔다가 늦게까지 문을 여는 레스토랑이 하나밖에 없어, 어쩔 수 없이 그곳에서 식사를 해야 했다. 고급 소비자를 노리는 관광객용 함정이었다. 기억하고 싶지 않은 식사를 시작하고 나서 얼마 안 되어서 웨이터가 도기 주전자를 가져와 이사벨에게 물을 따라주었다. 그러나 이 주전자에서는 이사벨이 바라던 액체만이 아니라, 아직 완전히 죽지 않은 커다란 바퀴벌레도 나왔다. 다른 사람 같으면 돈을 못 내겠다면서, 레스토랑 문을 닫게 하겠다고 소리를 지르고 협박을 했을 테지만, 이사벨은 그냥 이렇게 말했다.

"주방에서 누굴 데려온 것 같네요."

이것은 불쾌감을 준 사람을 고소하거나 해고하는 능력에 기초한 현대적 사고에 대립되는, 타인에게 수치를 주어 사과를 하게 만들어야 한다는 약간 예스럽고 낡은 믿음을 보여주는 예였다.

말할 필요도 없이 포르투갈 웨이터는 이사벨과 그 나라의 역사적 관련에도 불구하고(포르투갈에 이사벨이라는 이름의 여왕이 있었다. ─옮긴이) 손님의 불평의 뉘앙스를 탐지하지 못하고, 존경할 만한 솔직한 태도로 동물의 권리에 대한 관심을 보여주었다.

"그건 주방에서 온 게 아닙니다. 식료품실에서 온 게 분명합니다. 죽지는 않을 것 같으니 걱정 마십시오."

이사벨이 이런 불평 방식 때문에 겪는 문제는 어느 여름날 파리가 시끄럽게 머리 주위를 맴돌고 있는데도 신문을 읽으려 할 때 절정에 이르렀다. 그녀는 그 집요한 생물을 쫓아내려고 몇 번 시도한 끝에 신문을 탁 접더니, 마치 파리가 그녀의 주말을 망친 것에 대한 죄책감을 느낄 수 있는 존재라도 되는 것처럼 형이상학적이고 피로가 담긴 목소리로 이렇게 물었다.

"왜 나를 그냥 내버려두지 않는 거니?"

공격성을 측정하는 더 예술적인 방법은 로젠츠바이크 박사가 고안해냈다. 그는 짜증나는 상황에 처한 두 사람—한 사람은 짜증나게 하는 사람이고 또 한 사람은 짜증이 나는 사람이다—을 보여주는 선화線畵로 이루어진 검사를 만들어냈다. 두 사람의 머리 위에는 말풍선이 떠 있는데, 두 번째 말풍선은 검사를 받는 사람이 발을 밟혔을 때 보여줄 반응이나 함께 자는 부인에 대한 반응을 채워넣을 수 있도록 비워놓았다. 검사 결과 어떤 사람들은 자신을 탓하는 바람에 궤양에 걸리는 경향을 보여주었고, 어떤 사람들은 쉰 목소리로 상대에게 버럭 화를 냈고, 소수는 이성理性이나 성경의 지혜로운 말에 호소했다.

나는 몇 가지 그림들을 훑어보면서 이사벨에게 차로 물을 튀기고 가는 멍청이 둘에게 그녀라면 어떻게 반응했을 것 같으냐고 물었다.

"당한 사람은 남자인데 왜 나한테 묻는 거야?"

그녀가 대꾸했다.

"그게 중요한 게 아니지. 너는 그냥 어떻게 반응했을지 상상해 보기만 하면 돼."

"맙소사, 음, 어디 보자. 나는 심사가 비꼬여서 '아, 괜찮아요, 걱정 마세요' 하고 말했을 것 같아. 물론 상대가 내 속마음은 그렇지 않다는 걸 알 수 있도록 아주 씁쓸한 표정으로. 사실 지난주에 그와 비슷한 일이 있었어. 어떤 여자가 내 드레스에 와인을 한 잔 쏟은 거야. 꼭 로트와일러 개처럼 생긴 여자였는데, 나는 혼을 내주고 싶었지만 그럴 수가 없었어. 그 여자는 내 업무와 관련된 사람이었거든. 상사의 고객이었어. 그래서 나는 그냥 괜찮다고 말했지만, 마치 그 여자가 내 식물을 다 죽인 것처럼 인상을 썼지."

그러나 이사벨이 늘 그렇게 짜증을 삭히기만 하는 것은 아니었는데, 그것은 로젠츠바이크 박사의 다른 그림을 보여주었을 때 드러났다.

"아, 나는 이 경우에는 분명히 화를 냈을 것 같아."

"왜?"

"이 얼간이들은 부부처럼 보이는데, 나는 가까운 사람한테 목소리를 높일 때는 억제력이 훨씬 줄어들거든. 그러니까, 그런 사람들한테도 화를 내지 못하면 정말 문제가 있다는 거야."

"그래서 무슨 말을 할 건데?"

"모르겠어. 아마, '내가 잃어버린 게 아니야, 멍청아. 아마 곧 나타날 거야. 그러니까 법석 떨지 마'라고 그랬겠지. 하지만 잠깐, 정말이지 이게 우리한테 무슨 말을 해주는 건지 모르겠어. 우스꽝스럽잖아. 이러다 너 곧 손금을 보겠다고 그러겠다."

그렇게 뜬금없는 이야기는 아니었다. 수상手相 과학에 따르면, 삶은 손바닥의 금에 놀라울 만큼 자세히 새겨져 있으며, 각각의 금은 특정한 특질을 나타내기 때문이다. 생명선은 얼마나 오래 살 것인지 말해주고, 운명선은 성공 가능성을 말해주고, 두뇌선은 지능 수준을 말해준다.

《밝혀진 수상학》이라는 제목의 책에 나온 그림에는 남은 수명을 세는 방법이 나온다.

"이런, 너는 쉰여섯이 되기 전에 죽을 것 같은데."

나는 이사벨에게 그렇게 이야기해주었다.

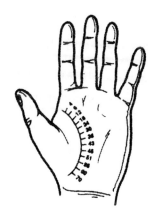

"정말 형편없는 손금쟁이가 되겠네. 버스 할인권을 얻을 나이가 되기도 전에 뒈질 거라고 이야기하지 말고 손님의 비위를 맞춰야지. 내 운명선은 어떤데?"

"잠깐. 음, 큰 성공을 거두겠지만, 시간은 많이 걸릴 것 같아."

"그러니까 네 말대로라면 내가 죽은 뒤에나 성공을 할 거라는 얘기네."

이사벨이 말했다.

"맞아."

나는 어리둥절해하며 다시 도움을 얻으려고 책 뒤쪽을 보았다. 이사벨이 명랑하게 대꾸했다.

"뭐 상관없어. 큰 성공을 거둔 사람들 중에는 생명선이 다한 뒤에 절정에 이른 사람도 꽤 있잖아."

이사벨의 손금 보는 기술에 대한 존중에는 한계가 있었다. 그래서인지 곧 묘하게 꿈틀거리는 자신의 생명선의 의미에 관해 전복적인 이론을 만들어냈다.

"봐, 여기서 생명선이 갑자기 둘이 되잖아. 한동안 둘로 나뉘어가. 마치 내가 몇 년 동안 두 개의 삶을 살 것처럼. 그리고 잠깐이지만 죽었다가 다시 살아나는 때도 있어. 마흔 살 때쯤. 그것도 괜찮을 것 같아. 지옥에서 시간을 좀 보내다 오는 것도 말이야. 지금까지 매년 할머니한테 크리스마스카드를 보낸 보답으로 천국에서 점심도 한두 번 먹고 말이야."

이사벨은 손금을 보는 것과 같은, 형식을 갖춘 미신은 경멸했을지는 몰라도, 그렇다고 그녀에게 미신적인 사고구조가 없다는 뜻은 아니었다. 이것은 막 놓친 지하철 열차를 두고 그녀가 하는 말을 들어보면 알 수 있었다.

"내가 밖에서 거지한테 돈을 안 줘서 놓친 거야. 이제 나는 지각하고 말 거야."

"그게 무슨 소리야?"

나는 피카딜리 노선 열차가 도대체 역 입구의 거지에게 동냥을 안 한 것과 무슨 상관이 있는지 이해 못하며 물었다.

"음, 내가 거지한테 잘 대해주었으면, 지하철도 나한테 잘 대해주었을 거란 얘기야."

"왜?"

"모르겠어. 그냥 그럴 것 같은데."

이사벨은 어떤 신앙도 없었지만 종교적인 인과응보는 믿었다. 자신에게 어떤 나쁜 일이 일어나면 그것은 과거에 자신이 저지른 악행에 대한 응보이며, 지금 고생을 하는 것은 자신의 운이 좋은 쪽으로 바뀔 때를 대비하는 과정이라고 생각했다. 직장에서 임금이 인상된다거나, 즐거운 파티에 세 번 간다거나, 멋진 옷을 산다거나, 좋은 영화를 보는 행복한 국면은 반드시 하강 국면으로 이어진다면서, 이것으로 독감에 걸려 일주일 동안 앓아눕는 것을 설명했다. 콧물로 행복한 국면의 오만을 속죄하고 나면 그녀는 다시 행운의 미소를 맞이할 준비를 했다. 그것은 세금 환급이나 친구의 편지라는 형태로 나타날 수 있었다.

부수적인 미신도 있었다. 이사벨은 결정할 일이 생길 때마다 〔손금의 경우에는 절대 인정하지 않던〕 운명이 무슨 생각을 하고 있는지 알아낼 표시를 찾곤 했다. 둘 다 장점이 있는 아파트 가운데 선택을 해야 할 경우에는 어느 한쪽에 가보려고 부른 택시가 제시간에 오지 않았다―그녀는 이것을 스톡웰의 지하실을 피하라는 운명의 신호로 받아들였다―는 이유로 다른 쪽을 선택했다.

물론 운명이 가리키는 방향을 해석하는 데에는 늘 미심쩍은 구석이 있었다. 휴가 예약이 여러 차례 어려움에 부딪힌 것은 포기하라는 암시인가 아니면 계속 해보면 큰 보람이 있을 것이라는 자극인가? 영화관 매표소 앞의 긴 줄은 거기 서지 말라는 경고인가, 아니면 인내심을 가지면 감동적인 영화로 보답을 받을 것이라는 예고인가? 남자친구와 어려움이 생기면 이것을 결별의 신호로 받아들여야 할까, 아니면 문제가 있기는 하지만 기본적으로는 조화를 이루고 있다는 가장 분명한 증거로 받아들여야 할까?

답이 무엇이든 이사벨은 운명이 자비로운 존재라는 낙관적인 생각을 버리지 않았다. 신이라고 부를 만큼 의인화되어 있지는 않았지만, 그녀가 그 모호한 손짓을 정확하게 읽어내기만 하면 그녀를 돌보아줄 것이라는 믿음이 있었던 것이다.

결말을 찾아서

좋은 전기를 쓰는 기술은 언제 멈출지 아는 것으로 규정될지도 모른다.

"전기는 보즈웰의 것처럼 길거나 오브리의 것처럼 짧아야 한다."

이것은 리튼 스트레이치가 제임스 보즈웰의 1492페이지에 이르는 엄청난 존슨 전기와 존 오브리의 다이어트를 의식한 듯한 한 페이지 분량의 17세기 명사들 약전略傳 모음집을 구별하면서 한 말이다.

"《존슨의 생애》를 생산해낸 엄청난 양의 정교한 누적 방법은 물론 훌륭하다." 스트레이치는 그렇게 인정한 뒤에 덧붙였다. "그러나 그렇게 되지 못할 경우에 어중간한 전기는 없는 것이 좋다. 순수한 핵심만 있으면 된다. 설명, 전이, 논평, 삽입 없이 한두 페이지의 생생한 이미지로 끝내도록 하자."

그의 말에는 일리가 있다. 전 생애를 토스트 조각만 한 크기의 공간에 집어넣는 일에는 뭔가 모를 매력이 있다. 오브리가 리처드 스토크스 의학박사라는 사람을 어떻게 표현했는지 한번 보도록 하자.

> 그의 아버지는 이튼 대학의 펠로였다. 그는 그곳과 킹스 칼리지에서 자랐다. 오트레드 씨에게서 수학(대수)을 배웠다. 수학 때문에 미쳐버렸지만, 다시 정신을 차렸다. 그래도 깨진 유리 같은 상태가 아니었을까. 로마가톨릭교도가 되었다. 리지에서 불행한 결혼 생활을 했다. 견원지간이었던 모양. 스코틀랜드 사람이 되었다. 채무로 뉴게이트에 수감되어 1681년 4월 거기서 죽었다.

토스트 조각은 이만하다.

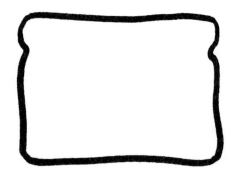

스트레이치는 《존슨의 생애》를 인정하기는 했지만, 아무래도 보즈웰 식의 부풀려진 결과물보다는 오브리의 압축을 좋아했던 것 같다. 그는 그의 시대 사람들이 "엄청난 자료를 제대로 소화하

지도 못한 채, 단정치 못한 문체로, 지루한 송덕문 같은 말투로, 안타깝게도 선별, 거리감, 계획 같은 것은 찾아볼 수도 없는 상태로…… 책만 두껍게" 생산해낸다고 조롱했다.

그에게는 안타까운 일이었겠지만, 그런 조롱은 이렇다 할 효과가 없어 전기의 두께는 계속 무자비하게 확장돼가기만 했다. 1918년에 전기의 평균 길이는 453페이지였던 반면, 20세기의 마지막 10년 동안에는 875페이지가 되었다. 93.2%가 늘어난 것이다. 그 기간 동안 늘어난 기대 수명을 훨씬 뛰어넘는 비율이다.

이런 팽창을 어떻게 설명할 수 있을까? 어째서 오브리의 짧고 반짝거리는 인물 묘사는 유행에서 완전히 사라져버렸을까? 길이로 남자다움을 자랑하는 태도, 많을수록 좋다는 믿음은 어디서 유래했을까?

어쩌면 불확실성으로 인한 위기도 하나의 이유가 되었을 것이다. 어떤 사람을 알려고 할 때 반드시 알아야 할 중요한 것이 도대체 **무엇**인지 모르겠다는 불확실성, 이렇게 명확한 답이 없는 상태에서는 **모든 것**이 중요하다는 결론. 선별이라는 오만한 특권을 버리고 나니[어떻게 전기 작가가 신처럼 무엇은 넣고 무엇은 뺀다는 판단을 할 수 있겠는가?] 모든 것을 포함시켜야만 했다. 누가 그것이 가치가 있다고 주장해서가 아니라, 그것이 현재 쓰고 있는 사람의 삶에 일어난 일이기 때문에. 그것이 삶의 일부였다면, 당연히 삶에 관한 이야기의 일부이기도 해야 한다는 것이었다.

오브리는 리처드 스토크스 의학박사에 관하여 많은 사실을 더 알고 있었을 것이다. 예를 들어 리처드가 산책을 얼마나 자주 나갔는지, 그의 손수건에 수를 놓았는지, 양고추냉이보다 겨자를 더 좋아했는지, 말의 이름은 무엇이었는지, 외우는 성경 구절은 무엇이었는지. 그러나 이런 세목들이 그의 삶의 일부를 이루기는 하지만 당면한 과제, 즉 삶을 그 근본적인 특질로 압축한다는 과제에는 부차적이라고 판단했을 것이다. 따라서 토스트 한 조각의 테두리 내에서 죽은 사람을 되살려내고자 하는 욕망과 양립할 수 없는 잉여의 자료는 가능한 한 덧붙이지 말아야 했다.

그러나 이 문제에 관한 존 키츠의 생각은 이것과는 거리가 한참 멀다. 시인은 동생 조지에게 보내는 편지에서 위인의 삶의 모든 면을 알고 싶다는 감동적인 욕망을 드러냈다. 그는 조지에게 자신이 지금 등을 난로에 대고 "한 발은 약간 비스듬하게 바닥깔개에 올려놓고, 다른 발은 뒤꿈치를 양탄자에서 약간 띄운 채" 편지를 쓰고 있다면서 이렇게 덧붙였다. "이런 것들은 사소하지 — 하지만 이미 오래전에 죽은 어떤 위인이 똑같은 행동을 했다고 느낀다면 큰 기쁨이 될 거야. 예를 들어 셰익스피어가 '사느냐 죽느냐' 하고 써나갔을 때 어떤 자세로 앉아 있었는지 안다면."

셰익스피어의 앉은 자세? 키츠가 진담으로 한 말일까? '여기로 여기로 사랑이여Hither Hither Love', '개똥지빠귀가 한 말What the Thrush Said', '나이팅게일에게Ode to a Nightingale'를 쓴 위대한 낭만주의 시인이 정말 그런 것을 알고 싶어했을까? 아니, 위대한 시인이 아니라 햄릿의 고뇌에 관심이 있는 평범한 사람이라 해도 과연 그런 것이 알고 싶을까? 셰익스피어가 책상 앞 의자에 앉아서, 두 발은 바닥에 붙이고, 두 손은 탁자 위에 얹고, 벽난로에 불을 땔 필요가 없는 따뜻한 봄날 아침이라 창문도 열어놓고 그 대사를 썼다고 상상해보자. 이로 인해 이 대시인에 대한 우리의 이해, 거기까지는 아니더라도 그의 희곡 가운데 한 편(《태풍》의 어리둥절한 대목들, 《리어 왕》의 상징, 《말괄량이 길들이기》의 교훈……)에 대한 우리의 이해가 진정으로 풍부해졌다고 주장할 수 있을까? 아니면 약간 극적으로 꾸며, 셰익스피어가 글로브 극장에서 〈줄리어스 시저〉 공연을 보고 있다가, 관객이 너무 적구나, 배우들의 급료 지급이 너무 어렵구나, 연극계의 경쟁이 너무 심하구나, 브루투스를 연기하는 배우가 형편없이 못생겼구나, 그런 생각을 하다가, 한숨을 쉬며 이 모든 것이 이렇게 고생할 가치가 있는 일일까 하는 질문을 던졌다고 상상해보자. 그러다가 그가 쓰고 있던 희곡의 주인공이 그 비슷한 심정을 대사로 중얼거리게 하자는 생각이 들어, 무대 뒤로 달려가 펜과 종이 몇 장을 집어 들고 자주색 커튼 더미 위에 앉아 오른쪽 다리를 왼쪽 다리 위에 꼬고, 오른쪽 무릎으로 종이를 받친 채 균형을 잡으려고 한쪽 손으로 바닥을 짚었다고 상상해보자.

이 정보와 〈햄릿〉 공연의 발코니석 티켓 두 장을 맞바꾸자고 하면 망설여질지도 모르겠다. 그러나 키츠는 중요한 점을 제기한 것으로 보인다. 특히 셰익스피어의 앉은 사세를 궁금해하는 과정에서 자신의 자세에 관하여 많은 것을 드러냄으로써 후대 사람들이 그가 한 발은 약간 비스듬하게 바닥깔개에 올려놓고, 다른 발은 뒤꿈치를 양탄자에서 약간 띄운 채 앉아 있는 모습을 상상할 수 있게 해주었다. 이것은 키츠가 동생 조지에게 패니 브론이 셸리의 '나폴리 근처에서 낙심하여 쓴 시Stanzas Written in Dejection, near Naples'를 어떻게 생각하는가 하는 이야기만 해주었다면 사라져버렸을 정보다.

키츠의 편지를 읽다 보면 사람들이 앉는 자세가 그 자체로 흥미로운 것이냐, 아니면 그들이 《베니스의 상인》이나 '바다에 관한 소네트Sonnet on the Sea'를 쓸 때만 흥미로운 것이냐 하는 곤란한 질문에 부딪히게 된다.

어떤 일들은 누가 하든 중요하다. 어떤 여자가 욕조에 앉아 있는 남자친구를 죽이면, 이것은 설사 그 여자가 샬롯 코르데가 아니고 그 남자친구가 마라라는 이름의 프랑스 혁명가가 아니라 해도 주목할 만한 사건이다. 물론 어떤 죽음은 이웃들에게 충격을 주는 것으로 끝나고 어떤 죽음은 역사를 바꾸어버리지만, 행동 그 자체는 누가 죽였고 누가 죽었는가 하는 문제를 뛰어넘을 만큼 의미가 있다.

그러나 글을 쓰는 자세에 대해서도 똑같은 이야기를 할 수는 없을 것이다. 주차 단속원의 자세가 어떤지, 또는 경리과장이 가죽 회전의자를 좋아하는지 아니면 등받이 없는 의자를 좋아하는지 관심을 가지는 사람이 어디에 있겠는가? 레닌이나 몽테스키

외의 전기에서라면 그 주제에 관해 한 문단을 기꺼이 할애할 많은 사람들이, 그보다 초라한 인물들에 관해서라면 설사 대화 도중에 긴 침묵이 이어진다 해도 그런 문제를 언급한다는 생각만으로도 몸서리를 칠 것이다.

셰익스피어의 앉는 자세를 비롯한 작은 것들이 주는 매력은 보즈웰 식의 대형 전기의 중심을 이루는, 그러나 어떤 면에서는 복잡한 전제에 기초를 두고 있는 것으로 보인다. 보통 생활에서는 사소해 보일 수도 있는 것이 위대한 인물이 개입되면 매혹적으로 바뀌며, 따라서 [기분이 상한 비평가라면 장광설이라고 말할지도 모르지만] 공을 들여 꼼꼼하게 기록할 가치가 있다는 것이다. 의자에 앉는 법은 보통 별 흥미가 없으며, 사실 아주 하찮아 보이는 주제다. 하지만 서양 문학의 걸작 몇 편을 쓰는 과정과 벨루어 천으로 덮인 벤치에 축 늘어져 쓰는 습관에 대한 보고가 결합되면 정말 환상적으로 바뀐다.

어떤 사람의 행동이 중요할수록 그 사람의 하찮은 것들도 흥미를 자아낸다. 내가 하수구를 청소해서 먹고 사는 사람이라면 내가 몇 시에 자든 아무도 코딱지만큼도 관심을 안 갖겠지만,《위대한 유산》을 쓰고 11시에 자는 것을 좋아하면 모두가 관심을 가질 것이다. 공정하게 말하자면, 내가 하수구를 청소하면서 동시에 아내도 죽인다면, 틀림없이 내 얼굴이 신문을 장식하게 될 것이다. 반면 하수구를 청소하는 **동시에** 일요일 아침마다 차에 광택을 내면 사람들은 분명 잊을 것이다. 이 실합에는 필수적인 조건인 지위와 행동 사이의 불일치가 전혀 없기 때문이다.

인간은 세 가지 전기적 범주로 나뉜다고 말할 수 있는데, 중요한 것부터 나열하면 다음과 같다.

[i] 특별하지만 평범한 일〔의자에 앉거나, 자식을 낳거나〕을 하는 것

[ii] 평범하지만 특별한 일〔살인을 하거나, 복권에 당첨되거나〕을 하는 것

[iii] 평범하면서 평범한 일〔포테이토칩을 먹거나 우표를 사거나〕을 하는 것.

보즈웰은 존슨 박사에 관하여 다음과 같이 적었을 때 첫 번째 범주의 전제에 따라 행동하고 있었다.

"그는 의자에 앉아 말하거나 심지어 생각할 때도 보통 머리를 오른쪽 어깨 쪽으로 기울이고 심하게 흔들었으며, 몸을 앞뒤로 움직이고, 같은 방향으로 왼쪽 무릎을 손바닥으로 문질렀다. 말을 하다가 중단할 때는 입으로 여러 가지 소리를 냈다. 때로는 되새김질을 하는 것 같기도 했고, 때로는 휘파람 소리 비슷한 것을 내기도 했고, 때로는 입천장에서 혀를 뒤로 튀겨 닭이 우는 소리를 내기도 했고, 때로는 혀를 위쪽 잇몸 앞으로 밀어 넣고 빠르고 낮게 투, 투, 투 하는 소리를 내기도 했다. 가끔 생각에 잠긴 표정으로 그런 행동을 하기도 했지만, 웃음을 짓고 있는 경우가 더 많

았다.”

다시 보즈웰을 옹호하자면, 그는 왜 우리에게 이런 이야기를 하고 있는지 정확히 알고 있었다.

“세세하고 특수한 것들이 저명한 남자와 관련이 될 때는 종종 그 사람의 특성을 드러내기도 하고 또 늘 재미있다는 나의 의견은 여전히 확고하며 이 점에서 나는 전혀 흔들리지 않고 있다.”

그러나 나는 약간 다른 교훈도 얻었다. ‘세세하고 특수한 것들’은 별로 저명하지 않은 여자와 관련이 될 때도 흥미가 있을 수 있다는 것이다. 박물관에서 그림을 보는 이사벨 특유의 방법에도 그런 ‘특수한’ 것이 있었다. 로저스 씨는 오래전 사심 없이 아름다움을 명상한다는 것 외에는 아무런 목적 없이 박물관에 억지로 가는 것을 지루해하던 세 어린 자식의 관심을 끌기 위한 독창적인 계획을 제시했다. 아무 그림이나 두 점을 골라 집으로 가져와 자기 방을 장식할 수 있다는 생각으로 그림을 보라는 것이었다. 그러자 즉시 모든 그림이 잠재적인 소유물의 지위를 갖게 되었으며, 그에 따라 아이들은 의욕적으로 그림을 꼼꼼히 살피기 시작했다. 이사벨도 마찬가지였다. 드가나 들라크루아를 가져갈까? 앵그르와 모네는 어때? 이런 습관의 유물은 성인이 되어서도 그대로 남아, 이사벨은 미술관에서 나올 때면 언제나 집에 가져가고 싶은 그림 두 점의 이름을 이야기했다.

그런 사소한 것들을 위한 공간을 확보한다는 것은 암묵적으로 루소의 선기 서술 방식을 따른다는 뜻이다. 그의 《고백록》은 유명한 선언으로 시작된다.

"나는 세상의 다른 누구와도 다르다. 더 낫다고는 할 수 없겠지만, 적어도 나는 다르다."

"적어도 나는……"의 자리에 "적어도 나는 그림을 다르게 본다"를 넣으면, 새로운 전기의 선언에 근접하는 뭔가를 얻을 수 있을 것이다.

그러나 이것으로는 리튼 스트레이치가 제기한 원래의 문제가 해결되지 않는다. 즉, 공간의 문제다. 이사벨은 여행을 갈 때마다 공간의 문제에 부딪힌다. 그녀는 가방에 쉽게 들어가도록 다섯 벌로 좁히는 대신 옷장을 통째로 가져가고 싶은 충동을 느끼기 때문이다. 그녀는 자신의 판단을 믿지 않기 때문에 예상치 못하게 추운 날에 방한 코트가 없거나 더운 날에 비키니가 없어 곤경에 처하느니 차라리 옷가방을 세 개 가져가는 쪽을 택한다. 설사 목적지의 기후 성향이 분명하다 해도(발리, 헬싱키) 마찬가지다.

두꺼운 전기에도 비슷한 짐 싸는 문제가 있다. 500페이지 가량의 페이지 번호로 독자를 약간 지겹게 할 위험만 무릅쓰면, 적어도 아무것도 빠뜨리지 않았다는 만족감은 느낄 수 있다. 상상력 부족을 들킬 수도 있겠지만(이사벨의 짐 싸기에 대해서도 똑같은 말을 할 수 있을 것이다), 애초에 전기 작가들은 아이들이나 거짓말쟁이나 소설가들이 사용하는 연장인 상상력을 별로 좋아하지 않을 수도 있다.

그러나 아무리 노력을 해도 상상(그리고 그에 따른 선택)을 완전히 피할 수는 없다. 전기가 묘사하는 인생만큼 긴 책을 쓰는 것은 불가능한 일이기 때문이다. 축척을 줄일 수밖에 없다. 이사벨이 점퍼 여섯 벌 가운데 아테네 출장에 가지고 갈 것을 결국 선택할 수밖에 없었듯이, 전기 작가들도 알베르 카뮈와 되 마고의 웨이터에 관한 서른세 개의 일화 가운데 카뮈의 성격을 가장 잘 보여줄 만한 것을 찾아내야 한다.

엉뚱한 것을 고르거나 충분한 양을 고르지 못하면, 희화화했다거나 때 이르게 결말을 지었다는 반갑지 않은 비난을 받을 수도 있다.

"너는 늘 나한테 이러더라."

함께 프랑스로 휴가를 갈 계획을 짤 때 이사벨이 나에게 말했다. 내가 그녀의 짐을 실을 페리를 따로 빌려야겠다고 농담을 한 것에 대한 대꾸였다.

"너를 희화화하는 게 아니야. 말도 안 되는 소리 하지 마."

"아니긴 뭐가 아니야. 너는 나를 비행기도 못 타고 가방도 못 싸는 신경과민의 여행자로 만들고 있잖아. 네가 보기에는 내가 정말 그렇게 정신이 산만하고 특이한 인간이야? 놀려먹기 좋은 사람이고, 이상한 부모를 둔 사람이고, 정리도 못하는 사람이야?"

"아니, 그렇지 않아. 단지……."

"내 눈에는 그렇게 보이는데 뭐. 따라서 약간 더 복잡한 맥락에서 날 봐주면 고맙겠어."

"난 바로 그렇게 하고 있어."

"말다툼할 생각 없어. 너는 그러지 않아, 알았어? 그러니까 닥치든가 다른 얘기를 하든가 해줘."

이사벨은 짐을 싸는 데 문제가 있었다. 짐 싸기 힘든 사람의 스펙트럼 가운데 그녀는 트렁크 여섯 개에 짐꾼 추가라는 맨 끝자리에서 요지부동이었다. 그럼에도 그녀가 기분이 안 좋은 날 그 이야기를 하면 그녀는 그 점을 지적한 야비한 인간에게 버럭 성질을 냈다. 그 이유는 분명했다. 그것이 그녀의 일련의 속성들의 상징, 그녀의 성격의 비유가 될 것만 같았기 때문이다. 짐 꾸리는 데 신경과민인 사람이라는 말은 단지 옷가방을 싸는 문제만이 아니라, 쇼핑 목록에 적혀 있던 재료의 반은 빠뜨리고, 카운터에 지갑을 두고 오고, 버스 정류장에 있는 아이들을 잊어버리고, 좁은 공간에서 주차할 때 여섯 번 시도를 해야 한다는 문제도 함께 이야기하는 것일 수 있기 때문이다.

따라서 너무 많이 말하는 것이 문제가 될 수 있듯이, 너무 적게 말하는 것도 위험해질 수 있다. 정보 부족은 우리의 상상력을 수많은 꾸불꾸불한 길로 이끌 수 있기 때문이다. 내가 이사벨이 어떻게 운전을 하는지(능숙하게 운전을 했으며, 좁은 공간에도 한 번에 들어갈 수 있고, 3단에서 4단으로 기어를 바꾸는 솜씨는 인상적이다) 일부러 말해주지 않았다면, 당신 또한 그녀의 짐 싸는 문제가 주차 문제까지 암시한다고 생각했을지 모른다.

여러 가지 특징을 전체적으로 말하지 않으면, 한 사람은 다른 모든 것을 포괄하는 지배적인 특질이나 습관 뒤로 빠르게 사라져버린다. 그래서 그냥 이혼녀나 신경성 무식욕증 환자나 어부나 말더듬이가 되어버릴 수도 있다. 어떤 사람을 배리 매닐로의 음악을 좋아한다는 특징으로 포착하면, 다음과 같은 환원적인 연상들이 일어날 것이다.

[i] 이 배리 매닐로 팬은 여자다.
[ii] 그녀의 장에는 굽이 아주 높은 하얀 하이힐이 있다.
[iii] 책꽂이에 아리스토텔레스의 《니코마코스 윤리학》은 없다.
[iv] 작은 종이 파라솔을 꽂은 딸기 다이커리를 아주 좋아한다.

영국 언론과 사회에 익숙한 사람들에게 어떤 사람을 〈가디언〉 구독자라고 묘사하면 이것은 그의 다음과 같은 점을 경멸하는 말이 될 수도 있다.

[i] 롤스로이스 소유자에 대한 시샘.
[ii] 거시경제학에 대한 오해.
[iii] 유행하는 생태학에 대한 옹호.
[iv] 짜증나는 진지함.

이 가운데 어느 것 하나라도 사실일까? 물론 이런 도식적인 형태로는 사실이 아니며, 이것 때문에 희화화는 약간 위험한 놀이가 된다. 이 점은 집단 전체가 이 놀이를 하기로 결정하고 골드베르크라는 이름을 가진 사람들을 총살해야 한다거나, 달라이 라마의 숭배자들을 산 채로 콘크리트에 묻어야 한다고 선언할 때 분명히 드러난다.

그러나 이 게임에는 그 나름의 매력이 있다. 우리가 어떤 사람을 모르면 모를수록 더 분명하고 알기 쉬운 사람으로 보인다는 것이다. 소설에서 기억에 남을 만한 강렬한 인물들은 대개 2차원적이다. 우리는 파르마의 공주보다는 프루스트 책의 화자에 관해 훨씬 많이 알지만, 등장인물로서는 공주가 훨씬 큰 성공을 거두고 있다. 우리가 그녀를 기억하는 것은 그녀에게 한 가지 특질밖에 없기 때문이다. 즉, 그녀는 친절의 축도로 생각되기를 바라며, 그녀의 모든 행동과 그 결과가 이 우스꽝스러운 명령으로부터 나온다는 것이다. 반면 프루스트 책의 화자는 거만한 태도로 그가 평생에 걸쳐 가져왔던 다양한 인식과 생각으로 우리를 안내하지만, 미치도록 불투명한 상태에서 벗어나지 않는다. 그의 삶의 이야기는 너무 풍부하여 행복하게 상상할 수가 없다. 모순과 인과관계의 부재가 너무 풍부한 것이다.

따라서 가장 예민하고 지적인 전기는 종종 가장 약한 전기라는 평가를 받을 수도 있다. 윈저 공이나 라이너 마리아 릴케나 맨 레이가 어떤 사람인지 파르마 공주 같은 유혹적인 방식으로 알려주지 못하기 때문이다(600페이지가 넘어간 뒤에도).

*

지나치게 집어넣거나 아니면 미흡하게 집어넣는 두 전기의 위험 사이에 어색하게 끼어 있는 상황에서는 분명한 그림을 제공하려는 욕심에 지나치게 말을 많이 하는 것과 너무 적게 말해 상투적인 모습밖에 제공하지 못하는 것 사이의 아슬아슬한 길을 택할 수밖에 없다. 아마존 열대우림이 아주 두꺼운 전기들의 게걸스러운 식욕에 삼켜지는 것을 막으려고 할 때, 또는 집에 가는 마지막 열차를 놓치기 전에 한 친구를 다른 친구에게 묘사하려고 할 때 거쳐야 하는 줄이고 단순화하는 과정과 조악한 희화화는 그렇게 멀리 떨어진 것이 아니다.

존 오브리가 토스트 한 조각보다 작은 공간에 하나의 삶을 집어넣느라 힘든 일을 했을 것이라고 생각할지 모르지만, 그것도 하나의 삶을 반쯤 먹다 만 치즈 비스킷보다 작은 공간에 집어넣는 숨 막힐 정도로 까다로운 작업에 비길 수는 없을 것이다.

저녁에 껴안을 사람이 없기는 하지만, 애인 구함 광고란의 모든 저자는 그런 과제와 씨름을 한다. 이사벨은 이런 광고를 특히 좋아하여, 한 미국인 친구가 〈뉴욕 리뷰 오브 북스〉 한 부를 보내주었다. 세계 최고라는 소문이 있는 그 지면의 '개인 광고'를 보라는 것이었다.

지적 호기심이 많은 보스턴 남자, 운동과 모험을 좋아함. 나는 이야기를 좋아합니다. 이야기를 읽고, 이야기를 쓰고, 이야기를 보고, 당신 이야기를 듣고 내 이야기를 하는 것을 좋아합니다. 약간 몽상적이지만 출세도 했습니다. 장난기가 넘치는 예쁜 여자를 찾습니다.

아내 원함. 1년 전에 이혼을 했으며, 결혼과 가족에 관심이 있는 정상적이고 온건한 여자를 찾고 있습니다. 나는 30대로 키가 크고, 잘생겼고, 몸이 아주 좋습니다. 또 백만장자이고, 관심이 아주 많습니다. 멋진 몸매의 20대나 30대의 매력적인 여자를 구합니다. 속물적인 여자라면 나 말고 다른 사람을 더 좋아할 겁니다. 사진을 보내주세요.

매혹적이고, 명랑하고, 마음이 따뜻한 여자, 교양 있지만, 음악, 독서(소설과 역사), 야외 스포츠, 여행, 모험 같은 소박한 오락을 즐깁니다. 사려 깊은 여자를 반기고, 사랑, 결혼, 가족에 관심이 있는 37~47세의 성실하고 융통성 있는 남자를 찾고 있습니다.

샌프란시스코의 따뜻한 여자, 전문 작가이자 워크숍 지도자. 여행을 즐기며, 평생 사랑할 사람을 계속 찾고 있음.

아담하고, 급진적이고, 코스모폴리탄인 여자가 아주 예리하고, 자유롭고, 재미있고, 건강한 45~58세의 남자를 찾습니다. 문화 활동, 골프, 자유주의 정치를 좋아합니다. 이사카 지역.

이사벨이 한쪽 단을 훑어 내려가며 말했다.

"정말 이상한 사람들 많네. 여기 나온 사람 가운데 누구도 어두운 골목에서 만나고 싶지 않을 거야. 아내를 '원한다'는 이 남자 좀 봐. 마치 중고 백과사전을 '원하는' 것처럼 좀 잔인하잖아. 이 남자는 '정상적이고 온건한' 여자를 찾고 있어. 아마 지난번 부인은 셔츠 다리미질을 하지 않는다는 이유로 어디에 가두어놓았을 거야. 믹서하고 쓰레기 분쇄기가 있는 미국의 부엌에서 둘이 싸우는 걸 상상해봐. 부인은 지나치게 예의바르고, 교육을 잘 받은 수동공격적 유형일 거야. 어느 날 이 원숭이 같은 인간 때문에 냉정을 잃겠지. 이 남자한테서, '부엌 식탁에 보이는 게 빵 부스러기 아니야, 여보?' 뭐 그런 말을 듣고는 커다란 부엌칼을 들고 남자한테 달려드는 거야. 그리고 이 남자는 자기가 '몸이 아주 좋대.'

이게 무슨 말이야, '몸이 좋다'는 게? 아마 이 사람은 회의에 나갈 때도 건강증명서를 들고 갈 거야. 이 사람은 그냥 누구하고 그 짓을 하고 싶을 뿐이야."

"너무 가혹하게 굴지 마, 이사벨. 어쩌면 괜찮은 사람일지도 몰라. 좀 외롭기는 하지만……."

"분명히 사이코야. 정상적인 사람들은 '멋진 몸매의' 여자를 요구하는 글을 써 보내지 않아."

"글쎄, 어쩌면 여성해방운동을 깜빡했는지도 모르지."

"어쩌면 그래서 여자들도 이 남자를 깜빡한 거겠지. 결국 이 남자는 이렇게 자신은 읽을 것 같지도 않은 〈뉴욕 리뷰 오브 북스〉에 편지를 보내는 신세가 된 거야. 이 남자가 덧붙인 말 좀 봐. '속물적인 여자라면 나 말고 다른 사람을 더 좋아할 겁니다.' 끔찍해."

이 잘생기고 몸이 좋은 백만장자는 그 흠이 무엇이든 애인 구함 광고의 비좁은 칸 안에서 적절하게 강한 개성을 보여주었다. 다른 많은 개인 광고의 밋밋함을 보면 자신을 로미오나 줄리엣으로 내세우는 것이 얼마나 어려운 일인지 알 수 있다. 세 번째와 네 번째 상자의 여자들은 소재가 너무 아쉬운 나머지, 이 장르의 오래된 충실한 당원에게 의존했다. 여행을 좋아한다고 선언해버린 것이다.

여행을 좋아한다고? 이것이 도대체 자신에 관해서 무슨 말을 해주기를 바란 것일까? 좋은 목적지에 가는 것이고, 비행기가 제시간에 착륙하고, 짐을 잃어버리지 않고, 환율이 유리하다면 여행을 싫어할 사람이 있을까? 하지만 적의 영토를 억지로 가로질러 행군해야 하고, 도착하자마자 총파업이 벌어지고, 항구 레스토랑에서 먹은 물 마리니에르 때문에 식중독에 걸리고, 혼잡한 중동 야외시장의 양탄자 노점에서 신용카드를 도난당한다면 누가 여행을 싫어하지 않을까?

애인 구함 광고의 효과가 저마다 다르다는 것은 어떤 말이나 구절이 다른 말이나 구절보다 성격을 적절하게 보여준다는 뜻이다. 어떤 말은 **원래 약하고**, 어떤 말은 **원래 강하다**. 이사벨이 파이렉스 접시에 라자냐를 요리했다고 말한다면, 그녀가 라자냐를 파이렉스 접시에 요리했다는 것 외에 거의 아무것도 알 수 없을 것이다. 이 정보는 사실에서 더 나아가지를 못한다. 그러나 그녀가 전화를 받는 특정한 방식은 더 비옥한 토양을 암시한다.

"왜 늘 그렇게 오래 기다려?"

그녀가 벨이 울리는 전화기 옆에 앉아, 벨이 울리는 회수가 어떤 수에 이를 때까지 기다리는 것을 보고 내가 묻자 그녀가 대답했다.

"모르겠어. 전화를 건 사람한테 내가 전화를 무척 기다리고 있었다는 인상을 주고 싶지 않은 거 아닐까?"

어떤 사람이 일부러 전화를 늦게 받는다는 것은 그 사람의 속마음을 보여준다. 예를 들어, 인기 있는 사람은 전화기에서 멀리 떨어진 곳에 앉아 있다(부엌에서 마티니를 만들고 있다)는 믿음, 다른 사람들을 향한 지나친 열망을 드러내는 데 대한 두려움, 사

312

교적 불안, 수줍은 경향, 다른 사람을 기다리게 하는 데서 존중이 생긴다는 생각 등을 짐작할 수 있는 것이다.

모욕적이지만 않다면, 이것은 이사벨의 애인 구함 광고에 집어넣기 좋은 그녀의 의미심장한 특질이 될 수 있을 것 같았다. 〔너무 짓궂게 군다고 걱정할지 모르지만, 그 점에 대해서도 역시 보즈웰이 한 말이 있다. "나는 존슨 박사가 한 이야기를 잘 기억하고 있다. 《송덕문》을 쓰고자 한다면 악덕이 눈에 보이지 않게 해도 좋다. 하지만 《생애》를 쓰겠다고 공언한다면, 생애를 있는 그대로 보여주어야 한다.'"〕

"너라면 애인 구함 광고를 어떻게 쓸 것 같아?"

내가 이사벨에게 물었다.

"맙소사, 그래야 되는 일이 없기를 바라."

"그래야 한다면."

"사실 한번 생각해본 적이 있기는 해. 가이와 헤어지고 나서 아주 외로웠거든."

"그래, 어떻게 쓸 것 같아?"

"아, 됐어."

"말해봐."

"모르겠어. 이런 식이겠지 뭐. '즐거운 대화, 섹스, 일요일 오후를 위한 똑똑하고 재미있고 잘생긴 남자를 구함. 제발 여자와 미래를 약속하는 데 아무 문제없는 남자만. 사진과 음경 크기를 보내주세요.'"

"진심으로."

"진심이야."

"아닌 것 같은데."

"왜, 마지막에 한 말 때문에?"

"특히."

"그건 많은 여자들한테 정말 중요한 문제야. 물론 남자들을 위로해주려고 중요한 건 크기가 아니라 능력이라고 떠들어대기는 하지만. 좋아, 네가 한번 내 걸 써보는 게 어때? 한번 도전해봐."

"좋아, 잠깐 시간을 줘."

이사벨은 십자말풀이로 돌아갔고 나는 연필을 잡고 문제를 마주했다. 쉽지 않았다. 우선 반드시 이야기해야 할, 뻔한 사실이 있었다. 여자다. 런던에 산다. 20대. 하지만 성격은 어떻게 손쉽게 전달할 수 있을까? 이미지가 떠올랐다. 슈퍼마켓 근처 버스 정류장에서 집에 가는 버스를 기다리며 당근을 먹고 있는 모습이었다. 이것이 무엇을 의미할까? 나도 정확하게 말할 수는 없었다. 어떤 짜증, 솔직함, 어쩌면 유머. 취미도 이야기를 해야 할까? 남자에 대한 태도는? 이런 광고를 쓰는 것 자체를 내켜하지 않는다는 점은?

위대한 전기 작가들은 이 게임을 어떻게 할지 궁금했다. 프루스트 학자들은 어떻게 광고를 할까?

> **파리 지역의 게이 작가,** 어머니와 가까움, 천식, 사교에 열성적, 베르메르, 긴 문장, 아나톨 프랑스, 자가용 운전사, 여자 이름을 가진 남자들, 베네치아, 여행 곤란, 간결함, 키스 없이 잠자리에 들어감. 큰 프로젝트 일에 매달려 있음. 사진 보내주세요.

이사벨을 오래 알았지만 그보다 멋진 것을 써내는 데 도움이 되지는 않았다.

> **아름답지만 대개는 그렇다고 생각하지 않는 젊은 여자,** 이런 광고를 쓰는 데 익숙하지 않으며 이런 것을 쓰는 사람들은 이웃에 있는 사람들과 사귀어야 한다고 생각한다, 정류장에서 당근을 먹는다, 마조히즘적인 관계를 갖는 데 질렸다, 정원 일을 사랑한다, 운전을 잘한다, 비디오를 만지는 데 서툴다, 버터보다 마가린을 좋아한다, 월요일마다 일을 때려치울까 하는 생각을 한다(지겨운 직업, 그 직업을 근거로 판단을 받고 싶지 않다, 따라서 그 이야기는 하지 않을 것이다, 파티에서 그런 화제는 피한다, 피하지 않는 사람은 의심한다), 부엌만 빼면 아주 깔끔하다. 작은 오이, 갱 영화, 밀턴, 롤링스톤즈, 화요일에 쓰레기통 내가기, 너무 가시가 많은 생선, 주중에 자정 너머 잠자리에 드는 것을 싫어한다. 부모, 수영, 수다, 코에서 큰 덩어리를 파내는 것, 밥 딜런, 오렌지 주스, 바츨라프 하벨, 욕조에서 책 읽는 것을 가끔 좋아한다.

"아, 정말 끔찍해. 이걸 보면 이 사람이 어떤 사람인지 전혀 알 수 없을 거야. 멍청해 보여."

이사벨이 말했다.

"정말?"

"게다가 너무 길어. 이렇게 긴 걸 신문에 실을 돈이 없단 말이야. 다른 것의 거의 세 배는 되겠다. 그리고 사진을 보내달라고 해야지. 나는 아직 그 방면에서 까다롭단 말이야. 모르는 사람을 구할 거면 이왕이면 잘생긴 사람이 좋잖아."

전기 쓰기를 중단할 적절한 순간이라는 증거는 결국 다른 쪽에서 나타났다. 어느 날 지하철을 타고 가는데 두 노부인의 대화가 귀에 들어왔다. 한쪽 여자의 남편에게 줄 생일 선물 이야기를 하는 것 같았다.

"그래서 래리한테 뭘 해줄 거야?"

"모르겠어. 올해는 아무 생각이 안 떠오르네."

"책을 사주는 게 어때?"

"아니야. 책은 이미 하나 받았어."

"그럼 위스키는 어때?"

"그럼 무슨 얘기가 나올지 뻔해."

"뭐라고 하는데?"

"이럴 거야. '내가 장님이고 귀머거리인 것도 모자라, 술꾼으로까지 만들려는 거야?'"

굳이 가서 확인할 필요도 없이, 어떤 사람이 어떤 것에 어떻게 반응할지 정확하게 아는 것. 이것이 어떤 사람을 충분히 잘 안다는 완벽한 상징 아닐까? 가끔 오랜 결혼 생활의 우울한 특징으로, 바람을 피우거나 도예 강좌에 등록하기 직전에 나타나는 조짐으로 간주되기는 하지만, 다른 사람이 시작한 말을 정확하게 마무리하는 드문 기술에는 큰 지혜가 담겨 있다.

내가 이사벨에게 그렇다고 주장할 수 있을까?

나는 엄격한 시험을 상상해보았다.

주어진 시간 안에 다음 이사벨의 말과 대화의 올바른 마무리에
동그라미를 치시오.

1. 이사벨 : "금요일에 우리 집으로 저녁 먹으러 올 수 있었으면 좋겠
   어. 그리고 ____하는 거 잊지 마."

   a) 화이트 와인 한 병 가져오는 거

   b) 8시쯤 오는 거

   c) 벨을 두 번 누르는 거

   d) 음식이 엉망일 테니까 미리 먹고 오는 거

   e) 주차 미터 앞에 주차하는 거

2. "아주 아름다운데."

   a) 나도 알아.

   b) 고마워.

   c) 누가 그 말 하라고 돈 줬어?

   d) 너도.

3. "남자들은 믿을 만하지 않아?"

   a) 아니.

b) 응.

c) 나는 여자들이 더 좋아.

d) 그래서 남자들은 입안에다 하지 않겠다고 잘도 약속을 하는구나.

4. "너희 부모님은 정말 좋은 분들이셔."

a) 착하네, 그런 말을 다 해주고.

b) 나도 내 부모만 아니라면 그렇게 말하겠어.

c) 그분들과 좀 더 시간을 보내고 싶어.

d) 너희 부모가 더 나아.

5. "오늘은 기분이 좀 처지네."

a) 걱정 마, 다 잘될 거야.

b) 나도 그래.

c) 그래도 날씨는 화창하잖아.

d) 지금보다 더 안 좋은 상황을 생각해봐, 그럼 좋아질 거야.

한동안 나는 A 학점을 맞았다고 생각했다.

1. (d)

2. (c)

3. (d)

4. (b)

5. (d)

후기

전기 작가들은 전기의 주인공의 행동에 관해 부분적인 당혹감을 고백하면서―그 위대한 인물들이 상징적으로 그들을 거부했다는 고백이다―전기를 마무리할 용기를 내는 경우가 드물다. 도스토옙스키에 관해 800페이지를 쓰고 나서 두 손을 허공에 쳐들며 도대체 무엇에 휘둘리면 《카라마조프 가의 형제들》 같은 이상한 책을 쓰게 되는지 사실은 정말 이해가 가지 않는다고 말하거나, 케네디의 생애를 마무리하면서 피그 만 사건의 근본적 이유를 잘 모르겠다고 고백하는 것이 그리 좋아 보이지는 않을 것이다. 지식이나 이해에 빈 구멍들이 있다 해도 전기 작가는 재빨리 앞으로 나아간다. 나폴레옹의 말 색깔을 모른다 해도 즉시 자기가 아는 것, 즉 그의 당나귀 페르디낭이 반들거리는 밤색이었다는 사실을 이야기할 것이다.

"왜 그래?"

내가 이사벨에게 물었다.

"아무것도 아니야."

"그런데 왜 그런 얼굴을 하고 있어?"

"다른 얼굴을 가진 사람을 원하면 나가서 찾아봐."

"얼굴 이야기를 하는 게 아냐. 얼굴의 표정을 말하는 거지."

나는 더 정확하게 설명했다.

"얼굴 이야기를 하는 게 아냐. 얼굴의 표정을 말하는 거지."

이사벨이 질식 상태의 학자 같은 억양으로 되풀이했다.

"왜 그런 기분이야?"

"나는 어떤 기분도 아니야. 이게 원래 내 모습이야."

"뭔가 문제가 있군."

"아무 문제 없어."

"그러니까 너는 늘 이렇다는 거야?"

"응."

"그러니까 나는 꿈을 꾸고 있는 거고?"

"응."

눈에 보이기는 하지만 나로서는 뾰족한 대책이 없는 이유들이 있었다. 이 일요일 오후에 어떤 기분을 함께 나누고 싶은 다른 사람이 있는 것이고, 인류가 지겨워진 것이고, 그녀의 별자리가 엉뚱한 위상에 들어가 있는 것이고, 화학적인 뭔가가 잘못된 것이다. 그리고 더 핵심에 가까운 이유들도 있었다. 아침 햇빛부터 오후의 어스름에 이르는 과정 어딘가에서 내가 뭔가 불쾌한 말을 한 것이다. 그것도 등산화로 개미들을 밟아 살해하고도 자신들이 교회에 들어가 명예를 얻을 자격이 있는 흠 없는 사람들이라고 생각하는 하이킹족처럼 부주의하게 그렇게 한 것이다.

내 마음은 그날 아침의 역사로 빠르게 돌아갔다. 우리는 일어났고, 신문을 사러 갔고, 이사벨이 각 섹션을 먼저 읽었고 내가 좋아하는 부록을 건네달라는 요구에도 차분하게 반응했다. 욕실을 먼저 쓴 사람도 이사벨이었으며, 나는 욕실에도 부엌에도 지저분한 것을 남기지 않았고, 침대를 정리했고, 또 잊지 않고 쿠션을 제순서대로 정돈했고(그녀는 페이즐리 무늬의 큰 쿠션을 뒤쪽에, 파란색 작은 쿠션을 앞에 놓기를 바랐다), 그녀는 세 사람한테 걸려온 전화를 받았는데, 그들은 몇 번 그녀에게서 진담처럼 들리는 "그거 정말 재미있네"를 끌어냈다.

"너는 늘 너 자신만 생각해."

이사벨은 자기 기분이 아무렇지도 않은 이유를 설명이라도 하듯이 그렇게 쏘아붙였다.

나는 술집에서 누가 총을 쏘았을 때 바로 총을 뽑아드는 사람에 비길 만한 속도로 그날 아침에만 해도 8억 4000만 명의 운명이 나의 관심사였다고 대꾸하고 싶은 유혹을 느꼈다. 물론 인도 아대륙에서 일어난 사회적 변화에 관한 기사를 읽으면서 그랬다는 이야기였다. 이사벨은 외신을 보지 않았기 때문에 나의 이런 호기심에 감명을 받을지도 몰랐다. 아니면 그녀가 전화를 하는 동안 나 혼자 가을에 잎이 나무에서 떨어지면 어떻게 될까 하니 긴 백일몽에 빠졌던 것에 감명을 받을지도 몰랐다. 실제로 이사벨의 거실 창밖으로 잎이 많이 떨어져, 보도를 따라 축축한 양탄자처럼 깔리고 차의 앞유리도 덮고 있었다. 썩을까? 아니면 녹색 플라스틱 비로 쓰레기를 공격하라고 당국에서 고용한 노인이 먼저 쓸어낼까?(그러나 그의 진정한 관심사는 두어 집 아래 낮은 돌담 위에 앉아 담배를 피우는 것이었다.) 아무런 결론도 나오지 않았다. 도시에서 자연이 하는 역할과 자신의 쓰레기를 재활용하는 지구의 능력에 관한, 거죽만 심오한 일련의 생각들 외에는 얻은 것도 없었다.

"나는 늘 내 생각만 하는 게 아니야."

나는 즉시 대답했다.

"어떻게 그렇게 자신해?"

나는 자신하지 않았다. 그냥 사격을 당하고 있을 뿐이었다.

"가끔 네 생각도 해."

나는 감상적으로 대답했다.

"아, 집어치워."

그녀가 대꾸했다. 나는 그것이 예전에 이사벨이 생리를 한다고 거짓말을 하는 것을 눈치 챈 체육 교사의 말투라고 상상했다. 이사벨이 말을 이었다.

"왜 사람이 하는 말의 의미를 한 번도 추측해보지 않는 거야? 왜 내가 일일이 다 이야기를 해야 돼?"

"내가 별로 똑똑하지 못해서 그런가보지 뭐."

"귀여운 척하려고 하지 마. 역겨워지려고 그래."

"그러니까 도대체 왜 이러는 거야?"

"별일 아니야. 그래서 네가 처음에 물어봤을 때 아무것도 아니라고 했던 거야. 그냥 짜증이 날 뿐이야."

나는 그녀에게 불쾌감을 준 뇌관을 찾아 과거를 다 뒤질 용의가 있었지만, 사실 10분 이전으로 거슬러 올라가며 기억을 긴장시킬 필요도 없었다.

"산책하러 가고 싶어?"

이사벨은 조금 전에 그렇게 물었다. 그것이 우리 둘 다 사용한다고 주장하는 언어로 그녀가 건넨 마지막 질문이었다.

"아니."

나는 그렇게 대꾸하고 목에 걸린 것을 치우려고 헛기침을 했다.

정적이 흘렀다. 정원에서는 새가 계속 지저귀고 있었다. 먼 곳에서는 지하철이 몸을 떨며 해머스미스 역으로 들어가는 소리가 들렸다. 축축한 서풍이 채찍처럼 몰아치는 바람에 움츠러든 정박지에서 흔들리다 풀려난 잎 몇 개(집을 둘러싼 나무 다섯 그루에서 떨어진 열 내지 스무 개)가 땅으로 흘러내렸을 것이다.

그 후에는? 그 후에 나는 아무 말도 하지 않았다. 어리석게도 이것이 대화의 한 문장의 끝일 뿐이라고 생각해버렸다. 앞으로 몇 분 또는 몇 주가 지나 급박한 무언가가 우리 둘 가운데 한 사람의 의식으로 흘러들면 우리는 다시 전과 다름없이 화기애애한 분위기에서 대화를 이어갈 수 있을 것이라고 생각했다.

내가 실수를 저질렀다. 용의자의 시체를 지나치는 실수를 저지른 경찰관처럼, 그녀가 앤드루 오설리번과 관계를 끝낸 방식에서, 또는 포르투갈 레스토랑에서 그녀의 잔에 좌초한 바퀴벌레를 보았을 때 그녀가 보여준 태도에서 교훈을 얻었다면 마땅히 인식했어야 할 이사벨의 심리의 한 부분을 간과한 것이다.

이사벨은 나에게 산책을 하고 싶은지 물은 것이 아니었다. 그렇게 하자고 요청한 것이었다.

어떻게 "산책하러 가고 싶어?" 같은 간결한 문장 속에 그런 뜻이 들어갈 수 있었을까?

상대의 의도에 대한 질문으로 그녀 자신의 요구를 위장하는 작전을 통해서.

이사벨은 종종 압축된 산문으로 이야기를 했으며, 그럴 때는 그것을 펼치고 풍선처럼 부풀려야 뜻이 나타났다. 그녀는 어떤 것을 직접 요청하는 것을 묘하게 수줍어했으며(상대적으로 더 부담스러운 주장은 거침없이 펼쳤기 때문에 묘하다는 것이다), 그래서 자신이 요청하고 싶은 것을 다양한 질문, 당면한 화제에 관한 일반적인 생각(즉, "걷는 것이 기분 전환에 좋다던데") 밑에 은근슬쩍 감추었다. 두 번째 사람에게 묻고 싶은 것을 세 번째 사람에게 묻기도 했다(즉, "새러, 오늘 오후에 산책하러 갈 거야?").

다음 주말에는 일이 너무 많아 그녀와 만나기로 한 약속을 취소할 수밖에 없었다.

"그럼 널 주말 내내 못 보겠네."

그녀는 내가 토요일 점심 때 못 만나겠다고 하자 그렇게 대꾸했다.

내가 전에 학습한 것이 없었다면 아마 "무슨 소리야, 볼 수 있어. 지금 바로 다른 시간을 잡으면 되지"라고 말해달라는 감추어진 요청을 읽어내지 못하고 그냥 "그래, 그럼" 하고 전화를 끊었을 것이다. 그것은 애인이 다른 남자와 자고 싶다는 욕망을 밝혔을 때 그것을 액면 그대로 받아들이는 것과 비슷한 멍청한 태도였다.

"맬컴하고 자고 싶다고? 맬컴이 그 정도로 잘생긴 것도 아닌데."

나는 이사벨의 계획을 듣고 놀라서 물었다.

"상관없어. 어쨌든 그러고 싶어. 맬컴의 부인이 그를 만족시켜주지 못하는 것 같아."

"아냐, 아마 만족시켜줄걸."

나는 사려 깊은 목소리로 대답했다. 잠깐 어떤 이미지가 마음에 떠올랐다.

이사벨은 한숨을 쉬었는데, 나는 이제 그것이 인간적 이해에서 막다른 골목에 이르렀다는 표시임을 인식할 수 있었다. 이번에도 나는 그녀의 메시지를 번역하지 못했다. 그녀는 간통의 대상을 알려준 것이 아니라, 질투 섞인 내 욕망의 고백을 끌어내고 싶었을 뿐이다.

간단히 말해서 해석할 것이 많았다. 이사벨이 하는 말은 반드시 그녀가 느끼거나 믿는 것은 아니었다. 그녀는 누가 경솔하게 자기 발을 밟아도 먼저 "미안합니다" 하고 말할 수 있고, 옆에 있는 남자가 팔꿈치로 그녀의 갈빗대를 찌르면 "테이블에 사람이 좀 많지 않아?" 하고 말할 수 있었다. 만일 내가 암호를 해독하지 못하면, 그것이 꾹꾹 쌓이다가 갑자기 폭발할 수 있었다. 이사벨을 앞에 두고 10분 동안 휘파람으로 어떤 곡조('아베 마리아'였다)를 불고 있는데, 갑자기 그녀가 읽던 책을 쾅 덮더니 소리쳤다.

"좀 그만할 수 없어? 그 빌어먹을, 염병할, 멍청한……."

격분한 나머지 말의 격류가 그녀의 입천장에 걸려버린 것 같았다.

나는 "응?" 하고 물었다.

"휘파람 좀."

"미안해. 신경 쓰였어?"

이사벨과 시간을 보내는 것은 감추어진 철사 덫을 계속 만나는 것과 다름없었다. 내가 논란의 여지가 없다고 생각하여, 내 말이 이끌어낼 반응 같은 것은 전혀 짐작도 못하고 무심코 빠져드는 쟁점 위에 팽팽한 철사가 걸려 있곤 했다. 하지만 잔과 식기세척기에 철사 덫이 걸려 있을 것이라고 누가 예상이나 할 수 있겠는가?

나는 식기세척기라고 하면 인류를 식기 닦는 잡일에서 해방시켜준 기계, 아무런 죄책감 없이 기쁘게 사용할 수 있는 기계라고 생각했다. 그러나 그런 도구가 이사벨에게는 의미가 완전히 달랐다. 그녀의 아파트엔 식기세척기가 한 대 있었다. 전에 살던 사람이 바닥에 볼트로 고정시켜놓은 것이었다. 그녀는 그것이 왠지 자기 것이 아닌 것 같다는 느낌을 받았으며, 거기에 내포된 게으름, 전기의 과다한 소모와 시골의 강이나 호수를 오염시키는 부작용을 두려워했다. 따라서 이 기계는 규칙적으로 사용되고 있기는 했지만, 거기에 얽힌 심리는 복잡했다.

나는 부엌에서 뭘 마실 때마다 쓴 잔을 다시 씻어서 쓰지 않고 새 잔을 쓴 다음, 식기세척기 위칸에 놓는 버릇이 있었다. 몇 달 동안 그러고 나자(잎들이 나무에서 떨어질 만큼 긴 시간이었다) 이사벨이 말했다.

"너는 내가 남긴 힌트를 하나도 이해 못했지, 그렇지?"

"무엇에 관한 힌트?"

"잔. 네가 뭘 마실 때마다 새 잔을 꺼내는 통에 미치겠거든. 그런 낭비가 어디 있어?"

"하지만 어차피 기계를 사용할 거잖아. 그런데 뭐가 문제야?"

"불필요해 보이잖아."

"곧 기계를 돌릴 건데 그게 무슨 상관이야."

"이유는 없어. 그냥 그러지 마. 내 문제야. 미안해. 하지만 다시 보니, 여긴 내 부엌이기도 해."

이사벨의 정신 기능 가운데는 공감이라는 수준에서 이해하는 것을 포기하고, 그냥 우리의 차이를 존중하자는 슬픈 결정으로 만족해야 하는 영역들이 있었다. 왜 슬프냐고? 차이를 존중한다고 으스대며 말하는 것은 사실 자신이 이해될 수 없는 것, 따라서 솔직히 말하면 논리적으로 존중할 수 없는 것을 존중한다는 것이기 때문이다. 파악하지도 못하는 것의 가치를 어떻게 존중할 수 있단 말인가?

그렇게 심리적으로 이해 못하는 것 외에도, 사실의 수준에서 내가 절대 알 수 없는 잡다한 것들이 있었다. 이사벨은 일기에 무엇을 쓸까, (크리스가 사용한) '스케이트'라는 그녀의 별명은 어디서 왔을까, 왜 그녀는 화요일마다 기분이 나쁠까, 그녀 여동생의 남자친구 이름은 무엇일까, 그녀의 삼촌은 애리조나의 어디 출신일까, 그녀의 매지믹스(믹서의 일종 —옮긴이)는 어쩌다 고장이 났을까, 그녀는 《제인 에어》를 어떻게 생각할까, 그녀가 대구 곤이를 먹어봤을까, 동의어 사전을 쓰는 사람을 그녀는 어떻게 생각할까, 언제 만년필로 글을 쓰는 것을 그만두었을까, 기차에서 섹스를 해보았을까, 사춘기 때 동양의 종교에 끌린 적이 있을까, 매춘에 대해서는 어떻게 생각할까, 어떤 가축을 좋아할까, 초등학교 때 가장 좋아한 선생님은 누구일까, 레스토랑 계산서에 봉사료가 포함되어야 한다고 생각할까, 접는 우산을 어떻게 평가할까, 가장 좋아하는 차는 무엇일까, 아프리카에 가보았을까, 어머니에게서 가장 존경하는 점은 무엇일까? 그 밖에도 몇 가지가 있었다.

이런 무지는 안타까운 일이라고도 할 수 있지만, 어쩌면 자연스러운 학습 곡선을 따른 것일 수도 있었다. 어떤 사람을 처음 만나면 우리가 그 사람에게서 구하고 끌어내는 정보의 양은 절정에 이른다. 점심과 저녁을 먹으면서 가족, 동료, 일, 유년, 삶의 철학, 사랑의 역사 등의 주제를 탐사한다. 그러나 관계가 진전되면 불행한 상황이 전개되기 시작한다. 친밀함이 점점 심오해지는 주제에 관한 더 긴 대화의 촉매가 되기는커녕, 외려 정반대의 시나리오를 펼쳐놓는다. 결혼 25년이 된 부부가 함께하는 점심시간은 양고기의 씹히는 맛, 날씨의 변화, 찬장 위 꽃병에 꽂힌 튤립의 상태, 시트를 오늘 갈 것이냐 내일 갈 것이냐 하는 문제에 관한 대화로 활기가 넘친다. 이 부부도 삶의 출발점에서는 의욕이 넘쳐, 서로 그림, 책, 음악, 복지국가의 역할에 관한 예리한 문답을 주고받았을 것이다.

이런 변화를 어떻게 설명할 수 있을까? 어떤 사람에게 말할 기회가 많아질수록, 실제로는 말을 덜하게 된다는 역설. 무슨 이야기든 할 수 있는 시간이 무제한이라면, 사과 크럼블이나 물이 완전히 안 잠기는 수도꼭지 이야기를 다 하기도 전에 굳이 거창한 화제로 나아갈 이유를 찾지 못할지도 모른다. 마찬가지로 인생을 공유하고 있다면, 거창한 질문으로 인한 격변은 피할 수도 있는 것이다. 사람을 안다는 것은 어느 정도 소유한다는 것을 의미하는데, 다른 사람이 손아귀 안에 있다면 굳이 키르케고르의 아이러니 이론에 대한 관점 같은 상대적으로 부담스러운 것을 통하여 그 사람에 대한 느낌을 얻을 필요가 사라지는 것이다.

더욱이 어떤 사람을 오래 알수록 그 사람에 관한 어떤 것을 파악하지 못했다는 것은 너 수치스러운 일이 된다. 일정한 기긴민

지나고 나면, 서로의 개의 이름, 또는 아이나 아버지나 직업을 모른다는 것 때문에 이제는 있어서는 안 된다고 여기는 이질감이 여전히 존재한다는 사실을 불쾌하게 깨닫게 되는 것이다.

그러나 이사벨에 대한 나의 이해에 빈 구멍들이 있다고 느끼기는 했지만, 그 구멍들이 얼마나 큰지는 사실 짐작도 못하고 있었다.

그렇지 않다는 그녀의 항변에도 불구하고, 배움의 지혜와 공감의 미덕에 관한 소중한 믿음에도 불구하고, 내가 주위 사람들에게 더 관심을 가져야 한다는 디비나의 주장에 따라 성실하게 행동했음에도 불구하고, 이사벨은 어느 날 아침 일어나더니 이해받는 것을 지겨워하기 시작했다.

내가 왜 한 번도 머리를 올리지 않느냐고 묻자 그녀는 잠시 아무 말도 하지 않다가, 최종적이고 결정적인 답을 내놓았다.

"나도 왜 내가 머리를 올리지 않는지 모르겠어. 어쩌면 올려야 할지도 몰라. 어쩌면 그게 더 나을지도 몰라. 하지만 나는 안 그래. 나도 이유를 몰라. 그건 내가 왜 치즈를 정육면체로 자르는지, 내 우편번호의 끝자리가 무엇인지, 나무 빗을 어디서 샀는지, 직장까지 거리가 정확히 얼마나 되는지, 내 자명종에 어떤 배터리가 들어가는지, 왜 나는 화장실에서 뭘 못 읽는지 모르는 것과 마찬가지야. 나한테는 나도 이해 못하는 게 많아. 솔직히 말하면 이해하고 싶지 않은 것도 많고. 왜 너한테는 모든 게 그렇게 분명해야 하는지 모르겠어. 마치 사람들의 삶이 그 말도 안 되는 전기 안에 요약 정리될 수 있기라도 한 것처럼 말이야. 나한테는 나자신도 납득할 수 없고 당연히 너한테도 납득이 안 될 괴상한 것들이 가득해. 나도 독서를 더 해야 한다는 건 알지만, TV 보는 게 더 편해. 나한테 잘 대해주는 사람들을 사랑해야 한다는 것을 알지만, 툴툴거리는 사람들이 한번 달려들어보고 싶다는 의욕을 더 자극해. 나는 동정심을 발휘하고 싶지만, 그럴 만큼 사람들을 좋아하지 않아. 행복해지고 싶지만, 행복이 사람을 멍청하게 만든다는 걸 알아. 대중교통을 이용하고 싶지만, 차가 더 편해. 아기를 낳고 싶지만, 어머니가 되는 게 무서워. 내 인생에서 뭔가 가치 있는 일을 해야 한다는 걸 알지만, 8시 15분이 지났기 때문에 이러다 지하철을 놓치는 게 아닌가 안달하고 있을 뿐이야."

정적이 흘렀다.

"사실 우리도 그만 만나야 할 것 같아."

더 오랜 정적이 흘렀다. 옆집 부엌의 싱크대가 트림을 했다.

"하지만 안타깝게도 그것도 자신할 수가 없어. 나도 그 이상은 모르겠어, 됐어? 맙소사, 완전히 지각이다. 내 외투 어디 있어?"

나는 겸허해진 마음으로 입을 다물었다.

옮기고 나서

사람을 안다, 이해한다, 공감한다, 사랑한다. 세상에서 사람을 향해 사용할 수 있는 가장 좋은 동사들을 고르라고 했을 때 이 동사들은 다들 아마 몇 손가락 안에 꼽힐 것이다. 그만큼 사람에게 근본적인 부분에 닿아 있다고도 할 수 있을 것이다. 실제로 이 동사들끼리 함께 옹기종기 모여 있으면, 뭔가 뿌듯하고 그럴듯해 보이기도 한다. 그러나 구체적으로 이 동사들 사이의 관계나 선후를 따지고 들어가기 시작하면, 이야기가 복잡해지고 사람마다 미묘하게 의견이 엇갈릴 것 같다. 예를 들어, 사람을 알면 이해하게 되고, 이해하면 공감하게 되고, 공감하면 사랑하게 되는 것일까? 다시 말해서, 아는 만큼 공감하게 되는 것일까? 아니, 그 관계를 떠나, 이 가정의 밑바닥에 놓여 있는, 사람을 안다는 것은 과연 무엇일까? 우리가 당연하게 여기고 살아가는 것들에 관해 불시에 이런 질문을 받게 되면 누구나 당황하기 마련이다. 물론 그런 질문을 던지는 것을 즐기는 사람도 있다. 그리고 그런 질문을 즐기는 사람 가운데 알랭 드 보통도 둘째가라면 서러운 사람일 것이다.

실제로 이 책(영어 제목인 《Kiss & Tell》 자체가 위에서 던진 질문 속의 관계를 암시한다)에서 알랭 드 보통의 페르소나인 '나'는 애인에게 차이면서 "공감할 줄 모른다", "자기밖에 모른다"는 비난을 받고, 자신의 부족한 점을 보완하는 길에 나선다. 물론 그는 기본적으로 알아야 이해를 하고, 이해를 해야 공감한다는 전제를 갖고 사는 사람이다. 따라서 그는 우선 사람을 알고자 하는데, 그가 나 아닌 타인을 알기 위해 택하는 방식은 타인의 삶을 총체적으로 이해한다고 여겨지는 전기를 쓰는 것이다. 물론 그는 다름 아닌 알랭 드 보통의 페르소나이기 때문에 타인의 전기를 써나가는 동시에, 기존의 전기적 관습을 회의하고 뒤집는다. 전기의 주인공을 택하는 방식 자체가 그렇다. 기존의 전기가 보통 사람과 다른 특별한 사람을 주인공으로 선택했다면, 그는 특별할 것이 없는 사람을 주인공으로 선택한다. 다만, 그 특별할 것이 없는 사람이 그가 새로 만나게 된 여자라는 점이 약간 특별할 뿐이다. 결국 이렇게 해서 사람을 '아는' 문제와 '사랑하는' 문제가 하나로 맞물리게 된다. 전기를 써나가는 그의 작업은 이 문제를 파헤치는 모험이 되는 것이다. 이런 복잡한 모험을 담고 있기 때문에, 이 책의 형식 또한 전기(또는 반反전기)이자, 전기와 친족 관계라 할 수 있는 소설이지, 사람을 알고 사랑한다는 문제에 관한 깊은 사유를 담은 에세이가 된 것이다.

　앎과 사랑이라는 주제에서 알 수 있듯이 이 책은 알랭 드 보통의 초기 작품이다. 이미 우리나라에 소개된 적이 있지만, 번역을 하신 분과 출판사의 노고에도 불구하고 현재는 구하기 힘든 상태가 되어 이번에 다시 내놓게 되었다. 옮긴이로서는 오랜만에 알랭 드 보통의 시퍼렇게 날이 선 젊은 시절 글을 마주하니, 마치 애 아버지가 되고 머리도 벗겨진 나이 든 친구의 청춘 시절 일기와 사진을 마주한 듯 짜릿하게 반갑기도 하고, 함께 젊은 시절로 돌아간 것 같은 묘한 기분과 노스탤지어에 사로잡히기도 한다…… 이 친구 그때는 참 까칠했지…… 그래도 남들은 스치고 지나가는 것을 붙들고 늘어지는 면에서는 따라갈 사람이 없었는데…… 게다가 사유의 깊이는 어떻고…… 누구나 인정하는 재치와 독특한 유머 감각도 빼놓을 수 없지…… 그러나 무엇보다 중요했던 것은 이 친구가 자신이 절실하게 느끼는 문제를 해결하려고 글을 썼다는 거야…… "내 글은 모두 일종의 자서전이죠. 나는 늘 독자와 직접적이고 개인적인 관련을 맺는 것, 내 마음으로부터 우러나온 글을 쓰는 것을 목표로 삼습니다."(아시아나 기내지 2010년 4월 호에 실린 인터뷰에서)

정영목

알랭 드 보통 Alain de Botton　1969년 스위스 취리히에서 태어났다. 케임브리지 대학교에서 역사학을 전공하고 킹스칼리지런던에서 철학 석사를 받았으며, 하버드에서 철학 박사 과정을 밟던 중 작가로서의 길을 걷기 시작했다. 스물셋에 발표한 첫 소설《왜 나는 너를 사랑하는가Essays in Love》를 시작으로《우리는 사랑일까The Romantic Movement》《키스 앤 텔》《낭만적 연애와 그 후의 일상The Course of Love》이 전 세계 20여 개국에 번역 출간되며 수많은 독자들을 매료했다. 철학 에세이와 픽션이 절묘하게 조합된 이 독특하고 대담한 소설들로 '이 시대의 스탕달' '닥터 러브'라는 별명을 얻은 바 있다. 이 밖에도 그는 철학이 필요한 다른 여러 삶의 영역들에 대해서도 폭넓은 통찰을 선보여 왔다.《프루스트가 우리의 삶을 바꾸는 방법들》《철학의 위안》《여행의 기술》《불안》《행복의 건축》《일의 기쁨과 슬픔》《뉴스의 시대》등으로 이어지는 행보는 그에게 세계적 명성과 더불어 '일상의 철학자'라는 명실상부한 수식어를 안겨주었다. 이 밖에도 그는 자신의 작품을 바탕으로 한 다큐멘터리 제작, 실생활을 위한 철학을 지향하는 '인생 학교' 설립 등 다양한 활동을 하고 있으며, 2003년 프랑스 문화부 장관으로부터 기사 작위를 받기도 했다.

옮긴이 정영목　전문 번역가. 서울대학교 영문학과와 동대학원을 졸업했으며, 현재 이화여자대학교 통역번역대학원 교수로 재직 중이다. 2009년 제3회 유영번역상을 수상했다. 옮긴 책으로《왜 나는 너를 사랑하는가》《불안》《일의 기쁨과 슬픔》《여행의 기술》《행복의 건축》《더 로드》《눈먼 자들의 도시》《책도둑》등이 있다.

키스 앤 텔

1판 1쇄 발행 2011년 1월 20일
2판 1쇄 발행 2015년 4월 23일
2판 5쇄 발행 2022년 3월 28일

지은이 · 알랭 드 보통
옮긴이 · 정영목
펴낸이 · 주연선

(주)은행나무
04035 서울특별시 마포구 양화로11길 54
전화 · 02)3143-0651~3 | 팩스 · 02)3143-0654
신고번호 · 제 1997-000168호(1997. 12. 12)
www.ehbook.co.kr
ehbook@ehbook.co.kr

ISBN 978-89-5660-856-3 03840